登場人物紹介

フォーサイス ▲

アイリス騎士団所属・雷龍隊隊長。「アイリスの剣」の字《あざな》を持つ、ダグリード侯爵家の現当主。

ブルース ▲

アイリス騎士団所属・雷龍隊副隊長。性別を偽り、騎士を務める。フォーサイスの頼れる右腕。

ブルーデンス ▲

ブルースの女性に戻った姿。元上官であるフォーサイスのもとへ、素性を隠して嫁ぐことに。

ブルーデンス
(ブルース)の家族 ▶
ティルディア(母)
リユーノ(父)
バーネス(弟)
ゴーシャ ▲
フォーサイスの従妹で、
彼を盲目的に慕っている。
ユージィン ▲
角狼隊隊長。ゴーシャとは
女王と下僕のような歪ん
だ関係。
ヒラルダ ▲
宮廷医。漆国アイリス唯一の一
級魔術師。道化師のような奇抜
な服装と化粧をしている。

目次

プロローグ

「ふざけるのも大概にしろっ……今さら女に戻れるか！」

極端なほどの音量で拒絶を告げたのは、ブルース・フカッシャー……フカッシャー公爵家現当主にして、漆国《しっこく》アイリスが騎士団所属・雷龍《らいりゅう》隊副隊長だった。

彼は度を越えた驚愕《きょうがく》を示し蒼褪《あおざ》め、立ち尽くす。

性質《たち》の悪い冗談だ。

到底、正気の沙汰とは思えない。

見開かれた闇色の双眸《そうぼう》に浮かんでは消える感情、それは徐々に激しい怒気《どき》に集約されていく。

「拒否権などありません。貴方には、ダグリード侯爵家の現当主のもとへ花嫁として嫁いでもらいます」

我が子を冷やかに見つめながら、実母ティルディア・フカッシャーは、翻《ひるがえ》ることのない決定事項を、再びその舌に乗せた。

＊　＊　＊

その数刻前。

まるで魔窟《まくつ》に踏み込む剣士のような強張った面持ちで、ブルースは母の私室の扉の前にしばし佇《たたず》んでいた。

母の前に立つときはいつも何ともいえない緊張が全身に走る。母のガラス球のような双眸《そうぼう》は彼女の心内を綺麗に隠しているというのに、こちらの心情は残らず見透かされている錯覚……否、それが錯覚だったことは一度としてないのだが。

正真正銘の実母ながら、愛情よりまず先に浮かんでくるのは、母の前では虚言《きょげん》も失敗も許されないという強迫観念。物心ついた頃から、その想いは心の奥底で肥大していくばかりだ。

それでも、此度《こたび》の呼び出しは特別……ブルースに入室を躊躇《ちゅうちょ》させる原因は、母の懐妊《かいにん》にあった。

六ケ月前にその報を受けたときの驚愕《きょうがく》は、今でもありありと思い出せる。それと同時に、斯《か》くも母親の執念とは強いものか、と恐怖さえ覚えた。血を分けた弟、もしくは妹が生まれてくることを喜ばない者はいない……無論、自分もその中に含まれる。けれど、ただ単純にこの吉報を喜んではいられない我が身が呪《のろ》わしい。

五年前までは弟の誕生を切望していたが、今は妹であってくれないかという想いを打ち消すことができない。否応《いやおう》なしに押しつけられた人生は、ある人物に出会って確かな色を持つようになっていたのだから。

昨日、母の主治医が往診に来ていた……そろそろ、男女の区別がつく頃だという。屋敷の使用人達は、この世で最大の不幸を背負った者を見るような同情の視線をブルースに送ってきていた。

「いつまでそこに立っているつもりです、お入りなさい」

母の私室の中からかけられた声に、ため息を呑み込もうとしていた喉《のど》がしめ上げられる。

「お待たせして申し訳ありません、……母上」

心も整わぬまま、急かされて入室したブルースの目に映ったのは、神秘的かつ慈愛《じあい》に溢れた光景。

負担がかからぬようにゆったりとした前合わせのドレスをまとったその人は、柔らかな光の差す窓辺の安楽椅子に身体を預け、腹部をその腕に抱き込んでいる。

まるで宗教画だ。

ブルースがそう感じるのは、慈《いつく》しみに満ち満ちた表情のせいだけではない。両手とは別に、背後から伸びて腹部を覆《おお》っている純白の翼……母は生粋《きっすい》のオルガイム人なのだ。この世界、すなわちエリアスルート唯一の有翼人種である翔国《しょうこく》オルガイムの民は、四肢《しし》とは別に一対の翼を持つ。寿命こその他国の人間と大差ないが、卓越した身体能力を有する彼らの成年期は格段に長い。五十五歳になる母の外見は三十後半から四十歳そこそこ、成人して四年経つブルースと姉弟に見られるくらいだ。もちろん生殖期間も長く、此度《こたび》の懐妊《かいにん》もオルガイム人からすれば驚くことではなかった。懐妊《かいにん》最高齢は、八十を上まわるという噂である。

そして、普段は自在に体内に収納できる翼を、妊娠中だけは己が意思では納められなくなる。卵を抱く親鳥のごとく、我が身に宿った命を二対の腕で抱いて一年を過ごすのだ。ひざまずき、祈りを捧げたくなるようなその姿に、ブルースが抱く想いは複雑だった。

自分が母の胎内に宿っていた頃、同じような慈《いつく》しみの眼差しを向けてくれていただろうか？

心は激しく否を告げる。

平常、自分に向けられる母の視線からは、鋭利な刃物を喉《のど》もとに突きつけられているかのような冷たさしか感じない。銀の髪に薄氷のような紫色の双眸《そうぼう》……人形以上に整った容姿を持つ母ティルディアには、完璧な美を感じても、そこに自分への愛を見出したことは一度としてなかった。

自分は彼女の希望……つまり父リユーノの要求に、いまだ応えられたことがない。それゆえ自分は代用品に過ぎないという思いが、いつもつきまとっていた。父の命で入団した騎士団で、母から授かった身体能力によりいかな武勲《ぶくん》を上げても足りない。両親が望むフカッシャー家の跡取りとして、自分には決定的な不足があることを、ずっと前から自覚していた。

もう何の言葉も必要ない。我が子の誕生を待ち望む母親の顔を見るだけで、答えはわかる……父の大願は間違いなく成就した。

「ブルース・フカッシャーと名乗るのは、そして男を名乗るのは今日までのこと、貴方の存在価値はなくなりました……フカッシャー家当主はこの子、バーネスです」

フワリと微笑んだ後に顔を上げ、こちらに向けて平素と変わらぬ視線とともに告げられた言葉は、決して抗《あらが》えない宣告。拒絶することはできないのだと、骨身に沁《し》みてわかっている。今はただ、足もとが崩れるような虚脱感とともに次の言葉を待つ。

用済みとなった我が身に課せられる次なる役割と、新しき名は……

「ダグリード侯爵家現当主で、王立騎士団が雷龍《らいりゅう》隊隊長フォーサイス・ダグリードは……」

この場には無関係な、しかし聞き慣れた人物の名が耳を突き、呼吸が詰まる。助走を始めた鼓動は、瞬く間に両掌《てのひら》に冷たい汗をかかせた……次句に、身も凍るような恐怖を覚える。

「爵位こそフカッシャーに劣りますが、〝アイリスの剣〟という字《あざな》を持ち、陛下の信頼も大変厚く……釣り合いは十分にとれています」

釣り合いとは一体何のことか……古くから続く軍人家系であるフカッシャー公爵家とダグリード侯爵家は戦地での誉《ほま》れを二分する由緒正しき貴族。たとえ因縁がなくとも、拮抗《きっこう》する勢力はそれだけで確執を生む。現に父リユーノがダグリード家の鬼神のごとき剣の才を持った現当主を苦々しく思っていることを自分は知っている。それゆえに、不出来な己に苛立《いらだ》っていることも……

「貴方には、ダグリード侯爵家の現当主のもとへ花嫁として嫁いでもらいます……〝ブルーデンス〟・フカッシャーとして」

さらに続けられた言葉は、死刑宣告よりも衝撃的だった。

「ふざけるのも大概にしろっ……今さら女に戻れるか！」

考える暇《いとま》もなく叫ぶ。恐怖を凌駕《りょうが》し、心に広がったのは御《ぎょ》し得ないほどの強い怒りだった。

「十一年前、母上が望んだのは息子としての私です！　あの頃は貴女の鞭《むち》が恐ろしくて従ったが、今度ばかりは無理だ！　私は雷龍《らいりゅう》隊副隊長ブルース・フカッシャー！　この五年間もっとも彼の近くにいた人間！　どれだけ鞭《むち》打たれても、できるはずがない！」

自分の初めての激昂《げきこう》にも、母が向けるガラス球のような寒々しい双眸《そうぼう》は揺るがない。まるで母と自分の間には分厚い氷の壁があり、この声が届いていないかのようだ。

それでも、彼を巻き込むわけにはいかないのだ……初めてこの生に意味を見出してくれたのは、フカッシャー家にとっては仇敵《きゅうてき》であるフォーサイスその人なのだから。

「サクリファの妙薬というものを知っていますか？」

美しく紅の塗られた唇が紡《つむ》いだ次句の意味を、ブルースはすぐに理解できなかった……いかに残酷な言葉をぶつけられても耐え抜こうと、肩に込めた力がその出口を失う。

「先頃、高名な魔術師であられる魔法大国ガルシュの宰相ユーシス・バン・エセルヴァート閣下が、その開発に成功されたそうです。死者さえ蘇《よみがえ》る、そういわれる奇跡の薬なのだそうですよ。ただ、魔導石サクリファを砕いて作るその薬は、フカッシャー家の財力をもってしても手に入れることが難しい大変に高価なもの……命の値段、ということなのでしょうね」

引き上げられた口角……その言葉を正しく解したとき、胸に渦巻く怒りは激しい恐怖へと変わった。

「交換条件、ということですか……母上」

「お母様とお呼びなさい、この十一年間で貴女は随分と粗野で浅慮《せんりょ》になりました。これからの半年間で、貴女をどこに出しても恥ずかしくない貴婦人に磨き直します……そうでなくてはお父様の顔に泥を塗ることになります」

予定ではなく決定事項として舌に乗せた母の目は、すでに自身の腹部に落ちていた。さきほどまでの鋭利な光は瞬く間に聖母のそれへと切り替わる。

絶望が胸を満たしていた。

彼女は幼い自分を従わせるために鞭《むち》を使った。

そして今、悪戯《いたずら》に身体を傷つけるだけのそれはもう必要ない。どんな体罰も、突きつけられた言葉に及ぶものではない。

母ティルディアは、何を使えば自分が屈服するか……今も昔も当人以上に知り尽くしているのだ。

「返事はどうしました、ブルーデンス」

立ちすくむ彼女に、追い討ちをかけるように行儀を促す。

「……はい、お母様」

強《し》いられた服従の言葉を舌に乗せたとき……この五年、危うい平安をもたらしていた偽りの世界は、再びその色を失った。

第一章　存在価値

1

一体、この十一年間は何だったのか……ブルースは兵舎の執務室で荷物をまとめながら、ため息を禁じ得なかった。

ブルース・フカッシャーは、十三のときアイリス国王立騎士団に入団。勤勉に鍛練、任務をこなして順調に経験を積み、遂には騎士団内でも誉《ほま》れ高い精鋭部隊・雷龍《らいりゅう》隊の副隊長を任された。当主としての務めは……他の軍人家系の基準であれば、十分過ぎるほど果たしたといっても過言ではない。それでも、自分の存在価値なぞ生まれたばかりの弟の前には、塵芥《ちりあくた》に等しいものだったらしい。

ずっと自分の意思を抑え込み、フカッシャー家のためにすべてを諦《あきら》めてきたブルースだったが、かつては夢見た重責からの解放も、今は簡単に喜ぶことができない。昔の生活に戻ることなど、今の自分にはできないのだ……あるのは、理不尽な要求を受け入れたことによる屈辱と、この先に待ち受ける運命を拒絶できなかった己の不甲斐なさへの苛立《いらだ》ちだけだった。

頭が痛い……無意識に右のこめかみを押さえると、その指先に触れるのは五年前の傷跡。半年前のあの日から考え込むとつい触れてしまい、今ではなかば癖になっていた。腰まである漆黒の髪。その前髪の生え際に位置する裂傷《れっしょう》が消えることは生涯ないだろうが、決して目立つものではない。騎士として生きる決意を固めていたブルースにとって、些細《ささい》な顔の傷などどうでもよかった。名誉の負傷であったそれは、両親から咎《とが》められることもなく、雷龍《らいりゅう》隊隊長フォーサイス・ダグリードの信頼を得ることもでき、そのために今の立場を得られたといっても過言ではない。

しかし、それもまたこれからの自分の歩む道には大きな汚点となるのだ。早速、母には浅慮《せんりょ》だったと戒《いまし》められた……当時は、父とともに功績を褒め称えていたというのに。

過去の幻影達に名を呼ばれたような気がしてうしろを振り返ると、その黒い瞳に映ったのは、姿見に映る己の姿。精鋭揃いの雷龍《らいりゅう》隊は、厳しい鍛錬で作り上げられた鋼のような肉体を持つ者ばかり。その中に混じっていると、どうしても貧相に見えてしまう。とりわけ背が低いわけではない、筋肉がついていないわけでもない……ただ、根本的な身体の構造が違うのだ。

ブルースには、アイリスとオルガイムの血が流れている。薄いように見えるこの身体だが、その八割超は高密度の筋肉でできているのだ。最古の創造神が組み込んだ特性……両腕とは別に、母と同じように自分の背には翼があった。生まれ落ちたそのときから空を飛ぶことを義務づけられた身体は、無駄を許さない。自分の身体に備わった筋肉は、空を飛ぶためのもの……重く、これ見よがしな猛々《たけだけ》しさはない。その翼さえ、この国に生きる限り、人目に晒《さら》すことはなかった。

だから貧相に見えてしまうのだ。線の細い顔も、それに拍車をかけている……そう周囲に大げさに嘆《なげ》いてみせた。隙《すき》を見せればすべてを失う。精一杯の虚勢と偽りを、漆黒の軍服の下に隠してこれまで生きてきた。

騎士には不釣り合いなその女のような顔は、日々の厳しい鍛錬のためだけでなく疲弊《ひへい》し切っていた。顔色は蒼褪《あおざ》め、目の下にはわずかにクマができている。自信のない、澱《よど》んだ黒い双眸《そうぼう》、艶《つや》をなくした黒い髪……余すところなく張り巡らされた偽りが、剥《は》がれ落ちるときは近い。

これから、その貧相な身体を最大限に利用しなければならないのだ。この十一年で培《つちか》った剣の腕、ばねのようなしなやかな身のこなし、ようやく手にした男として生きる自分の矜持《きょうじ》。そんな生き方を自分に強《し》いたはずの両親は、強要したすべてを今になって何の価値もないものと切って捨てた。


「ブルース、入るぞ」


唇を噛みしめて苛立《いらだ》ちを抑えていたところ、そんな声とともに返事も待たずに執務室の扉が開かれる。

「……隊長」

一瞬前まで回想の中にいた人物の登場に、ブルースは即座に姿勢を正す。

フォーサイス・ダグリード……代々当主には〝アイリスの剣〟の称号が与えられるダグリード家。その現当主にして、雷龍《らいりゅう》隊隊長。由緒正しいその家系は軍人を数多く輩出し、その遠縁にはこの世界、エリアスルートを救った救世主であるオルガイム王妃がいる。二つの名のとおり類稀《たぐいまれ》なる剣の才を持ち、二十三という若さで隊長に抜擢されていた。雷龍《らいりゅう》隊が精鋭と呼ばれるようになったのは、彼の功績が大きい。身分に関係なく腕の立つ者を取り立てたのは、どうしても貴族色の濃くなる騎士団では画期的だった。当然、一癖も二癖もある者達が集まったが、フォーサイスは貴族にも庶民にも、その待遇に分け隔てをしなかった。反感を持つ者、訓練についていけない者は脱落したが、入隊試験はフォーサイスが直々に当たるため、入隊後に除隊する者は少なかったのだ。

厳しくも正当な評価を下し、それでいて任務さえ着実にこなしていれば、軍紀に触れない限り多少の素行の悪さは咎《とが》めない柔軟な彼を隊員達は総じて慕い、忠誠を誓っている。

ブルースも、騎士としても人間としても優れたフォーサイスを尊敬していた。また彼も副官の自分に信頼を置いてくれていた。それなのに、まさかみずから除隊願いを出すことになるとは、これ以上の皮肉はない。

「……決心は変わらないか」

「ええ、除隊届は確かに受け取って頂いたはずです」

苦々しい表情を隠そうとしない直属の上司を見て、ブルースの顔にも自嘲《じちょう》の笑みが浮かぶ。

「だが、お前の意思だとは到底思えない」

「私の意思なぞ、最初からどこにも存在していないのですよ。家長の命令は絶対……逆らうことはできない。貴族の家に生まれれば、致し方ないことです」

「内情は聞かん。俺が知りたいのは、なぜ騎士団まで辞める必要があるのかだ」

責めるような強い双眸《そうぼう》から瞳を閉じて逃れ、ブルースは嘆息《たんそく》する。上司の前で副官としてはあるまじき態度だが、湧き上がる疲労感からそれを禁じ得なかった。

「当主の座を降りて、そのままというわけにはいきません。別の役割が発生したのですよ、騎士との両立は不可能なのです」

「その役割は、俺にも言えないと？」

「申し訳ありません、フカッシャー家の問題なので」

実は、貴方にも深く関係することだ……そう言ってしまえれば、楽になれるだろうか。

「……俺に何かできることは？」

「これ以上、引き留めないで下されば、それだけで」

まっすぐに見返して言うと、フォーサイスもため息をつく。

「決定を覆《くつがえ》すことのない頑固さは健在だな……俺一人で、あの癖の多い荒くれ者どもを束《たば》ねろというのか」

「ライサチェックへの引き継ぎは済ませています。あれでなかなか有能ですから、慣れれば私なんかより、ずっとうまく捌《さば》けるようになりますよ」

「お前に敵う者はいない……しかし、リユーノ公の考えはわからん。生まれたばかりの赤子に何ができる、お前に何の不足がある」

「過分な評価をありがとうございます。私が期待に応えられたことは、一度もありませんでした……所詮、父にとっては不測の事態に備えた代用品でしかなかったのです」

笑みを浮かべた口もとが、不自然な形に歪むのはどうしようもなかった。

「今までお引き立て頂き、隊長には本当に感謝しています。貴方のお陰で今の私はある」

「ずっと助けられてきたのはこちらの方だ、ファティーの件も」

「いいえ、ファティマ様にもよろしくお伝え下さい」

前髪で隠れた傷の上に留まる彼の視線に頭を振りながら、微笑み直す。

「あれはお前に懐いていたからな……除隊を許したことで、親の仇《かたき》のように責められたぞ」

「申し訳ありません」

彼の妹ファティマの勝気な性格を思い出し、苦笑を洩らした。

「お前のせいじゃない、それがまた悔しいがな。落ち着いたら手紙でも書いてやってくれ、友人として」

「ええ、喜んで」

兄とはまた異なる美貌の彼女とは、とある事件を通して出逢った。確かに気は強いが、決してわがままや気位が高いというのではない。意思が強く、女性であることが惜しいほどに聡明でもある。

それまで兄以外の異性を歯牙《しが》にもかけなかったファティマとブルースの関係を邪推する者もいたが、ブルースの予想に反して輿《こし》入れ前の貴族の令嬢にあるまじき噂を、当主であるフォーサイスも本人も特段問題にしなかった。一時は夫の座を望む者から嫌がらせを受けもしたが、それも察知した上司の手によって秘密裏に排除されていたことを、後にファティマから知らされた。

ファティマがブルースに抱いているのは純粋な親愛の情で、恋愛感情ではない。六歳下だが実に聡明な彼女は、ブルースにとっても大切な友人である。二人の間には何の下心も存在せず、その関係は何があっても変わらない……それが兄妹にとって重要な信頼になり得たのだろう。

そんな唯一無二の友人に、今後、自分が会うことはもう不可能に近い。そのことがブルースを、寄る辺《べ》をなくした子供のような気持ちにさせた。

「本当に大丈夫か？」

「……ええ、何でもありません」

覆《くつがえ》らない運命を思ううち、無意識に眉根に力が入っていたのだろう……思案顔で尋ねてくるフォーサイスに、ブルースは慌てて笑顔を作り直す。弱い自分を叱咤《しった》した。こんなことではこの先待ち受ける困難なぞ、到底乗り越えられない。

「この五年間、お前には随分助けられた。感謝する」

「私も、ダグリード隊長の下で働けて光栄でした……楽しい日々でした」

差し出された手をブルースが握ると、強過ぎるほどの力で握り返された……未練を払拭し切れないという心情が伝わり、不覚にも目頭が熱くなる。

両親からはとうとう得られなかったもの……誰かに必要とされることは、これほどまでに甘美だ。その手を離すしかない自分が歯がゆい。自分が選んだ道は、明らかに破滅へと続いているのに。

「何か問題が起これば、いつでも来い。俺もダグリード家も助力は惜しまない」

「……ありがとうございます」

何かを察したような言葉に、繋がれた手を解いたブルースは、光る目もとを隠すように深々と頭を下げる。フォーサイスが退室するまで、その顔は上げられなかった。

「あんたって奴ぁ、ホントにどうしようもねぇな」

声に反応して顔を上げると、半開きになった扉に寄りかかるようにして立つ大柄の男が目に入った……ひどく呆れた顔をしている。

「……ライサチェック、最後に何か確認したいことでも？」

主の許しも得ずズカズカと室内に入ってきた後任の彼に、そう尋ねる。

「ねぇよ。隊長も鬼だが、あんたのしごきも相当なもんだった。大概の非常事態なら、寝ながらでも対処できらぁ」

庶民の出の彼は口も素行も褒められたものではないが、任務は確実にこなす、実に有能な隊員である。ブルースが去ることになった今、隊長への忠誠心は隊内でもっとも強いだろう。

「だから、副隊長に推したんだ。後のことは任せた」

「迷惑な話だねぇ……あんたが完璧にやり過ぎたお陰で、こっちは雑用の山だ。副隊長なんざ他の部隊じゃ、お飾りだってのによ」

「そう思うなら、今後は隊員内で分担してやるようにするんだな。後は任せたといっただろう、やり方は好きに変えて構わない……ダグリード隊長も口出しはしないと言っている」

口では不平を言いながらも、みずからの役割を放り出したりしない責任感の強さと頭の回転の速さを知っているブルースは、ライサチェックへの引き継ぎに容赦をしなかった。

「いいよ、あんたのやり方だから、つぎはぎだらけの部隊もまとまってたんだ……寂しくなっちまうなぁ」

「……ああ」

ブルースは実感を込めて頷《うなず》く。当主としての責務や騎士としての誉《ほま》れをもとめるばかりで何も与えてくれなかったフカッシャーの広大な邸宅よりも、この土と汗に塗《まみ》れた男臭い兵舎の方が、自分にとっては安らげる家だった。

フォーサイスをはじめとして雷龍隊《らいりゅう》の隊員達は、フカッシャーの名ではなく、ブルース個人を認めてくれる。

厳しい鍛錬や難易度の高い任務をともにしてきた部隊内には、固い結束が生まれていた。そんな彼らのもとを偽った自分のまま去らなければならないことが、ブルースには苦痛で堪《たま》らなかった。

「隊長が引き留められなかったんだ、俺らがどうこうできっとは思ってねぇよ……だが、どんなに離れても俺らは仲間だ。そんだけは忘れんなよ」

まるで子供か小動物かのようにガシガシと頭を掻きまわされたが、その気持ちが温かくて嬉しい。

「ほれ、俺らからの餞別《せんべつ》だ」

そう言って、彼はブルースに真新しい本を差し出す。黒革の背表紙で、しおり紐《ひも》は花を模《かたど》った美しい飾り結びになっていた。

「……っ、……これはサスキア王妃の」

「外地任務のついでに寄ったオルガイムで、チェイスが見つけてきたんだよ」

確かに彼は外地任務に就いて昨日戻ってきていたが、提出された報告書記載の任務地は翔国オルガイムからは正反対の場所だったはず……騎士団への入団理由を救世主への憧れからだと公言していたブルースは、サスキア王妃信仰者だ。軍神に恋しているだとか、他の隊員達に散々揶揄《やゆ》されていた。

「ありがとう、これは……本当に嬉しい」

苦労して引きしめ直したはずの涙腺が再び緩み始める。我らアイリスの血が半分流れるという翔国オルガイムのサスキア王妃は、ブルースがもっとも尊敬し、目標とする人物だった。かつて対面した幼いブルースを一瞬にして魅了した、戦の神と同名のそれに相応《ふさわ》しい救世主たる彼《か》の人……この本は彼女が筆をとった剣術指南書なのだ。己など及びもつかない剣の才を持つサスキアみずから著したこの書物は、ずっとブルースが欲していたもの。オルガイム国内のみで発行ということで、訪問する機会に恵まれなかった自分は、その入手をなかば諦《あきら》めていた。

「泣くなっ……綺麗な顔が台無しだぜ」

そう言って、再びブルースの頭を掻き混ぜてくるライサチェックの声も、感極まったように上擦《うわず》っている。

自分は本当によい仲間に恵まれた、騎士団に入らなければ、手に入れられなかった……だからこそ、ブルース・フカッシャーのまま隊を去らねばならないことが辛い。

明日になれば、ブルース・フカッシャーという人間は、エリアスルートのどこにも存在しなくなるのだから。

2

十一年振りに袖《そで》を通したドレスは、登城時に着用する騎士の正装よりも遥かに窮屈だった。

うしろから侍女にコルセットの紐《ひも》を容赦なくしめ上げられ、骨が悲鳴を上げる。圧力から歪みそうになる表情を何とか抑えた……化粧が崩れ、侍女の三刻もの努力を水泡に帰すことだけは避けたい。これ以上分厚く白い粉を塗り込められれば、きっと自分は皮膚呼吸ができなくなり窒息《ちっそく》してしまう。

目の前の姿見に映るのは、公爵家の令嬢ブルーデンス・フカッシャー。偽りの色は剥《は》がされ、金属のように鋭く輝く銀の頭髪と双眸《そうぼう》……こちらこそ生来の姿なのに、自分の目にはひどくよそよそしく映った。

もう、アイリス王立騎士団が雷龍《らいりゅう》隊副隊長ブルース・フカッシャーは存在しない。

これから自分は、ダグリード侯爵家の現当主のもとへ嫁ぐ。妊娠が発覚し、宿る命が男児であると判明した半年前、母ティルディアが決めた縁組。ようやく男として生きることへの違和感が薄れてきた矢先、あまりに理不尽な話に眩暈《めまい》がし……直後、激しい怒りに駆られた。

ふざけるのも大概にしろっ……今さら、女に戻れるものか！

激昂《げきこう》する自分を、母は表情を変えずに切って捨てた。

フカッシャー家にとって〝ブルース〟の存在価値がなくなった今、〝ブルーデンス〟として生きる他に道はない、と……

次いで持ち出された条件に、拒絶の言葉を失った。

自分の母は、世間一般の母親とはまったく違った価値観を持つ人だった。どこまでも夫に従順で、家長の命に私情を決して挟まない……文化の異なる他国の人だからと納得するには、あまりにも子に対する情愛が欠落していた。

それでも唯々諾々《だくだく》と従っていればいつかは、とその愛をわずかながら期待していた想いは、今回のことで完全に砕け散った。

「黙っていれば、見られるようになりましたね……こめかみの傷もうまく隠せていますす」

生まれたばかりの弟を抱くその人は、ブルーデンスの仕上がりに満足げに微笑む。母は、五十五歳という実年齢が信じ難いほどに瑞々《みずみず》しく美しい。長年にわたる両親の執念が実を結び、ティルディアがふた月ほど前に産み落とした同胞……その腕の中ですやすやと眠る弟バーネスは、どこまでも無垢《むく》な顔をしている。

「抱かせて頂いてもよろしいですか、母上」

ブルースの存在価値を打ち砕いた張本人ではあったが、血を分けた実の弟を憎む術を自分は知らない。

「いいえ、ドレスに皺《しわ》が寄ります。それに、お母様とお呼びなさい。貴女の話し方は硬く、女らしさに欠けます」

「……以後、気をつけます。お母様」

ドレスの裾《すそ》をそっと摘み、最大限の恭《うやうや》しさを持って頭を垂れる。ブルースとして生きた十一年より、ブルーデンスとして生きてきた時間の方がまだ二年長い……ここ半年の訓練の賜物《たまもの》でもあるが、物心つく前から徹底的に叩き込まれていた貴族の令嬢としての立ち居振る舞いは骨身に染み込み、完全に忘れ去ることはなかったのだ。

「所作は及第点でしょう」

その様子にティルディアも頷《うなず》く。

「……最後に、お兄様にお会いしたいのですが」

譲れない想いを双眸《そうぼう》に宿して、訴える。

「いいでしょう。まだ少しですが時間はあります、手短に」

「ありがとうございます」

再び一礼し、ブルーデンスは足早に部屋を出た。

＊　＊　＊

病に倒れた異母兄ストレイスは、離れの館でひっそりと療養している。先妻の忘れ形見である柔らかな物腰の彼は、愛情溢れるとても優しい人だった。生母の性質を受け継いだらしく、物静かで穏やかな性格と華奢な体躯《たいく》は騎士に向かなかったが、それでも父の命でその期待に応えようと常に無理をしていた。彼の身体に病魔が巣食ったのは、その優しさゆえだと思う。

「ブルーデンス……久しぶりだね、その姿」

今日は多少加減がよいようで、日の差し込む窓辺で安楽椅子に腰かけている。向けられた微笑みは、柔らかな日の光に溶けてしまいそうに儚《はかな》げだ。

「お兄様……今日は、顔色がよろしいですね」

それでも、ブルーデンスはそう言って笑み返す。

「いつもいつも寝てばかりはいられないだろう。とくに、今日のような日は」

来てくれてよかった、といったストレイスの濁《にご》りのない眼は、自分の心の底まで見透かしているようだ。

「……今までお世話になりました」

「ずっと助けられていたのは、私の方だよ……お前がいなければ、この年まで生きられなかった」

続けられた言葉に、ブルーデンスの表情がわずかに強張る。兄は知っているのだろうか……母と自分が交わした密約を。

「私がこんな身体のせいで、お前には無理を強《し》いる……兄失格だ。ブルーデンス、お前はもっとわがままを言いなさい。堪《た》えられないなら、そう言ってしまいなさい」

「いいえ、いいえっ……お兄様は私を愛して下さいました。それだけで、私には十分です」

殺伐《さつばつ》としたフカッシャーの家で自分を心から愛してくれたのは、半分しか血の繋がらない兄だけだった。彼のためなら何を犠牲にしても構わなかった、だから今の自分がいる。

「私はフォーサイス・ダグリードに嫁ぎます。あの方を、お慕いしているのです」

紛れもない真実の気持ちだ。

「それは知っている、けれど……」

「いいのです、これで。私の幸せを、祈っては頂けませんか？」

そう言って、二の句を封じる。

「誰よりも、何があっても祈っているよ。ブルーデンス」

「お兄様も、ご自愛を……」

「ドレスに皺《しわ》が寄る、義母上に怒られるよ」

兄の身体を抱きしめようと伸ばした腕を押し留め、ストレイスは代わりにブルーデンスの手をとる。

「綺麗だよ、お前の微笑みを受ける者こそ本当の幸せ者だ」

「……ありがとうございます」

澄んだ漆黒の双眸《そうぼう》に、ブルーデンスは兄の幸を祈って微笑んだ。

＊　＊　＊

五年前に一度だけ訪れたことのあるダグリード邸は、蔓薔薇《つるばら》に覆《おお》われた赤煉瓦《れんが》の壁で囲まれていた。当時競うように咲き誇っていた深い紫の蔓薔薇《つるばら》はダグリード家の紋章でもあったが、夏の今は青々とした葉のみが茂っていた。

「貴女の方がダグリード家の方々とは親しいでしょう……だからこそ、気を抜いてはいけませんよ」

馬車の窓から徐々に近づく屋敷を確認していたブルーデンスの横顔に、ティルディアが念を押す。

「はい、心得ております」

化粧を施《ほどこ》し、ドレスという名の鎧《よろい》をまとい……外見こそ完璧に取り繕《つくろ》った自分。ブルースの面影は唇に引かれた深紅で一分《いちぶ》の隙《すき》もなく覆《おお》い隠した。後は自分の心に懸かっている。

「では、行きますよ」

細かな装飾が施《ほどこ》された錬鉄《れんてつ》の門扉の前で、静かに停止した馬車の扉が開く。もう逃れることはできない……わずかに身じろぐ度に内臓をしめつけるコルセットの圧力だけでなく、ブルーデンスの心は否応《いやおう》なく引きしまる。

「ようこそ、ティルディア！　……貴女がブルーデンスね」

馬車のステップを降りた先、迎えてくれた前侯爵の夫人は記憶の中と同じ穏やかな笑みを向けてくれた。若々しい彼女は、娘のファティマとよく似た華やかな美貌の持ち主だ。

「はい、お初にお目にかかります。お出迎え頂きありがとうございます、エルロージュ様」

それ以上はないという慎重さでドレスを汚さぬよう気を配りながら、広がるスカートの裾《すそ》を摘み、極限まで腰を落として深く頭を垂れる。面識のあるエルロージュには、一切気を抜くわけにはいかなかった。

「遠いところを遥々《はるばる》、さぞ疲れたでしょうに」

「いいえ、皆様にお逢いすることが楽しみで……快適な旅でしたわ」

ゆっくりと姿勢を戻しながら、吐き気をもよおすような緊張を押し殺して微笑む。

「私も楽しみだったわ。さあ、入って……」

「エルロージュ、私はここで」

二人のやりとりを満足そうな笑みを浮かべて見つめていたティルディアが、エルロージュの申し出を制してそう口を開く。

「リユーノが陛下から急なお召しを受けて、……屋敷を空にはできませんの。ご存じのように、バーネスもまだ幼いでしょう？」

用意していた言葉を、愁《うれ》いを帯びた表情とともに紡《つむ》ぐ……その演技力には、いつ見ても感嘆《かんたん》の念を禁じ得ない。

「……そうだったの、ごめんなさいね。ブルーデンスは責任を持ってお預かりするわ」

「いいえ、私こそごめんなさい。それでは、半年後に」

「ええ、楽しみにしているわ」

まるで古くからの親しい友人同士のように、エルロージュと手を握り合って笑みを交わし、ティルディアは完璧な暇の礼を見せて馬車に戻る。扉が閉まると、流れるように馬車はその場を後にした。

「本当に、礼儀正しくて素晴らしい方ね……貴女のお義母様は」

「……大変、よくして頂いております」

ティルディアの祖国の妹が半年前に病死し、娘が一人残された。一昨年前に父親も亡くしていたその娘に、手を差し伸べたのがティルディアだった。養女として迎え入れられた彼女の名前はブルーデンス……この自分ということになっている。

「中に入りましょう、ごめんなさいね……こんな大切な日に、あの子ったらまだ帰ってないのよ」

今日は騎士団本部での定例報告会で、フォーサイスはそれに参加しているのだ。いつもは自分も同行していたが、今日はライサチェックが同行しているだろう……このところ大きな問題は起こっていない、いくら長引いても今時分には終了している。他の部隊との間でライサチェックが騒動を起こしたか、フォーサイス自身が意図的に遅らせているのか。

「ブルーデンス」とフォーサイスの間に面識はない。彼は妻となる自分の顔さえ知らないのだ。今回の縁組はフォーサイスにとって、当主として避けられない責務……彼が妻に望むことは、自分への従属であって愛ではない。雷龍隊《らいりゅう》内で、同性の仲間内でこそ気さくで誠実なフォーサイスだったが、女性に対してはなかば蔑視に近い感情を持っていた。貴族の令嬢達にとって、漆黒の誘惑と称される整った容姿と、アイリスの剣の称号、類稀《たぐいまれ》なる剣の才と三拍子揃った完璧な夫候補であるフォーサイス……関心を引くための行き過ぎた駆け引きや、女の汚い部分を散々見てきた彼の女嫌いはもう末期症状だった。もっとも近くで見ていたブルーデンスは、そんな彼の気持ちが理解でき、同情もしていたのだが。

「お気遣いありがとうございます、大丈夫です」

できることなら、今日は帰って来て欲しくない……ブルーデンスは挫《くじ》けそうになる気持ちを隠して、エルロージュに微笑んだ。


「お母様、その方がお兄様の……？」


玄関広間に足を踏み入れたところで、凛とした声とともに少女が奥の階段から早足で降りてくる。

波打つ黒髪は、無造作に垂らされているだけなのに輝くばかりに美しく、夜を閉じ込めたような瞳も星々をちりばめたようにまばゆく吸い込まれそうだ……唯一無二の友情を誓った彼女。その再会が、懐かしさよりも緊張を孕《はら》んでいるのが悲しい。

「ファティマ姫……で、いらっしゃいますね？　初めまして、ブルーデンスと申します」

同性として逢う今、ブルーデンスは自然な微笑みを浮かべることがひどく難しかった。

「ファティマで結構ですわ……似てらっしゃる、ブルース様に」

ため息のように吐かれた言葉に、胸は早鐘を打つ。

「義兄に……会ったことはありませんが、親しくされていたそうですね」

「ええ、突然騎士団を辞められて……引き留めなかったお兄様には失望しましたわ。あれだけお世話になった方ですのに」

「ファティマ、来られたばかりのブルーデンスの前でそのようなことを言ってはいけません」

兄の非難を始めた彼女を、エルロージュは窘《たしな》めるように言う。

「そうでしたわ……お義姉様、兄は仕事人間で面白味に欠けますし、冷たく感じることもあるかも知れませんが、本当は優しい人なのです」

「……ファティマっ、余計印象が悪いではないの」

さらに言葉を続けたファティマに、夫人は嘆息《たんそく》をこぼした。

「当主様は、素晴らしい方だと聞き及んでおります。私の方こそ、きちんとお仕えできるかどうか……」

微笑ましいやりとりを重ねる母娘に、ブルーデンスの緊張もやや解れる。

「きっと大丈夫ですわ、お義姉様はブルース様によく似てらっしゃいますもの」

「そう、でしょうか……？」

似ている、似ていると連呼するファティマに、ブルーデンスは内心堪《たま》ったものではなかった……黒と銀の色素の違いもさることながら、完璧主義者である母に造り上げられたこの姿。背格好こそ同じかもしれないが、顔立ちはそう似ては見えないはずだ。

「お姿ではなくて、雰囲気が……剣を扱う方だけれど、普段はとても穏やかで優しい心根を持たれた方ですもの」

「ファティマは、ブルース様が本当に大好きだったのよ。それが二人とも恋心でなかったのが、私には残念でならなかったのだけれど」

エルロージュの言葉に、ブルーデンスはわずかに目を見開いてしまう。一度しか面識のない夫人から、そのように思われていたとは意外だった。

「お会いしたのは一度だけだったけれど、本当に紳士な方なのよ。今回の縁組でティルディアに会って、それも納得したわ……素敵なお母様の教育の賜物《たまもの》だったのね」

「だから、ブルース様の義妹でいらっしゃる貴女がお兄様の奥様になって頂けると聞いて、嬉しかったのです……きっと、貴女なら」

前侯爵夫人の言葉を受けたファティマの言葉なかばで、玄関の扉が大きく開け放たれる。


「……ただいま戻りました」


不機嫌を隠さない声、ブルーデンスの心臓が大きく跳ねる。

「お兄様、遅いですわ！　みなでお迎えするはずでしたのに」

「……職務だ、仕方ないだろう」

「おやめなさい、二人とも……ブルーデンスの前でしょう」

険悪な空気が漂いかけたところを、エルロージュがやや厳しい口調で遮《さえぎ》る。ファティマに向けられていた双眸《そうぼう》が、そこでようやくブルーデンスに移された。

「ブルーデンスと申します、以後よろしくお願い致します」

視線を避けるように、深く首《こうべ》を垂れる。ずっと覚悟を決めてはいたものの、実際に対面すると恐ろしいほどの緊張が全身に走った。

「……オルガイム人か」

優雅に結い上げられたブルーデンスの髪……右こめかみの傷を隠すために流された一房を、フォーサイスは清水をすくうようにその手にとって無感情に呟《つぶや》いた。

「……っ、……申し訳ありません」

彼の予想外の行動に、ブルーデンスは弾かれたように顔を上げる。初めてかち合ったフォーサイスの視線は、まるで自分を射殺そうとするように鋭く、咄嗟《とっさ》に謝罪が口を突いてしまった。

そして、幾重にも塗り重ねた真珠粉で隠したはずの傷の存在に気付かれたのではないかと、気が気ではなかった。

「フォーサイス！　何です、その態度はっ……」

とても褒められたものではない息子の対応に、エルロージュの叱責《しっせき》が飛ぶ。

「私は事実を口にしただけですが」

視線が外され、髪も解放されたものの、ブルーデンスの緊張は頂点に達していた。フォーサイスの一挙手一投足に全神経を集中させる……失敗は許されない。

「ご自分の妻となる方に、あんまりではありませんの！」

「半年後の話だろう、今はまだ自由にさせてもらいたいものだな」

ファティマの非難にも、彼はにべもない。

「……お疲れのところ、お手を煩《わずら》わせてしまいました。申し訳ありません」

揺るぎない拒絶の言葉に、ブルーデンスは再度頭を垂れる。嫌悪感を孕《はら》んだ視線の鋭利さを、向けられて初めて本当に理解できた。

「最初に言っておこう。この縁組は、契約だ……お前にはダグリード家のうしろ盾《だて》を与える。我が家の規律さえ破らなければ何をしようと自由だ。望みがあれば母か妹のファティマに言うがいい。常識的な範囲のものならばすべて叶えられるだろう。対価としては、後継ぎを産んでもらう。ただそれだけだ、簡単だろう？」

「フォーサイス！」

「いいえ、……誠心誠意、尽くさせて頂きます」

エルロージュの叱責《しっせき》を制し、ブルーデンスは頭を下げたまま言った。

「必要ない、私は何も望んでいない。だから、お前も私に何も望むな」

了解の言葉さえも一蹴《いっしゅう》し、フォーサイスはブルーデンスの脇を通り抜けて屋敷の中に入っていった。

「……ひどいわ、あんなこと」

ファティマは、兄の言動が信じられない様子で呟《つぶや》く。

「ごめんなさいっ、ブルーデンス……いつもは、あんなことを言うような子ではないのだけれど」

エルロージュもひどく動揺した様子で、下げられたままのブルーデンスの顔を覗き込むようにして謝罪の言葉を紡《つむ》ぐ。

「大丈夫です、本当に……」

無理矢理口もとに笑みを浮かべ、ブルーデンスは頭を振る。

きっとこれは、貴方を裏切り、偽ることへの罰……それでも、自分は前に進まなければならない。

3

外出したファティマが戻らない……その一報を聞いたのは、兵舎から戻った宵闇の迫る夕刻のことだった。

屋敷内は不測の事態に騒然としていた。フォーサイスは最悪の結末を想像して狼狽《ろうばい》する母を落ち着かせ、捜索のために再び屋敷を出ようと門扉を開いたところ、こちらを目指す一塵の影が目に入る。ファティマを腕に抱いて馬を駆る若い騎士の姿には、この上ない安堵とともに、小さな驚きを覚えたものである。ダグリード家と因縁浅からぬフカッシャー公爵家当主は、玉石混淆《ぎょくせきこんこう》のアイリス王立騎士団の中、女と見紛うような華奢な体躯《たいく》、三つ編みに結った腰までの長い髪が随分と不釣合いだった。しかしながら、その思慮深げな双眸《そうぼう》の奥には、ぬるま湯に首まで浸かったような怠惰な貴族には到底手に入れることができない鋭さがあった。どこまで使えるかはわからないまでも、只者ではないだろう……フォーサイスは、そんな彼の存在を微かに心に留めていたのだ。

「馬上からの無礼をお許し下さい、自分は王立騎士団角狼《かくろう》隊所属のブルース・フカッシャーと申します。ファティマ姫の馬車が夜盗に襲われているところに行き合わせ、僭越《せんえつ》ながら屋敷までの護衛を務めさせて頂きました」

淀みのない口上を述べ、ひらりとその場に降り立った男ブルースは、蒼褪《あおざ》めて小刻みに震えるファティマの身体を馬上より恭《うやうや》しい所作で抱き下ろす。御者や従者の姿はなく、血に染まった布を額《ひたい》に巻いた彼の駆る馬は、馬車に繋いであったうちの一頭であるらしかった。手傷を負い、白い馬体は赤黒く汚れている……それらの示し出す真実に、心がひやりとした。

「……ぃやっ！」

よほど怖い思いをしたのだろう……妹はブルースの首にその腕を巻きつけ、離れようとしない。人見知りの激しいファティマが、家族以外にここまで懐くのは稀《まれ》だった。

「ファティマ様……もう大丈夫ですよ、お兄様もいらっしゃいます」

剣を振るう者としては随分と繊細な指が、ファティマの髪を梳《す》く。浮かべる微笑みも紡《つむ》ぐ言葉も、ついさきほどまで戦いに身を投じていた者とは思えないような穏やかさを湛《たた》えていた……手傷を負って少なからず興奮しているだろうに、腕に抱くその存在を安心させようという細やかな配慮に、その年若さでと感嘆《かんたん》したものだった。

＊＊＊

怯《おび》えるファティマを母に任せ、その後すぐに彼を伴《ともな》って現場を検証した。致命傷ではないものの、逃走できない程度の負傷を負わされた夜盗達はその場に拘束されており、一味全員を捕えることができた。その無駄のない剣筋は傷つけるためではなく、誰かを守るためのものだ。妹の命を救ったことに対する感謝は当然だったが、それ以上にその腕が欲しいと思った……探していた副官にこれほど相応《ふさわ》しい人物はいない、彼なら安心して隊と、この背を預けられる。

実際、いけ好かない角狼《かくろう》隊隊長に借りを作ってまで引き抜いたブルースは、想像以上に有能だった。生粋《きっすい》の貴族の出でありながら実に柔軟な思考の彼は、腕はあるが個性の強い隊員達をうまくまとめ上げた。自分のように強さですべてを掌握《しょうあく》するのとは違い、それこそ仁徳なのだろう。綺麗な飴《あめ》と鞭《むち》の役割分担が成立していた。

五年後、精鋭と呼ばれるまでに成長した雷龍《らいりゅう》隊……それを見届けたといわんばかりに、ブルースから突きつけられた除隊届。

フカッシャー家はダグリード家に勝るとも劣らない名家、前の戦乱での負傷により将軍職を辞した前当主リユーノは、今なお軍部に強い影響力を持つ。家名に対する強過ぎるほどの誇り、厳格にして旧体制の塊のような男だったと記憶している……その凝り固まった父の教育下で、あのようにしなやかに育ったのはまさに奇跡、現当主ブルースは実に有能で、立派にその責務を果たしていた。

それなのに、生まれたばかりの弟にその座を奪われ、そのために騎士団さえ追われるという。リユーノの目には、彼が無力な赤子にさえ劣って見えたのか……そんな馬鹿な話はない。ただ、ブルースの疲弊《ひへい》し切った姿を見れば、抗《あらが》ってなお屈服せざるを得なかったのだということが知れた。

引き留めるな、理由も聞くなというブルース……穏やかな性格だが、その意志は誰よりも固い。頑《かたく》なな彼の態度に、何もできない、してやれない自分に、腹が立って仕方がなかった。

それと同時に、フカッシャー家がブルースを切り捨てた理由に思い当たった。半年前、突如として持ち上がったダグリード家とフカッシャー家の縁組……この縁組の背後には、リユーノの影がある。彼が騎士団内で唯一干渉できない雷龍《らいりゅう》隊が、リユーノの息のかかった部隊と何度か衝突することがあった。今となっては偶然か必然かも計れないが、副隊長を務めることになったブルースは、きっと隊の実権を自分から奪う命を受けていたはずだ。

副官として影日向《かげひなた》なく仕えてくれたブルースの忠誠心に裏表は存在しなかった。その忠誠心ゆえにリユーノに見限られたのだろう……そして、今度は養女を使って自分をとり込もうとしているのではあるまいか？

アイリスの社交界でもそうそう出逢えないほど美しい所作で、フォーサイスに腰を折ったフカッシャー家の令嬢ブルーデンス。

彼女は銀の髪と瞳を持っていた……ブルースの母ティィルディアは生粋《きっすい》のオルガイム人であり、遠縁ながら王家の血を引いている。戦乱より前にフカッシャー家へと嫁いできた彼女には、祖国に妹がいた。その妹の娘がブルーデンスなのだ。

両親に先立たれてうしろ盾《だて》を失った彼女は、フカッシャー家の傀儡《くぐつ》として生きる道を選んだ……ブルースとブルーデンス、二人の瞳《ひとみ》は闇とそこに浮かぶ月のように対照的だ。けれど、葛藤を抑え込んでさらに強い意志の光を宿したそれは、驚くほどよく似てもいた。

その境遇が真実であれば、同情もしよう。ブルースがとうとう抗《あらが》えなかったリユーノに、血縁関係もなく、何の力も持たない彼女が逆らえるはずがない。己の意思か、強制か……彼女にはフカッシャー家の陰謀が絡みついていて、切り離すことは不可能だ。都合のよすぎるその出自には、甚《はなは》だ疑問が残る。

仮にこの縁組を断ったとしても、リユーノは諦《あきら》めずに他の策を弄《ろう》するだろう……フカッシャー家の名の下、騎士団全部隊の実権を握るために。

だから、断ることはしなかった。

正式な婚礼の儀はブルーデンスの母親の喪《も》が明ける半年後、現時点では婚約者に過ぎない。今からダグリード家にやって来たのは、この家のしきたりを少しでも早く覚えるためといっていたが、一刻も早くフォーサイスに取り入り、既成事実の一つでも作ろうとしているのだろう。今まで湯水のごとく押し寄せていた縁談話を切って捨ててきた自分が、今回に限って異を唱えなかったことに、いつまでも独身でいる自分を心配していた母と妹が色めき立ったことも、ことを円滑に進める潤滑油となった。

何も知らずに喜んでいる二人には少々気の毒だが、この縁組は決して実現しない。婚礼の儀を迎える前に自分は彼女の化けの皮を剥《は》がし、フカッシャー家の陰謀を暴く。

貴族の権力争いになぞ、何の興味もない……今は亡き父に与えられた剣に生きる道、信頼できる部隊、それらさえ邪魔されなければ他には何も要らない。

だからこそ、それを脅《おびや》かす者は許さない。汚い手を使って……実子さえ駒《こま》として使い、思い通りに動かなければ切って捨てるそのやり口には不快感を覚えずにはいられない。

俺はただ、雷龍《らいりゅう》隊を守りたいだけ……そして、初めてこの背中を預けられると思えた有能な副官を取り戻したいだけだ。

4

ダグリード家古参の侍女であるデリスは、この度屋敷に迎えた当主フォーサイスの婚約者に戸惑いを覚えていた。

「おはようございます」

こちらに微笑みを向ける彼女は、使用人が目覚ましの紅茶を持って行くよりも早く起き、すでに一分《いちぶ》の隙《すき》もなく身支度を整えていたのだ。何の不自由もないように、と女主人より重々言いつけられているのに、朝の挨拶とともに向けられたのは綺麗に化粧を施《ほどこ》した顔、その銀髪も昨日と寸分違わぬ美しさで結い上げられている……これでは自分の出番などないではないか。

「どこか……おかしいでしょうか？」

右側だけ一房下ろした前髪に触れながら、彼女はデリスの向けた長過ぎる視線を訝《いぶか》るように小首を傾げた。

「申し訳ございません、ブルーデンス様……遅くなりました」

デリスは紅茶の載ったトレーを扉横の机に置き、慌てて膝《ひざ》を折って無礼を詫びる。

「顔を上げて下さい、悪いのは私の方です。貴女のお仕事を奪ってしまったのですね」

ブルーデンスは、デリスの前に身を屈める。

「物心ついた頃より、行儀見習いの一環で縁者の屋敷で侍女をしていたので、できることはついしてしまって……以後気をつけますね」

「そんなっ……滅相《めっそう》もございません！」

申し訳なさそうに彼女が告げた言葉に、デリスは一瞬呆気にとられるが、即座に頭を振った。

昨日のフォーサイスとブルーデンスの冷え切った対面は、居合わせた侍女達からデリスも聞いている。

まるで予想していたように、彼女は動揺を見せなかったという。

翔国オルガイムの王家の血を引く銀の髪と瞳を持った美しき令嬢は、きっと今まで何不自由ない暮らしをしてきたのだろう。それが両親の死によって失われたものの、豪華な生活を忘れることができずに、異国の侯爵家に嫁ぐ道を選んだのだと自分達は勝手な解釈をした……一体、どんな嫌な女なのだろうと。

けれども、目の前に見える手は、繊細だが爪は短く切られており、自分達使用人と同じで実用的に整えられたもの……思慮深いその表情にも、贅沢に溺れる者の面影はまるでなかった。よくよく考えてみれば、フカッシャー家から持参したドレスや装飾品、その他の荷物の荷解きの手伝いも彼女は辞退していた。これからこの館で過ごすのだ。大部分は別に運ばれてくるのであろうが、それでもかなりの量だったに違いない。けれど部屋は綺麗に片付いている……昨日身に着けていたものとは違う薄紫色の裾《すそ》の房飾りが美しいドレスも、昨夜のうちにきちんとクローゼットにかけられていたようで、皺《しわ》一つ見当たらなかった。

使用人の手助けをまったく必要としないブルーデンス。その身のこなしは、アイリスの社交界でも滅多にお目にかかれないような洗練された貴婦人のものである。

「お茶を頂きますね……それから、首飾りを選ぶのを手伝って頂けますか？」

「かしこまりました」

どういう方なのだろう、この方は……先入観を一瞬にして打ち砕かれたデリスは、新しい主にそれまでとは違い心から頭を垂れた。

＊　＊　＊

女だけの朝食を終え、家庭教師に追い立てられるように退室したファティマの不満顔を見送った後、エルロージュとブルーデンスは中庭に出る。

蔓薔薇《つるばら》を紋章とするダグリード家の庭園は、やはり薔薇《ばら》が多かった。四季咲きのものは、庭師が丹精込めて手入れをしているために夏の今も瑞々《みずみず》しい……春先、屋敷を取り囲む外壁を埋める蔓薔《つるば》薇《ら》が一斉に咲き誇れば、ダグリード家は名実ともに薔薇《ばら》屋敷となる。目の前に咲いている色とりどりの花弁の多い品種も美しいが、一重咲きの深い紫の蔓薔薇《つるばら》は神秘的でさえあった。

五年前、宵闇の中、壁前に立っていたフォーサイスに、ブルーデンスは目を奪われた。鋭利に整った容貌が、気高い剣弁の花に重なって見えたのだ。

これが、アイリスの剣の名を継ぐ者……自分も彼のようだったならば、きっと両親は自分を認めてくれた。その愛も得ることができたかも知れない。

せめて、漆黒の髪と瞳だったなら、少しはその目を向けてくれただろうか……翔国オルガイムにおいては神聖な色とされているが、黒一色のこの国では、自分はあまりに特異だった。

「美しいわね」

物思いに耽《ふけ》っていたブルーデンスの隣で、エルロージュがため息を吐く。

「ええ、見事ですね」

二人の目の前にある黄色から薄紅色の変化が美しい花弁の多い薔薇《ばら》は、とくに華やかだ。

「貴女のことよ……ちょっとした立ち居振る舞いも、とても上品だわ」

八歳の頃から、ブルーデンスは行儀に厳しいことで有名な伯爵家に預けられていた。あまりの辛さに屋敷から逃げ出したこともあったが、母に連れ戻され、結局十三歳で騎士団に入るまで侍女として働かされた。そこで徹底的に行儀作法を叩き込まれたのだ。

染みついたものは騎士になってからも抜けず、ふとした瞬間に出てしまう上品過ぎる所作が、まるで深窓の令嬢のようだとよくからかわれていた。

「躾《しつけ》が厳しかったので、所作だけは……当時は辛かったですけど、今となってはよかったと思っていますわ」

本当にそれだけは幸いだった、決してこのような状況を望んだわけではないけれど。

「素晴らしいわ……ところで、その髪は自分で?」

「はい、オルガイムの娘は髪結いができるようになって初めて一人前なのです。婚約が決まったとき、片方の前髪をうしろと一緒に編み込んで、婚礼の儀を終えたらすべて一つに編み上げるのです」

オルガイムは飾り紐《ひも》細工が名産品であるだけに、女性の髪の結い方も多種多様で美しい。ブルーデンスはティルディアより、ここ半年の間に徹底的に教え込まれていた。侍女に髪結いを任せれば、こめかみの傷の存在がフォーサイスらの耳に入る可能性が高い。オルガイムの貴族の娘の慣習は、ブルーデンスにとってとても都合がよかった。

「オルガイムの女性は、手先が器用なのね。飾り紐《ひも》も美しいし」

「ええ、飾り紐《ひも》は私も好きです……サスキア王妃も愛用されていますし」

エルロージュの言葉に、ブルーデンスも頷《うなず》く。

「サスキア様はエリアスルートの人々の憧れですものね。貴女はお会いしたことがあって？」

「幼いときに一度だけ。短い間でしたけど、それでも素晴らしい方であることはよくわかりました」

ブルーデンスは当時を思い出し、柔らかな笑みを浮かべた。

「この国に来られたときに私もお会いしたのだけれど、あんなに美しい方にお会いしたのは初めてだったわ……黒い髪と瞳以外は、オルガイムの騎士であったお父様似なのだそうよ。あの方の美しさがダグリード家の血によるものでないことが、残念でならないの。もちろんサスキア様と繋がりがあるのは光栄だわ。けれど、あの美しさの数分の一でも自分にあればと、思ってしまうのよ」

フォーサイスの亡父アスターとエルロージュは従兄妹同士であったらしい。遠縁ながら血縁関係のある彼女は、心からそう思っているようにため息を吐く。

「それだけお美しいのに欲張りでいらっしゃいますね、エルロージュ様は。ファティマ様も本当に愛らしいですし、当主様に至っては『漆黒の誘惑』の異名をお持ちとか？」

「あの子には言わないでね、不機嫌になるから。造りはいいのだから、もう少し愛想よくできたらいいのだけれど……今朝も、本当にごめんなさいね」

今朝の朝食の席には、フォーサイスも同席するはずだった。

しかし、早朝訓練があるといって、彼は朝食も取らずに屋敷を出ていってしまったのだ。

まだ日の光が差し始めたばかりの時分、馬を駆り門扉から出ていく彼の姿をブルーデンスは自室の窓から見ていた。フォーサイスがあからさまに距離を置こうとしていることに、わずかながら安堵してしまう己の弱さを、ブルーデンスは自嘲《じちょう》する……他人行儀な「私」という呼称を使ったフォーサイスに、あそこまで心を乱されるとは思わなかった。

今、あの鋭利なまでにまっすぐな視線を受け止める自信がない。

「騎士の務めは大切です、お気になさらないで下さい。私の方が理解しなければならないことですので」

「ありがとう……でも、初対面のあの態度はあまりにも失礼だったわ。謝罪もしないなんて、許されないことよ」

ブルーデンスは曖昧な笑みを浮かべて、頭を振る。

フォーサイスは自分との婚礼を望んではいない。普通の貴族の令嬢であったなら、あれだけの言葉を投げつけられて、黙ってはいなかっただろう。

しかし、残念ながらブルーデンスは普通の貴族の令嬢ではない。

雷龍《らいりゅう》隊の実権を望む父リユーノから、隊長であるフォーサイスを籠絡《ろうらく》するように密命を受けた間諜《かんちょう》なのだ。

そんなことをできるはずがない、ブルーデンスにはよくわかっていた。それでも、ここに居続けなければならない理由がある。

己を偽り、彼を欺《あざむ》き……その先で、真実守りたいものは守れているのだろうか？

＊　＊　＊

朝の訓練を終え、執務室に戻ったフォーサイスはひどくクサクサした気持ちを抱えていた。

昨日は母と妹から、婚約者殿への対応を散々非難された。何も知らない二人にとっては正当な言い分だろうが、自分にしてみればあの対応こそ真っ当なものだ。しかし事情を説明するわけにもいかずにそのまま無視していたせいで、ブルーデンスへの二人の同情はさらに強まってしまったらしい。

忌々《いまいま》しいことこの上ない。

「隊長、書類に承認を……ってぇ、ご挨拶だな」

盛大にため息を吐いていたところ……入室許可を受けるために申し訳程度に扉を叩いたものの、その返事も待たず扉を開けて入ってきたライサチェックが、眉を顰《ひそ》める。

「悪い、お前にじゃない」

「随分と不景気な顔じゃねぇの……昨日から、麗しい婚約者殿と一つ屋根の下なんだろ？」

「顔を見てもないくせに、勝手なことを抜かすな」

軽口を叩く彼に、フォーサイスは人でも射殺せそうな一瞥《いちべつ》を送る。

「おお、怖ぇ……フカッシャー家の人間だっていうじゃねぇか。男のブルースがあれだけべっぴんだったんだから、美人だろうよ。多少とうが立っちゃいるが、オルガイム人なら大した問題でもねえしな」

ライサチェックが発した最後の言葉に、フォーサイスはそういえばと思い返す。

ブルーデンスはブルースの義妹ということになっているが、年は彼と同い年だった。今回の婚約の焦点が彼女自身とは別にあったせいで、自分は婚約者の年齢について、今の今まで何とも思っていなかったのだ。

アイリスでの貴族の娘の適齢期は、大体十六歳から二十歳までと言われている。二十歳を過ぎると、否応《いやおう》なしに嫁ぎ遅れの烙印《らくいん》を押されてしまう。男であるフォーサイスはそこまでとやかく言われることはなかったが、一昨年頃から輿《こし》入れ先について母とやり合う男嫌いの妹の姿を、よく目にするようになっていた。

しかしながら、己の婚約者であるブルーデンスはすでに二十四歳。ライサチェックの言うとおり、オルガイム人は成年期、繁殖期ともに長いことから、本国では二十歳を超えた彼女が独り身であっても何の問題もないのかもしれない。

けれど、意図的に迎えた養女なら、なぜリユーノはアイリスでも不自然に思われないような年齢の者を選ばなかったのか？

戦前は知将として名高かったらしい彼が、わざわざブルーデンスを選んだのには、何か特別な理由があるのだろうか？

「どうだかな……ただ、オートマターのような女だったな」

まるで視線を避けるように、深く頭を垂れて自分の言葉を受け止めていたブルーデンス……一瞬だけ見た顔は確かに整っていて、つくりもブルースに似ているようだった。何を考えているかわからない無機質な銀色の瞳と相まって、彼女の隙《すき》のない美しい所作は機械仕掛けの人形を思わせる。

「あんたの女嫌いを知っちゃいるが、いくらなんでもひどくねぇか？　未来の嫁さんだろ」

「……そんな生易《なまやさ》しいものか、あれはフカッシャー家の間諜《かんちょう》だ」

軽薄そうに見せているが、口の堅い彼に、フォーサイスはそう告げる。ブルースがいればいろいろと相談しただろうが、それを見越していたのかリユーノの手によって阻《はば》まれてしまった……彼は今、一体どこで何をさせられているのだろうか。

「……欲しいのは、雷龍《らいりゅう》隊ってことかよ」

頭の回転の速いライサチェックは、そう呟《つぶや》いて顔を歪める。

「大丈夫なのか、ブルースは」

「命まではとられない、といっていた……面白くない状況ではあるだろうがな」

ブルースが用済みで切って捨てられたことを察した呟きに、フォーサイスが答える。

「もったいねぇ、あれだけ有能な奴が飼い殺しか……」

「だから、この茶番に乗った」

「……隊長？」

ライサチェックは、やや見開いた目でフォーサイスを見つめる。

「これ以上、リユーノの好きにはさせない。奴の目論見《もくろみ》を潰すために、利用するまでだ」

ニヤリと笑った上司に、背筋がスッと寒くなった。

ご婦人方は何だって、彼のことを漆黒の誘惑なぞと呼ぶのだろうか……いっそ独善的なほどに排他的で、敵にまわせばこれほど恐ろしい男はいない。

「相手は無力な女なんだ、あんま手ひどいことは勘弁してやんなよ」

自身の預かり知らぬところでフォーサイスの逆鱗《げきりん》に触れてしまった哀れな女に、ライサチェックは同情の念を抱いた。

5

よく晴れたある日の昼下がり、まるで幼子のように義妹に手を引かれたブルーデンスは、ダグリード邸の中庭を進んでいく。フカッシャー公爵家からやって来た控えめで物腰穏やかな彼女を、一目で気に入ったファティマ……厳格な家庭教師を苦労して説き伏《ふ》せて作った今日という時間を、無駄にしたくはない。そんな気持ちが、彼女をどんどん早足にしていく。

「ファティマ様……そんなにお急ぎにならずとも、こちらは貴女のお屋敷ですよ」

そんな自分の逸《はや》る心を察しているのかどうなのか、麗しい義姉の優しく諭すような声が追いかけてくる。ブルーデンスの言うとおり、勝手知ったる生家の自分とは違って、彼女にとってこの屋敷はまだまだ不案内な場所……もしや、ろくに返事も待たずに連れ出して負担を強《し》いたのでは？

不安を覚えて振り返った先に待っていたのは、初顔合わせと変わらぬ柔らかな微笑み……それは唯一無二の友情を誓った、彼女の義兄ブルースにやはりよく似ていて、ファティマを安心させる。

本日の義姉のドレスは薄い萌黄色《もえぎいろ》で、ペティコートの裾《すそ》は幾重にも薄いひだのような布地をはぎ合わせており、歩を進めるごとに波打つ様が美しい。ただ、それだけにひどく歩き辛いだろうに、ブルーデンスはそんな様子をまったく見せることはなく己の早足について来ていた。足をとられやすい芝生の上、まるで滑《すべ》るように足音さえ、衣擦れの音さえさせない。

ブルースも騎士とは思えないほどに洗練された立ち居振舞いだったが、目の前の彼女はそれ以上だ。行儀作法の先生から常々落ち着きがない、と言われ続けている自分……一生かかっても、彼女のような瀟洒《しょうしゃ》な振る舞いができるようになるとは思えなかった。それはフカッシャー家の教育方針というよりも、その体に流れるオルガイム人の血がそうさせているように思えてならない。

「……っ、……不公平ですわ」

「ファティマ様？」

歩みを止めて長々と自分を見つめた後、薔薇《ばら》の蕾《つぼみ》のような唇が吐き出したため息に、ブルーデンスは小首を傾げてしまう。繋がれた手の力は強くなり、明らかに彼女は機嫌を損ねている。さきほどの言葉に、ファティマを怒らせるような単語なぞ含まれていただろうか？

それとも、それ以前に何か失態を犯していたのだろうか？

毎朝、自分つきの侍女デリスがやって来るより先に、作り上げてしまわなければならない完璧なる貴婦人ブルーデンス・フカッシャーの仮面……この顔に濃く塗り込めた真珠粉が与える乳白色の光沢が、銀色の瞳と相まって無機質な印象を相手に与えてしまうことは自覚している。きっと今、浮かべている笑顔もファティマには随分と空々しく映っているのだろう。それでも、そうでもなければ内心の動揺を隠しおおせる自信がないのだ。弱い自分は、母ティルディアのようにうまく己の思惟《しい》を包み隠すことができないし、この先できるようになるとも思えなかった。

母のようになりたいとは思わない……けれど、いっそ心がなければどんなに楽だろうと、鏡の中の母によく似た鋭利な容貌を見る度に、ブルーデンスは思っていた。

今朝、最初に顔を合わせたデリスは、特段驚いているようなところはなかったが、相手はブルースと五年来の友情を育んだファティマなのだ。自分やデリス、そして、エルロージュまでも見過ごしてしまったような、そんなわずかな彼の痕跡《こんせき》が残っていたのだろうか？

コルセットでしめ上げた胃が、それ以上の危機的な圧迫感を覚えてキュッと悲鳴を上げる。

「いいえ、ごめんなさいっ……お義姉様が悪いのではないのです、決して！」

目の前で寄せられたブルーデンスの眉根を見て、ファティマは慌てて頭を振る。

「己の無作法さに自己嫌悪に駆られていたのですわ……オルガイムの方々はみな、なぜそうまで軽やかなのでしょう。翼などなくても、歩まれているだけでもまるで宙を舞っているようです」

「……オルガイム人がみな、ということではないと思いますが」

方々というのは、ティルディアやブルースのことを指しているのだろうか……激しい緊張から解き放たれ、思わず苦笑を浮かべながらブルーデンスは答える。

「生家が行儀に厳しかったことは確かですが、オルガイム人だからということではないと思いますよ。幼い折に、行儀見習いの一環として縁者の屋敷で侍女をしていたことがあるのです。そのことも、きっとそのように思われる理由の一つではないでしょうか……」

「デリスから聞きましたわ。それは驚きましたのよっ……一体どれくらいの期間なさっていたのです？」

「八歳のときから十三になるまでですから、五年間ですね」

サラリと口にしたブルーデンスに、ファティマは眼を剥《む》く。

自分はその年頃のとき、屋敷に父や兄がいなかったこともあって、随分とわがまま放題に過ごしていた……今、ファティマにはその自覚があった。それを気付かせてくれたのは、何を隠そう彼女の義兄ブルースなのだ。

漆国《しっこく》アイリスには、花冠祭《かかんさい》と呼ばれる伝統的な祭儀がある。王都フィオリアの南西部に位置する聖地ゴアード……そこには、常に立ち入りを禁止された「ハルオルの園」という花園があった。四年に一度だけ咲くイルオラという花だけを育てている。花弁は七枚の異なる色をもち、その形はまるで王冠のようだった。その地以外では芽吹かない神秘性も合わさり、イルオラはアイリスの国花とされ、その開花時期に合わせ、国を挙げた祭事が執《と》り行われるようになったのだ。そのとき限り一般開放されるハルオルの園に、身分の上下関係なく国中から人々が押し寄せる。

五年前の花冠祭《かかんさい》の折、ファティマはフォーサイスとともにゴアードに赴《おもむ》くつもりだった。

けれど、その年は王都外れの森で盗賊団が頻繁に出没していたのだ。ゴアードへの最短経路でもあったその森に、事態を重く見た騎士団は兄を討伐《とうばつ》部隊の指揮官に抜擢し、盗賊討伐《とうばつ》及び二十日間行われる祭儀の間の警戒警備体制を敷いた。自分が同行できないのは危険ゆえ此度《こたび》の祭り見物は見合わせろ、と兄からは命じられたが、そのときのファティマに納得できようはずがなかった。前回は幼さを理由に連れて行ってはもらえず、この四年間ずっと楽しみにしていた花冠祭《かかんさい》……ダメだといわれて、はい、そうですか、と引き下がる聞き分けのよさなどそのときの自分にはなかった。

大体、盗賊討伐《とうばつ》なぞ兄にかかれば即解決だろうに、何を心配することがあろうか……実際、フォーサイスは花冠祭《かかんさい》開催三日目にしてその盗賊団を見事捕縛《ほばく》したのだから。

ファティマは屋敷の使用人の中に、今年の花冠祭《かかんさい》に行きたがっている青年がいたことを侍女達の噂話を耳にして知っていた。厩舎番《きゅうしゃ》の彼は、同じくダグリード邸に勤める侍女の一人に恋をしていた。花冠祭《かかんさい》の開催期間中、毎日一定時間だけ、特別に建てられた祭やぐらの上からイルオラの花弁を撒《ま》く慣わしがある。七色の花弁はそれぞれに意味を持ち、それを手にした者に様々な幸運を与えるという言い伝えがあった……恋の成就をもたらす深い藍《あい》色の花弁を、彼は欲していたのだ。

だから、家人には内緒で、その厩舎番《きゅうしゃ》に花冠祭《かかんさい》へ行くための馬車を出してくれるように頼み込んだ。己の雇い主であるフォーサイスの命に背くことを最初は断固として受け入れなかった青年だったが、自分が無理矢理頼んだことで青年に罪はないのだと後で必ず謝るからと訴え、彼を説得した。

初めて参加した花冠祭《かかんさい》は、想像以上に壮麗《そうれい》で楽しいものだった。聖地へ続く道々は祭り装飾が美しく、聖地のすぐそばには露店がひしめき合っていた。ぎっしりと並べられた見たこともない品物に食べ物、イルオラにあやかった七色の装飾品……何より、ハルオルの園に咲き乱れるイルオラの美しさ。隣り合う違えた色彩の花弁は、奇跡としか称しようがない。

見事に藍《あい》色の花弁を手に入れた青年と、山と珍しい土産物を買い込んだファティマは興奮覚めやらぬまま帰路についた。兄に見つからぬように、警戒警備の敷かれた森を迂回《うかい》して……それがどんな悪夢を引き起こすかも気付かずに。

捕縛《ほばく》を逃れた盗賊団の残党達に、自分達は鉢合わせてしまったのだ。

ファティマが乗っていたのはダグリード家の紋章が刻まれた馬車……盗賊達は効率よく強盗を働くために、貴族の家紋を熟知していた。此度《こたび》の討伐《とうばつ》の指揮を執《と》ったフォーサイスに並々ならぬ恨みを抱いていたことは、言うまでもない。金品を奪う目的というよりも復讐の色濃い襲撃、どす黒い怒りに染まった彼らに命乞いなど無意味だ。目の前で、ファティマを庇《かば》って厩舎《きゅうしゃ》番の青年が斬りつけられた……極めつけに過保護な環境、広大な屋敷の中で何不自由なく育った自分は、血を見るのも初めてだった。恐怖のただ中に身がすくみ、己の上に覆《おお》い被さるようにして動かなくなった青年の身体の下から抜け出すこともできなかった。長く降ろしていた髪を掴《つか》まれて馬車の外に引き摺《ず》り出され、振り上げられた剣に死を覚悟した瞬間……

『そこで何をしている！』

かけられた第三者からの凛とした声……涙越しに見えたのは、腰に帯びた剣にその手をかけ、駆け寄ってくる一人の王立騎士団員の姿。

『何だ貴様はっ、邪魔立てする気ならっ……！』

『邪魔立てなどではない、これが正道だ！　か弱い婦女子相手に盗賊行為など不届き千万！』

兄の束《たば》ねる雷龍《らいりゅう》隊とは、細かな装飾の違う漆黒の軍衣に身を包んだその人物は、十数人の盗賊を前にも、怯《ひる》むことなく向かっていく。

盗賊団の残党は見るも恐ろしげな筋肉隆々《りゅうりゅう》とした者達ばかり……比べて彼は、年も二十歳にもなるまい。長い髪を三つ編みにして背中に垂らし、貴婦人と見紛うほど整った容貌をしている。その体躯《たいく》は華奢で、大男に囲まれて随分と心許なげに見えた。ほんの一瞬、自分の命の危険をも棚に上げ、案じてしまったほどに。

だが、それは馬鹿馬鹿しいほどの杞憂《きゆう》だった。

四方八方より突き出され、振り下ろされる大剣を舞うようにかわし、ほとんど相手と刃を交えることなく、ムダのない太刀筋で盗賊達の自由を奪っていった。ただ全力で振りまわされる丸太のような腕から凶器を落とさせ、今度は逃亡しないよう、その足を浅からず深からずの絶妙の切り口でもって薙《な》ぐ。

兄とどちらが強いだろうか……地べたに尻餅をついたまま、ファティマは恐怖も忘れてその光景に見入っていた。

最後の一人を足元に這《は》いつくばらせてしまうと、名も知らぬ騎士団員はすべての盗賊達を縄や鞭《むち》を使って縛り上げ、馬車の中に倒れ伏《ふ》している厩舎《きゅうしゃ》番の状態を確認し、ようやく自分のもとにやって来た。

『王立騎士団が角狼《かくろう》隊所属のブルース・フカッシャーと申します……恐ろしい想いをされましたね、お怪我はありませんか？』

目の前に膝《ひざ》を突き、そう名乗った彼は、一度だけ避け切れずに掠《かす》めてしまった盗賊達の凶刃に右こめかみから血を流していた。痛みなど感じさせない優しい微笑みは、自分を気遣ってのものに相違ない。緊張の糸は完全に切れた。呼吸もままならぬほどにしゃくり上げて、幼子のようにわんわんと声を上げて泣き出してしまったファティマ……自分が落ち着きを取り戻すまで、ブルースはあやすように背を撫で、男とは思えぬ繊細な指先で髪を梳《す》いていてくれた。まるで母に抱かれているような安心感に満たされたことを覚えている。

その後、屋敷まで送っていってくれた彼は傷の手当もそこそこに、屋敷前で行き合わせたフォーサイスとともに再び惨劇の地まで立ち返り、騎士としての務めを果たした。てっきり死んだと思い込んでいた厩舎番《きゅうしゃ》の青年も幸い致命傷ではなく、近くの診療所に搬送してきたらしい。ブルースはすぐにでも厩舎番《きゅうしゃ》を診療所へと搬送しようとしていたのだが、彼のたっての願いでファティマを屋敷に送ることを優先したのだ。もちろん命に別状がないことを見極めた上での判断で、簡単な応急処置も済ませていたそうだ。

別れ際、再び向き合い、告げられた言葉を自分は決して忘れない。

『いくらファティマ様に請われたとはいえ、ダグリード家の厩舎番《きゆうしや》の主人は貴女のお兄様なのです。此度《こたび》の事件は命令を破り、己の欲に走ってしまった彼の責……延《ひ》いてはお兄様の管理不行き届きということになります。

けれど、その身を挺《てい》してファティマ様を守ろうとした行為は賞賛に値します。浅慮《せんりよ》を悔いるのではなく、命を救われたことに感謝をして下さい……そして、ダグリード隊長の言葉はすべて貴女を心配してのこと。貴女に何かあって一番悲しむのは、他の誰でもないお兄様です。それも覚えていて下さいね』

それが、貴女が彼にできる償《つぐな》いですよ……部外者であるブルースの手前、ファティマの軽はずみな行為に対する怒りを抑え、鬼のような形相で押し黙っていたフォーサイスも、その言葉には驚いたような表情を浮かべていた。それは彼が帰った後も尾を引き、ファティマへの叱責《しつせき》もそこまで厳しくはなく、厩舎番《きゆうしや》の青年も離職させられることはなかった。

ブルースが雷龍隊《らいりゆう》へ引き抜かれ、兄の副官を務めるようになったのは、それから程なくしてのことだった。ファティマは、もうフォーサイスの言葉に無闇に逆らうことをしなくなった。兄だけでなく、人の言葉に含まれる想いを考えて行動するようにもなった……感謝してもし尽くせない彼との友情はそこから始まったのだ。

「……ファティマ様？」

再び回想に心を奪われた己を訝《いぶか》るように小首を傾げる目の前の柔らかな微笑みは、やはりブルースによく似ている。ブルーデンスは彼に会ったこともないといっていた……優しさは遺伝するようだ。

「……何でもありませんわ、参りましょう」

ファティマは何事もなかったかのようにニッコリと微笑むと、義姉の手を握り直し、再び軽やかに歩み始めた。

＊　＊　＊

これは私が望んだこと。だから、仕方ない……ブルーデンスは、内心深くため息を吐いていた。

黒一色で占められるアイリスでは異様な色彩の髪と目を持つ己と、当主との揺るがしようのない政略結婚の事実……快く迎え入れられるはずがない。この館の使用人達は総じて教育が行き届いているため、あからさまに態度で示すことはなかったが、作業の手を止め、目礼する彼らの目の中には疑念が渦巻いている。フォーサイスの初見での対応が、不信感をさらに高めているのだろう。自分が彼らの立場であったとしても、喉《のど》のつかえはとれない。実際、薄暗い意図を持っているのだから致し方ない。エルロージュやファティマから受ける歓待の方が、心が痛む。

「こちらですわ、お義姉様」

ようやくその歩みを止め、振り返った無邪気な義妹が指し示す場所は厩舎《きゅうしゃ》だった。彼女の趣味は公爵令嬢にふさわしからぬことに乗馬なのだが、兄がなかなか馬車以外での外出を許してくれないと、よくぼやいていた……五年前の盗賊事件を思えば、それもまた仕方のないことなのだろうが。

「ヘザースへ遠乗りに参りましょう、エクウスをお貸ししますわ……とても従順で、賢い子ですのよ」

ヘザースとは、ダグリード侯爵家が管理する荘園である。屋敷からそう離れておらず、当然治安もよい。一刻も馬を飛ばせば辿り着けるだろう……けれど、ブルーデンスには一つ危惧《きぐ》があった。

「乗馬服をお持ちでないのでしたら、お貸しします。あ、もしかしてお義姉様、乗馬はなされないのですか？」

やや難しい顔をして黙り込んでしまった彼女に、ファティマははたと思い当たったように口もとを可愛らしく押さえる。

「いいえ、そういうことではなくて……ファティマ様、当主様の許可は取られているのですか？」

頭を振った後、尋ねた自分の言葉に彼女の形のよい眉がピクリと痙攣《けいれん》する……至極わかりやすい反応に、ブルーデンスはため息を吐いた。

「でもっ、お母様の許可はとってありますのよ！　衛兵達も連れていきますし、荘園には家人がたくさんおりますわっ！」

「駄目です、ファティマ様。ダグリード家の主はお兄様です。何かあれば、それは貴女の責ではなく、すべてお兄様の管理不行き届きということになるのですよ」

こんなところまでよく似ている……己を諌《いさ》める言葉は、五年前にブルースが自分に言った言葉とまったく同じだ。ファティマは計画の破綻に落胆しながら、それでも一層この義姉を好きになった。

「……ごめんなさい」

意気消沈《いきしょうちん》して謝罪するその顔には、嫌いにならないでと書いてあるようだ……ブルーデンスはその微笑ましさに苦笑しながらも、自嘲《じちょう》する。本当のことを知れば、許してもらえないのは自分の方だというのに。

「わかって頂ければよいのです……ファティマ様、もう少しだけ動きやすい服装に着替えて参りますから、貴女のエクウスを私に紹介して頂けますか？」

事あるごとに暗く沈み込んでしまいそうな気持ちを引きしめ直し、ブルーデンスは努めて明るくファティマに返事をした。

6

小さな農場ほどもある厩舎《きゅうしゃ》の中、立ち並ぶ馬房《ばぼう》は圧巻だった。鹿毛、黒鹿毛、青毛、栗毛に芦毛……ありとあらゆる毛並みの馬がそこにはいた。馬種も様々だったが、馬体も大きく強脚で知られ、軍馬として数多く飼育されているキャバルスが大半。調教は難しいが、一度主と認められればこれほど心強い相棒はいない……以前、フォーサイスが言った言葉だ。彼の愛馬ハリュートは当然いなかったが、そのことにブルーデンスはむしろホッとしていた。フォーサイスの副官である自分は、あの賢い生き物に個の区別をつけられており、この程度の偽装では簡単に見破られてしまうだろう。

「お義姉様、こちらがエクウスですわ」

ただ、ファティマから嬉々として紹介された馬にブルーデンスは一瞬凍りつく。

「この子は、五年前に盗賊に襲われたところをブルース様に助けて頂いたとき、一緒に救われた馬ですのよ」

何と、あのときの芦毛である。ブルーデンスの姿をその聡明な輝きを宿す瞳に映すと、まるで犬のようにその尻尾を振って嘶《いな》いた……間違いない。この義理堅い動物は自分を覚えており、正確に認識している。

「……エクウスが初見の方に、ここまで心を許すのは初めてのことです」

背後からかけられた言葉に振り返ると、ブルーデンスはさらに衝撃を受けた。

「ジャービス、こちらがブルーデンスお義姉様よ。ブルース様の義妹でいらっしゃるの」

「伺っております、お嬢様。本当によく似ていらっしゃいますね、エクウスが懐くはずです……初めまして、ブルーデンス様。わたくしは厩舎番《きゅうしゃ》をしておりますジャービスと申します。ブルース様には五年前、ファティマ様とエクウスともどもこの命を救って頂きました」

柔らかな微笑みを向けながら膝《ひざ》を折る彼も、非常に馴染み深い人物だったのである。

ブルーデンスはかろうじて笑みを口もとに刻んだものの、どう言葉をかけていいものやらわからずに立ち尽くしてしまった。背後から聞こえてくるエクウスの甘えるような嘶《いな》きに、注意を引こうとして大きな馬体を馬房《ばぼう》の柵に打ちつける音……頭痛の波が押し寄せてくる。

「……ぁっ……！」

小さく上がった悲鳴に弾かれたように頭を上げると、厩舎《きゅうしゃ》の中二階に位置する天井の梁《はり》の上に、小さな少年の姿があった。

「……アキルっ？　どうしてそんなところに！」

「ひぃっ……！　とぉちゃん、こわいよぉっ！」

何の目的があってそんな場所にいたものか……ジャービスの息子らしい少年は、命綱もない状態で揺れる梁《はり》の一つにしがみついている。その間にも、興奮の冷めやらぬエクウスの馬房《ばぼう》への体当りは続き、感化されたように周囲の馬達も落ち着きをなくしていく。振動は柱を伝い、小さな身体を振り落とさんとするほど揺れている。

このままでは、落下するのは時間の問題だ。

「きゃあっ、どうしましょうっ……！」

悲鳴を上げるファティマの横で、ブルーデンスは周囲を見まわす。アキルの下には大人の馬達の単馬房《ばぼう》が並び、その身体を受け止められるようなものは何一つない……馬房《ばぼう》の中に落ちれば、たちまちに彼を異物と見なした馬達に、その蹄鉄《ていてつ》で踏みつけられてしまうだろう。最悪の状況が脳裏をかすめ、さきほどまでの緊張感が霞《かす》むほどの恐怖を覚える。

「ひぁっ……！」

より大きな振動が襲い、喉《のど》から吐き出された恐怖に塗《まみ》れた高い音の後、しがみついた梁《はり》を中心にズルリと少年の身体は反転する……宙吊りになったその体を前に、躊躇《ちゅうちょ》している暇などなかった。

「お義姉様っ……？」

駆け出した自分に驚くファティマの声を振り切り、地を蹴った身体は常識ではあり得ない速度と高度を持続する。見る間に近づく者の姿に落下の恐怖さえ忘れ、アキルは目をまん丸に見開いた……梁《はり》を掴《つか》んでいた手が滑《すべ》り、あっと思った次の瞬間、その身体は柔らかに受け止められていた。目の前を覆《おお》うのは、天蓋《てんがい》のように自身を包み込む純白の翼……高度は緩やかに下がり、ほんの小さな振動とともにその降下もすぐに止まった。

「……とても怖い想いをしましたね、大丈夫ですか？」

かけられた声に顔を上げると、まるで揺り籠のような優しい腕《かいな》を持ったその人は、アキルが見たこともないほどに美しい微笑みを浮かべていた。

「アキルっ……！」

「お義姉様……！」

二人のもとに、ジャービスとファティマが駆け寄ってくる。いつの間にか脱げていたらしいブルーデンスのヒールを胸元に抱いたその顔は、驚愕《きょうがく》に満ちていた。

「……申し訳ありません、驚かせてしまいましたね。説明する時間もなくて」

腕の中のアキルをジャービスに託しながら、ブルーデンスは謝罪の言葉を口にする。その背の……丁度肩甲骨の辺りから大きく広がっていた翼は、シュルシュルと音を立てて瞬く間に彼女の身体の中に収納されていった。その動きで起こった風で、レース編みのごく薄いケープが小さく揺れただけだったのは、翼を広げたときのためにごくごく目立たぬスリットをドレスに入れているからだ。ただ、残念ながらペティコートはそうはいかなかった。さきほどの薄萌黄色《もえぎいろ》のドレスに比べて幾分余裕を持たせた作りにはなっていたが、滑らかな絹地は大きく地を蹴ったときの衝撃に耐え切れず、膝頭が見えるほど深く裂けている。美しく結い上げられていたその銀の髪も、岩に当たり弾けた滝のように肩へと無残に崩れ落ちていた。

「これはっ、そんなっ……申し訳ありませんでしたっ！　息子のせいで……！」

そんなブルーデンスの惨状に、腕に抱いたアキルを降ろしたジャービスは、顔を地べたに擦りつけて謝罪する。

「……顔を上げて下さい、ドレスの替わりはいくらでもあります。この子の代わりはいません、本当に無事でよかった」

まだ呆けたように己を見つめているアキルの頭を撫でながら、ブルーデンスは頭を振る。その腕に小さな重みを感じたときの安堵感は何にも代えられない……それは自然に、生まれたばかりの弟バーネスを思い起こさせた。子供には何の罪もない。親の欲で、その未来が歪められることはあってはならない。フカッシャーの両親にとって最上の条件を持って生まれ落ちた彼が、自分や異母兄ストレイスのように過度な期待から潰されてしまわないことを願っている。

「……っ……あの、……ありがとう」

「いいえ、もうお父様を心配させるような危ないことをしてはダメよ」

たどたどしく告げられた謝意に、ブルーデンスは微笑んだ。ここに来た理由はうしろ暗いものだけれど、この小さな命を助けることができて本当によかった。

＊　＊　＊

当主婚約者ブルーデンスが、厩舎番《きゅうしゃ》ジャービスの幼い息子アキルの命を救った。

その場に居合わせた調教師や騒ぎを聞きつけてやって来た使用人達の口伝いに、噂は瞬く間にダグリード邸を駆け巡った。屋敷にやって来てからこの方、過ぎるほどに慎ましく過ごしていた彼女は、それまで使用人の手を煩《わずら》わせることは何一つしなかった。見惚れるほど美しい所作の裏、悪魔のごとき鉤型《かぎがた》の尻尾を見せるのはいつだろうかと待ち受けていた使用人達。しかし彼女は翻《ひるがえ》り、裂けるペティコートをものともせずに空を駆け、小さな身体を抱き留めた。その姿は天の御使い、慈《じ》愛《あい》に満ちた笑みは聖母そのもの……異端の銀の娘は、聖なる乙女へと様変わりした。

「……アキルはなぜ、そんなところにいた？」

玄関で己を出迎える母と妹に、件《くだん》の聖女……鬼の首をとったかの勢いでその出来事を持ち出したファティマに、帰宅したフォーサイスは、とうとうフカッシャーの間諜《かんちょう》が本格的にダグリード家を乗っ取りにかかったか、と眉間に微細な皺《しわ》を寄せる。

ジャービスの息子アキルはまだ四歳の幼子、自分で厩舎《きゅうしゃ》の梁《はり》の上に登れるはずがない。子供を腕に抱く白翼の乙女はさぞ見目麗しかろう。ただ、そんなことに目を奪われて真実を見落とすわけにはいかない。

「厩舎《きゅうしゃ》の中二階に馬具庫があったでしょう？　今は使われなくなっているから、そこをジャービスとコーディアが働いている間のあの子の遊び場にしていたのよ。許可は私が出しました」

天井吊り下げ型のあの小部屋のことか、とフォーサイスは思い当たる。一階の屋根の梁《はり》の上に出ることは、窓さえ開けられれば確かに可能だった。

コーディアはジャービスの妻で、五年前の事件を経てその恋を成就させたダグリード家の侍女だった。二人とも生家は遠く、住み込みで共働きのため、日中アキルは誰かに預けているのだろうと思っていたが、そういう事情になっていたとは。

「窓の鍵をね、かけ忘れていたらしいのよ。ブルーデンスが厩舎《きゅうしゃ》に来ていたから、アキルは初めて見る彼女を少しでも近くで見たくて窓から梁《はり》の上に出てしまったようなの。これからは非番の侍女に頼むなり、私も対策を考えるわ」

「エクウスもとても興奮して、暴れてしまって……お義姉様がいらっしゃらなかったらと思うと、本当にゾッとしますわ」

取り返しのつかない惨劇を想像したのか、大仰に両方の頬を押さえて言ったファティマの隣で、わずかに眉根を寄せたブルーデンスに気付く。己を称賛する言葉の中で、それを誇るわけでもなく黙していた彼女……周囲には慎ましいと映るかも知れないが、フォーサイスにはエクウスの名が出たことに対する緊張のように思えた。彼女を前に興奮したというエクウス……キャバルスは気位が高く神経質な馬種ではあったが、調教済みの賢い彼はそう簡単に動揺しない。だからこそ、あの五年前の事件でも騒がず焦らず、エクウスのみが生き残れたのだ。

ブルーデンスが、それと周囲に気付かせぬ方法でエクウスを興奮するように仕向けたのではなかろうか？

そう考えると、此度《こたび》の美談も彼女の自作自演ということになる。

「……今回のことは、私にも少なからず責任があることだと思っております」

己が注いだ鋭い視線に含まれた疑念に気付いたものか、ブルーデンスはそう口を開く。

「私が厩舎《きゅうしゃ》に行かなければ、アキル、あの子が部屋を抜け出すことはなかったですし、私のせいで馬達が暴れたのも事実ですから」

見目に違わず何と麗しき言葉か……先手を打ってこちらの言及を封じる、計算し尽くされたそれには感嘆《かんたん》さえ覚えた。

「何も起こっていないならそれでいい……以降、浅慮《せんりょ》な振る舞いは避けることだな」

何の熱も込めない一瞥《いちべつ》とともに、忠告を込めた言葉を彼女に投げつける。一瞬だけ揺れた銀の双《そう》眸《ぼう》は、傷ついたからか、それとも偽装か……さきほどの受け答えを思い返せば、後者に違いない。

「お待ちなさいっ、フォーサイス！」

初見と同様にその横をすり抜けて自室へ向かおうとした自分の前に、怒りの表情を刻んだ母が立ちはだかる。

「……何か、母上」

「何なのですが、貴方のその態度は？　初対面のときといい、今日といい……失礼にもほどがあるでしょう」

「そんなつもりはありません。あくまで公平な目で物事を見ているつもりですが？」

彼女が間諜《かんちょう》だと告げても、これほど心酔している母や妹にすんなりと受け入れられることはないだろう。フカッシャーの陰謀の確たる証拠も、ブルースの行方の一端も掴《つか》めてはいない。まだこの茶番を終わらせるわけにはいかない……ブルーデンスにはまだこの手のうちにいてもらわねば困るのだ。家人に恨まれても、フォーサイスは己の考えを口にすることはできなかった。

けれど、そのために選んだ言葉を、自分は間違ってしまったようだ。

「……お母様っ……！」

悲鳴に近い声を上げたファティマ、乾いた音を立てた己の左頬……振るったその手をワナワナと震わせながら、目の前の母は興奮に顔を紅潮させていた。

「いつの間にそんなうがった考え方をするような人間になったのですか、貴方は！　貴方の受けた心の傷がどれほどのものか、傍にいてやれなかった私にはわかりません。それでも、理解したいといつも思っています……こんな、古傷に塩を擦り込むようなことは口にしたくありませんが、今の貴方のやり方は間違っています。この子は……ブルーデンスは、ゴーシャではないのですよ」

いつ何時も穏やかで、一度として見たことがなかったエルロージュの激昂《げきこう》に……そして、口をついたこの屋敷では禁句とも言える名に周囲は凍りつく。

「お待ち下さい、エルロージュ様！　責は私にあるのです、本当にっ……当主様がおっしゃった通り、私の浅慮《せんりょ》でした。だからおやめ下さいっ、私のために親子が争うなどあってはならないことです！」

そんな緊張感漂う中、二人の間に入ったのは渦中の人ブルーデンスだった。

まるで庇《かば》うようにエルロージュに向かっているため、フォーサイスには美しく結い上げられた銀色の後頭部しか見えなかったが、必死さの滲《にじ》んだその口調にわずかに目を見開く。

「貴女に責任などありませんよ、ブルーデンス！」

「私を気遣って下さることは大変ありがたいと思っております、エルロージュ様。けれど、さきほども言った通りこの度のことは私の落ち度なのです。間違いありません、当主様のお言葉こそ正しいのです……ですから、責められるべきは私です」

母の手を握り、そう訴える肩は震えているようにも見える。どのような表情を浮かべているのか、エルロージュの怒りはにわかにおさまっていったようで、その肩が大きく落ちる。何とも気まずい事態の収束である。

かける言葉も見つからず、急速に押し寄せてきた疲労感に、フォーサイスは二人を避けて階段を上り始める。自室に戻って早く休みたい、今日はこれ以上ややこしいことを考えたくなかった。

「どんな考えがあるにせよ、貴方が迎え入れた婚約者です。そして、ブルーデンスは今の貴方には過ぎるほどに素晴らしい貴婦人……一日も早くそのことに気付いてくれることを、願っています」

静かに、諦《あきら》めのうちに取り戻した平穏さをまとった母の追撃……階上へ向かうフォーサイスは、答えることも振り返ることもしなかった。

ブルーデンスは波立つ心とともに、ただその背を見つめていることしかできなかった。

一体、自分は何をしているのか。

ブルーデンス・フカッシャーはフォーサイス・ダグリードにとって、負担にしかならない……いずれ暴かれる秘密は、彼をどれだけ苦しめるだろうか。それは逆らえない運命だと自覚している。

それでも、未来だけでなく、過去まで掘り返して傷つけるつもりはなかった。

フォーサイスの根強い女性に対する嫌悪感……それを抱くに至った最大の原因を、間近でずっと彼を見ていた自分はよく知っている。それが今なお確かな実体を持って、彼の心を苦しめ続けていることも。かつて打ち明けられた、どこまでもまっすぐな彼の抱える心の闇……昔の自分ならば取り払えないまでも、それを紛らわすことはできた。だが今の自分は、ここにいるだけで彼を苦しめている。

幼き命を救った束の間の幸福感は霞《かす》み、今はもう深い霧《きり》が立ちこめているかのようにどこにも見当たらなかった。

第二章　過去と密約

1

ブルーデンスがダグリード家にやって来て、瞬く間に二週間が過ぎようとしていた。

異質な銀色の容貌と隠しようのない政略結婚の事実……そして、何よりフォーサイスのあからさまな冷遇のため、最初こそ屋敷の使用人達は腫れ物に触るような対応をしていた。しかし、その人となりを知るにつれ、彼女をダグリード家の新しい女主人と認めて心より仕えるようになった。貴婦人としての完璧な所作、贅沢を厭《いと》い、使用人に対する心配りも細やかな態度、当主から受ける不当な扱いに恨みごと一つ言わないブルーデンス。もちろん厩舎《きゅうしゃ》番の子供の命を救った行為が一番の転機となっていたが、その過ぎるほどに慎ましやかな彼女の姿に、とくに屋敷の女達は同情した。

「まだ、準備には早いと思うのですが……」

白を基調とした様々な材質の生地を手にして目を輝かせているエルロージュとファティマに、ブルーデンスは控え目に声をかける。

「そんなことはありませんわ、お義姉様。むしろ遅いぐらいです」

「一生に一度のことだものね。じっくりと選ばなければ」

自分達の楽しみに水を差すな、といわんばかりの二対の視線と言葉に、それ以上の反論は封じられてしまった。

「ブルーデンス様、ため息は禁止です。正確に測れません」

「……申し訳ありません」

テキパキと巻尺で自身の寸法を測っていたデリスからも注意され、ブルーデンスは慌てて姿勢を正す。

今日は六ヶ月後に控えた婚礼の儀で着るドレスをあつらえるため、城下町の布地屋から運び込まれた自慢の商品で客間は溢れ返り、彼女は朝からずっと身柄を拘束されていた。

ブルーデンスは、憂鬱でならなかった。長い騎士生活でドレスを着ることが嫌になったわけではない、窮屈だとは思うがそれも現在の義務の一つだ。

純白のドレス……それに自分が袖《そで》を通すときは、未来永劫《えいごう》訪れない。


「どこっ？　いるのでしょう、この屋敷の中に！」

「ゴーシャ様っ、……お待ちを！」

「どきなさい、スディン！　貴方に指図される謂《い》われはないわ！」

「いけませんっ、そちらは……！」

先代の侯爵の時代より勤める、いつ何時も冷静沈着なダグリード家執事スディンの珍しく上擦《うわず》った声の後、客間の扉が荒々しく開け放たれる。

「……貴女がブルーデンス？」

虚を突かれ、見開いた視界に飛び込んできた人物に、ブルーデンスは息を呑む。

ゴーシャ・トゥリース……彼女は、騎士時代の自分にとっても馴染みの深い人物だった。

「銀の目……まるで死神ね」

「ゴーシャ！　突然やって来て、何ですかっ……失礼にもほどがあります！」

ブルーデンスに向け、侮蔑《ぶべつ》を含んだ声音で吐き捨てた彼女を、エルロージュが叱責《しっせき》する。

「エルロージュ様、無礼なのは貴女方ではありませんかっ……フォーサイスの妻になるのは私です！」

何の疑いも持っていないゴーシャの言葉に、ブルーデンスは静かに俯《うつむ》いた。

ダグリード家の遠縁に当たるトゥリース家の令嬢であるゴーシャは、フォーサイスの二歳年下の幼馴染であり、彼を女嫌いにさせる直接の原因を作った人物だった。彼女はともに育ったフォーサイスを盲目的なまでに慕い、妻になるのは自分だと公言していた。彼が騎士団に入ってほとんど会えなくなっても、兵舎まで押しかけて散々追いまわした揚句、フォーサイスに頼まれてその逃走に手を貸していたブルーデンスも目の敵にしていたのだ。彼女のせいで任務に支障をきたしたこともあり、自然と雷龍《らいりゅう》隊全体の敵という認識ができ上がっていた。

ゴーシャの父であるトゥリース伯爵は、フォーサイスにとって尊敬する叔父であり、実父亡き後に親身に自身を支えてくれた恩義のある人物……その第二の父のような人の愛娘ゆえ、そこまで邪険には扱えないのだ、と彼はよくこぼしていた。そんなフォーサイスの気持ちさえ利用する狡猾《こうかつ》さを持つゴーシャが、ブルーデンスは苦手だった。

「お兄様が選ばれたのは、こちらのブルーデンスお義姉様です。貴女ではないわ」

ファティマも形のよい眉を歪めて言った……この従妹を嫌っているのは、兄だけではなかったのだ。

「貴女は黙っていて、ファティマ！　私はフォーサイスから直接聞いたのよ、そんな死神のような女を愛することなどできないって」

ゴーシャの言葉が、ブルーデンスの胸に突き刺さる。

銀の双眸《そうぼう》、日に焼けることのないこの肌も……この世界エリアスルートの最高位の破壊神・白き死神のようだ、という言葉とともに父の蔑《さげす》むような視線を思い起こさせる。

「いい加減、お黙りなさい！　貴女のように言っていいことと悪いことの区別もつかないような未熟な人間を、侯爵夫人に望むことはあり得ません……フォーサイスだけでなく、この屋敷の人間一人残らずです」

蒼褪《あおざ》めるブルーデンスを庇《かば》うように前に立ったエルロージュは、ゴーシャを見据えてそうきっぱりと言い切った。

「エルロージュ様、ひどいっ……そんな女を庇《かば》って、みんなどうかしてるわ！　頭がおかしくなってるのよっ！」

頬を紅潮させた彼女は、金切り声で聞くに堪《た》えない恨み事を口走る。

「お帰り下さい、ゴーシャ様。玄関までお送り致します」

「スディンっ、執事の貴方に何の権限がっ……！」

エルロージュの目配せを受けたスディンが、強引にゴーシャを部屋の外に連れ出し、客間の扉を閉める……閉める直前、彼はブルーデンスに対して心より申し訳ないといった表情を浮かべ、頭を下げていた。


「……このままでは済まさないわっ！」


扉の外でスディンとゴーシャの口論がしばらく続いていたが、その後、捨て台詞《ぜりふ》のようにそう絶叫すると、ゴーシャは足音も荒くその場を立ち去っていった。

「相変わらず災害のような女ね……見て、生地が滅茶苦茶よ」

侵入して来た彼女に踏みつけられ、薄汚れてしまった美しい真珠色の布地を見つめて、ファティマはため息を吐く。

「大丈夫ですか、ブルーデンス様？」

言葉とともに肩にそっと手を添えられ、ブルーデンスはデリスを見やる……母と同じ世代の彼女は、心から気遣うような表情を浮かべていた。

「……私は、このままここにいてもよいのでしょうか」

その温かさに、そんな弱音が口を突く。

「ゴーシャの言葉を気にする必要はありませんわ、彼女は平気で嘘を吐きますから……私のお義姉様は貴女だけですもの」

「二度とこんなことがないようにします。だから、出ていくなんて言わないでちょうだいね」

ファティマとエルロージュからもその手を取られ、かけられた言葉に頬に涙が伝う。

卑怯な目的のために遣わされた私には、貴女方に愛してもらう資格などありません。

＊　＊　＊

「あの女をどうにかして下さい」

外地任務を終え、一週間ぶりに戻った屋敷で自身を出迎えた妹は、憮然《ぶぜん》たる面持ちでそう詰め寄ってきた。アキルの一件の後、自分とはもう口を利かないと大見得をきっていたファティマの随分と早い氷解に、フォーサイスは眉根を寄せる。

「いきなり何の話だ」

あの女という単語に心当たりがないわけでもなかったが、フォーサイスは脱いだ軍衣をスディンに預けながら一応尋ねてやる。

「ゴーシャです！　昨日は大変だったんですのよっ……突然押しかけてきておいて、お義姉様にあんな失礼なこと！」

蛇のように執念深い従妹の顔を思い出しながら、フォーサイスはため息を吐いた。

ゴーシャ・トゥリース……エリアスルート中の災厄を集めてもまだ及ばないほど面倒なその存在は、彼の頭痛の種だった。偽装とはいえ、別の女と婚約してしまえば諦《あきら》めるかと少しだけ期待していたが、彼女はそんな普通の考え方をしなかったようだ。

「……何をやらかした？」

「お義姉様を死神呼ばわりして、私達は頭がおかしいと……自分こそ、疫病神《やくびょうがみ》でしょうにっ」

階段を上がる自分に追い縋《すが》りながら、ファティマはその頬を赤く染める。人見知りが激しいはずの妹は、哀れな身の上の女に、たった二週間ですっかり懐いてしまったようだ。

「婚約者殿はどうした？」

「屋敷を出ていきそうになっていたのを、皆で何とか引き留めています」

その言葉は予想外だった。

「オートマターにも心はあったか……」

不意に一週間前、母と自分の間に割って入った彼女の行動を思い出す。自分を孤立させ、この家の実権を握りたいのなら、余分な振る舞いだったと少し引っかかってはいた。

もし、それが本心からの行動だったとしたら……

「お兄様まで何をおっしゃっているんですのっ、怒りますよ……これまでの態度を改めて下さいませ。ご自分で選ばれた婚約者でしょう、あんまりですわ」

口を突いて出た本音に、ファティマは激しく反応し、強く腕を引いた。

「……善処する」

「約束ですわよ。お義姉様をこれ以上、泣かせないで下さいませ……私よりも、デリスが怒っているのですからね」

「それはまずいな」

古参の侍女であるデリスは、フォーサイスにとっても数少ない信頼の置ける女性だった。頭もよく、嘘などすぐに見抜くはずだ……この短期間でそんな彼女の信用を得たブルーデンスは、やはりリユーノが送り込んできただけあって、一筋縄ではいかないようだ。

「では、夕食の席で」

逃がしませんわよ……自室の扉が完全に閉まり切る前の隙間《すき》から、そう念を押すように吹き込んだファティマに、フォーサイスは眉を顰《ひそ》める。

精巧に作られた人形のように整った容貌のブルーデンス……その流す涙も銀色なのだろうか？

「……少し、調べるか」

別に良心が咎《とが》めたわけではない。素性などどうでもいいと思っていた。髪や瞳の色など魔術師を雇えば簡単に変えられる。ただ、何かを見過ごしそうな気がしたのだ。

ファティマによって釘を刺された夕食の席で、その瞳の裏側に潜《ひそ》む本当の色彩を覗いてみようと思った。

2

斯程《かほど》に緊張感漂う晩餐《ばんさん》は、ダグリード家にお仕えするようになって初めてのことだった。

ダグリード家執事であるスディンは、夏野菜と鳥もも肉のキッシュを取り分けた後、ピリピリとした空気の漂う広間を見渡す。

上座に座す当主フォーサイスの真意は窺《うかが》い知れぬものの、平素と変わらぬ様子で食事を続けているが、前侯爵夫人エルロージュ、妹姫ファティマは傍目にもはっきりとわかるほどに当主婚約者を気遣っていた。

そのブルーデンスも主に倣《なら》うように何事もない態《てい》を装っているが、それでもいつもより幾分表情が硬いように思われる。オリーブやミニトマトなどの色鮮やかな野菜を宝石のようにちりばめたキッシュは、繊維の多い鳥もも肉が入っていて切り難いものだったが、彼女の扱うカトラリーはほとんど音を立てない。流れるような所作で小さくキッシュを切り分け、口に運ぶブルーデンスの行儀作法は完璧だった。エルロージュやファティマの作法も申し分なく上品なものだが、それでも際立って見えるのだ。

その差は多分、かつて自分達と同様に給仕の仕事を経験していたからであろう。給仕される側よりも、する側の方がよほど高い技術を要求される。ブルーデンスはカトラリーだけでなく、食卓食器全般の扱いに長けていた……もしかしたら、自分よりもうまく肉汁滴《したた》るステーキを切り分ける技能を持っているのかも知れない。

行儀作法を学ぶために、王族の血を引く娘が侍女をさせられていたと聞いて、デリスをはじめとした他の使用人達は驚いていたようだった。しかし、自分からしてみれば、それは実に理に適《かな》っていると感心させられた。実際、その成果は目の前でしっかりと実証されている。

表立った敵対関係こそあるわけではないが、何かと比較の対象になるフカッシャー家との縁組……他国の出身であること、先だってまことしやかに流れた到底美しいとはいえない彼女にまつわる噂と、女嫌いな当主の氷点下の態度を真に受けるほど無能ではないし、私情を挟むような立場ではないとわきまえてもいたが、現実に現れたときには大変驚かされた。

それはとてもいい意味で……ブルーデンスほど侯爵夫人に相応《ふさわ》しい人はいない。その美しい立居振る舞いだけでなく、次期女主人としての手腕は、新たに教えるべきものが見つからないほどだ。誰かに仕えるという経験がそうさせたのか、慎ましやかで優しい心根も、我々使用人に対する心配りも作り物ではない。それは一週間前に厩舎《きゅうしゃ》で起こった出来事を通して、確信へと変わった。たとえに出すにもおこがましいが、一人では何もできない癖に強欲で悪知恵ばかり働く特権階級の悪しき象徴……つまりはトゥリース家令嬢ゴーシャのような人種とは雲泥《うんでい》の差。

だからこそ、当主には一刻も早く気付いてほしい。ブルーデンスが、忌み嫌っている人種の対極に位置する真の貴婦人であることに。きっとフカッシャー家への恩義で亡き母上の喪《も》も明け切らぬうちに、此度《こたび》の縁組を承諾したのだろう彼女が、主の冷遇……また、防げなかったことは執事失格といわざるを得ない昨日のような悪意ある第三者からの妨害に堪《た》えかね、主のもとを去る前に。

前当主アスターの時代よりこの屋敷に仕えてきた自分……前当主が前の戦乱で命を落とされたのは無念でならない。本当に素晴らしい人格者だった。息子であるフォーサイスは、そんな前当主によく似ている。類稀《たぐいまれ》なる剣の才も、まっすぐでいて柔軟なその心も。

ただ、同じ騎士の道を選んだフォーサイスが、亡き父に代わり指導を願い出た相手がアスターの弟であり、叔父のメイス・トゥリース伯爵であったことが災いした。伯爵自身は前当主同様の人格者で、何の問題もない。問題は、フォーサイスを盲目的に慕う令嬢ゴーシャにあった。両親からいささか過保護な愛を受けて育った彼女は、二人の前でのみ慎ましやかな令嬢を演じる、大変したたかで冷徹な人物だったのだ。

騎士団入団前に、入団条件として必要とされる基本的な武芸実技や宮廷作法を身につけるため、フォーサイスはわずか十歳よりトゥリース家で生活することとなった。騎士団入団までの三年間の生活で、その心には決定的な女性蔑視の感情が刷り込まれてしまったのだ。トゥリース家の使用人から伝え聞いた話によると、訓練以外のほとんどの時間をゴーシャに侵食され、心休まる暇は一瞬たりともなかったようだ。恩義ある伯爵の手前、使用人が総じて手を焼いているというわがままなゴーシャを拒めず諾々《だくだく》と従っていたのだとしたら、斯程《かほど》に女性に対する気持ちが歪んでしまっても致し方のないことだったのだろう。

それが誇り高き主にどれほどの忍耐を強《し》いたか、いかな屈辱を味わったか……我々にそれを推し量る術はない。無事騎士団に入団を果たし、この屋敷に戻ってきたフォーサイスの家長としての責任感、我ら使用人に対する配慮、母と妹に対する愛情は何一つ変わってない。血の繋がりのある家族であれば、信頼の置ける使用人であれば何の問題もない。妙齢の女性でも、既婚者であれば……ただ、独身の貴族の令嬢、または既婚者でも自身に少しでも恋情を見せようものなら、その心に巣食った根深い嫌悪感が鎌首《かまくび》をもたげるのだ。

家族愛、友愛……それも大事なものには変わりないが、恋愛も人の成長には不可欠なものだ。政略結婚を否定はしない、そのような婚姻関係を結ぶことも名家の跡取りとして生まれた者の宿命といえる。それでも、冷え切った関係を続けるのは悲劇に他ならない。愛のない結婚でも、後に愛を産むことは可能なのだ。ともに暮らすうちに互いに尊敬と愛情を持ち、そして子を成すのが貴族の理想とされる。不仲な両親に、義務として作られた子供ほど不幸なものはない。不幸は輪廻のように続くことになる。

こんな出来事があっても変わらず誇り高く、誠実なフォーサイスは、本来とても優しい心根の持ち主。過去に受けた心の傷は塞《ふさ》がることなく、今なお血を流し続けているはず……本人は、それさえ気付いていないかも知れないが。

だからこそ、この屋敷の人間は皆願っているのだ。主が真実の恋に落ち、癒されるときを……その相手は、きっとブルーデンス以外にはあり得ない。オルガイム人であることも、人外めいた銀色の容姿も、美しい所作も関係ない。その偽りない優しさなら、当主の心の闇を取り払い、家人以外の誰かを愛しいと想う感情を取り戻させる力があるはずだ。

＊　＊　＊

大した会話もなく、その日の晩餐《ばんさん》は終了を告げようとしていた。

「紅茶のお代わりはいかがですか、ブルーデンス様？」

「いいえ、もう結構です。ありがとう、スディン……とても美味しいです、いつも」

中身がほとんどなくなったカップに気付いた執事の問いかけに、ブルーデンスはわずかに微笑んでそれを辞退する。汚れているとは思えない口もとをナプキンで拭《ぬぐ》うその所作も、嫌味なく美しい。

「お義姉様は小食過ぎます。そんな小鳥のような量しか召し上がらないで、よく倒れませんわね」

そんな彼女に対し、ファティマが非難めいた声を上げる。

言われてみれば、スディンが取り分けた彼女の食事の量だけ、他の人間に比べて少なかったように見える。この数週間で、ブルーデンスの摂取量は彼の知るところとなったのだろう。育ち盛りのファティマはその細い身体のどこに入るのか、と思うほど食欲旺盛なので比較対象にはなり得なかったが、それでも彼女の食べる量は平均よりも少ないようだ。細身だが女性の割に長身で、その視線の高さは義兄ブルースと丁度同じくらい……そういえば、彼も食の細い男だった。オルガイム人はエリアスルート唯一の有翼人種で、身体の八割は筋肉だと聞く。きっと身体能力が高い分、他国の人間達より栄養消費効率がいいのだろう。

確かに、オートマターではないな。

数えるほどしか会っていなかった上、接するときはろくにその顔も見ていなかった。薄ぼんやりとしていた輪郭はようやく線を結び、常に微笑みを刻んでいるその唇に気付いた……色素の違いに目を瞑《つむ》ると、ブルーデンスがフカッシャー家の血筋を引いているのは間違いないようだ。入念に施《ほどこ》された化粧がその表情を人形じみた硬質なものにしているが、目鼻口の配置までは薄皮一枚重ねただけでどうにかできる代物《しろもの》ではない。男であるブルースの輪郭から鋭さを幾分削《そ》ぎ落し、その目もと、口もとに柔らかみを足せば、やはり彼女のような顔ができ上がるだろう。

母や妹が気に入るわけである。容姿云々ではなく、上品で穏やかなその人となりは、彼をそのまま女性に置き換えたようだ。

ただ、血筋は同じとはいえ、まったく異なる環境で育った二人の内面がこうまで似るものなのだろうか?

「フォーサイス様は、いかがですか?」

「……いや、いい」

正面のブルーデンスを観察している間に傍らに来ていたスディンの言葉に、頭を振る。彼の視線が暗に咎《とが》めているように見えたのは、感じないと思っていたはずの罪悪感からだろうか。

再び視線を前に戻すと、件《くだん》の彼女の双眸《そうぼう》とかち合う。銀色の瞳が一瞬揺れた後、視線を外すのも不自然と思ったのか、家令や妹達に送るものに比べて随分ぎこちない笑みを浮かべた。

今までの自分の態度を考えると、それも致し方ないこと。


「ブルーデンス」


その名を舌に乗せると、ピリリと周囲に緊張が走った。

罪を裁かれるかのような面持ちで、ブルーデンスは答える。わずかに低くなった声音は、やはりブルースに似ている。

「……はい」

この場にいるすべての人間の目が、自分に集中する……これ以上、彼女を傷つけてくれるなというかのように。本当にそれだけの信頼に足る人物だろうか。

「一体何をしている？　毎朝早くに、バルコニーに出て」

フォーサイスには、気になることがあった。最近、早朝訓練に出る度に門扉の辺りで愛馬ハリュートが興奮する……何かを探すように首を巡らせたその視線の先は、いつもブルーデンスの部屋だ。

そして、微かに部屋の明かりの洩れるバルコニーには銀色の人影が見えた。

ほとんどの使用人がまだ起き出していないような時分、それもほぼ毎日、一体何をしているのか？

何より、滅多なことで動じることのない賢いハリュートが動揺を見せることが気にかかる。本能で異変を察知する動物達が、彼女を前に何度も興奮状態に陥《おちい》っている……決して見過ごすことのできない兆候だ。

「………当主様が出立される姿が見えましたので、お見送りしようと」

その答えが返るまで、わずかに時間がかかった。微笑みもぎこちないままだ。

「ご不快なようでしたら、もう致しません」

申し訳ありませんでした……そう謝罪の言葉を告げ、いつかのように首《こうべ》を垂れる。

決して逆らわない態度が、フォーサイスにはなぜか不快だった。

「不快というわけではないが、必要ない。私のことなぞ気にせず休めばいい」

愛馬の動揺を案じてそう言ったのだが、周囲の温度が気持ち下がったような気がした。

「フォーサイス……食事の席でこんなことを言いたくはないのだけれど、貴方の言葉はあまりにも突き放したように聞こえるわ」

「そんなつもりはありませんが……母上」

鼻の頭に皺《しわ》を寄せて不快感を表す母に、フォーサイスは答える。

お前が顔を出すと馬が暴れるからやめてくれ、と言ってしまうよりもまだよかろうと自分では思っていたのだが、生憎《あいにく》伝わらなかったようだ。一週間前の一件以来、どうにもギクシャクしてしまった親子関係を修復するには、まだまだ時間がかかりそうである。

「エルロージュ様、出過ぎたことをした私が悪いのです」

「ブルーデンス……貴女は何もかも、一人で呑み込み過ぎです」

あのときと同じように再び庇《かば》ったはずの本人に諌《いさ》められ、母はかなりバツの悪そうな表情を浮かべて言った。

使うべき言葉を誤り、引き出してしまった母の激昂《げきこう》……あのとき、自分と母との間に割って入った行動は、咄嗟《とっさ》のことで取り繕《つくろ》うことのできなかった彼女本来の姿だったのやも知れない。両親より虐《しいた》げられ、それでも過度なほどに善良であったブルースと同種の人間なのやも知れない。

だとすれば、本来の己を曲げてまでフカッシャー家に従い、この屋敷に来た理由は……？

本当に厄介なのは、悪人ではない。

己を殺し、何か大切な目的のために陰謀に加担する人間だ。そういう人間ほど、ただ一つの信念のためにその他のすべてを犠牲にすることができる。

彼女がそうだとしたら、やはり心を許すことはできない……鋭利な銀の瞳の裏側は、いまだもって謎のままだ。

3

さすがに、今日はいないか。

夜明け間近の薄暗い中……馬上のフォーサイスはダグリード邸の門扉をくぐり抜けながら、独りごちる。

愛馬ハリュートは落ち着いており、平素と何ら変わりない。あの場で話題にしたのは失敗だったか、とも思った。

自分を見送っていたと、そう答えるまでに幾分間があった。

硬い表情は、目の前のフォーサイスに対する緊張だけではなかったような気がするのだ。

フカッシャーの言葉以外、彼女の身分を証明するものは何一つない。

人柄は優れているのかも知れぬ……けれど、自分に敵対する人間であれば、それが一体何になるというのか。女の感情は残酷なほどに移ろいやすい、あの地獄のような三年間で十分に思い知った。

目の裏に蘇《よみがえ》った過去の幻影に眉を顰《ひそ》めた次の瞬間、愛馬に変化が起きる。高く前足を蹴り出したハリュートに、手綱を引き絞る……わずかに意識を外していたが、それで振り落とされることはなかった。

舌打ちながら、彼より早く屋敷を振り仰ぐと、やはりバルコニーに見えた件《くだん》の銀の人影。

いつもと同じ光景は今日、新たな展開を見せた。

鳩尾《みぞおち》辺りの高さの手摺《す》りより外にせり出した身体が、傾ぐ……そのまま手摺《す》りを越えて音もなく落下するそれに、フォーサイスは瞠目《どうもく》する。

「……な、に？」

咄嗟《とっさ》に馬体を反転させるが、予期した惨劇は訪れなかった。

降下は一瞬のこと、重力に逆らって白銀の身体は宙に浮く……背中に、純白の翼をはためかせて。

恐るべき速度で己の頭上を通過したその姿に、フォーサイスはすぐには反応できなかった。

オルガイム人は、エリアスルート唯一の有翼人種。しかも彼女はそれを使ってジャービスの息子アキルを救っている。頭では理解していたが、フォーサイス自身が実際に空を飛ぶ姿を見たのはこれが初めてだった。身体がどのような仕組みになっているのかは不明だが、彼らは平素、他の人間達と同じように翼を身体の内側に跡形もなく収納している……戦闘でも起こらない限り、他国の人間にそれを晒《さら》すことはない。アイリスとオルガイムの混血児であるブルースも、結局一度たりとも翼を広げた姿を自分に見せることはなかった。

そこまで考えて、フォーサイスは馬体を蹴る。命じる前に、ハリュートは白翼の影を追った。

上空を高速で飛行する姿は、薄明りの中でも発光しているようにキラキラと輝き、見失うことはなかった。

人通りのほとんどない時間とはいえ、何とも短慮な行動だ。不測の事態に取り乱しているのか、はたまた自分を誘い込む罠なのか……その表情までは確認できないが、常に隙《すき》なくまとめられている銀髪は少ない光を集めるように煌《きら》めいて風に流れ、着衣は薄い部屋着のまま、足も裸足のようだ。

昨夜自分から指摘された後なのだから、深く考えるまでもなく真相は後者であろう。

それならそれで構わない。この先何が待ち受けようと、後れを取る己ではない……その正体を暴き、汚れた陰謀を白昼の下に晒《さら》してくれる。

＊　＊　＊

「……お願いっ、早く開けて！」

長い銀髪を振り乱し、とある屋敷の前に降り立ったブルーデンスは、渾身《こんしん》の力で扉を叩く。

「……、……ブルーデンス様っ？」

ややあって扉を開けたこの舘《やかた》ただ一人の侍女は、現れた彼女の姿に息を呑んだ。

「……アウラ、……アウラ義姉様っ……お兄様は！」

「お静かにっ、早く中へ……ティルディア様に見つかっては大変です」

口もとに指を当ててさらなる言葉を封じると、アウラと呼ばれた侍女はブルーデンスを屋敷の中へ招き入れる。

「……お兄様の病状はっ？」

「取りあえずこれを、ひどい格好ですわ。まさか本当にお出《い》でになるなんて、危険です。ストレイス様ですが、さきほど急に胸の痛みを訴えられて……今は落ち着かれています」

ストレイスの寝室に向かいながら、アウラはひどく動揺した表情のブルーデンスを落ち着かせるように、薄い部屋着のみで剝《む》き出しの肩に自分が羽織っていたショールをかけてやる。

彼女は十二のときから十六年間フカッシャー家で働いているストレイスつきの侍女で、年の近い二人は主従であることを抜いても良好な関係を結んでいた。彼が病に倒れた後も一緒に別邸に移り、献身的に介護を続けている……世間から切り離されたような静かな空間で、二人が心より愛し合うようになったのは必然だったのかも知れない。

取り立てて容姿が美しいわけではないアウラ、それでも優しい心根はストレイスとよく似ていた。ブルーデンスは彼女を義姉と慕い、二人の秘めた関係を守りたいと思っていたのだ。


「お兄様っ……」

蝋《ろう》のような白い顔で寝台に伏《ふ》せる彼の枕元に、ブルーデンスは崩れ落ちる。

兄の病状は刻一刻と悪化している。

自身が持っている魔導石メトリアがそれを告げている。元は一つであったそれを二つに割った双子の魔導石の間には、縁が生まれる。片方を持つ者の身に異変があれば、それをもう一方を持つ者に告げる。赤く発光すれば危険が迫っており、青は命に関わる大事……その手の中の光は一応の終息を見せていたが、夜明け間近の薄明りの中、鈍く青い点滅を始めた瑠璃色の貴石を目の当たりにして、ブルーデンスはすっかり我を失った。

「……ブルー、デンス？」

己が名を呼ぶ、夢うつつのような声音に顔を上げると、ひどく哀しそうな表情とぶつかった。

「……っ、……こんなところにいてはいけない、戻りなさい……義母上に見つかれば、ただでは済まないっ……」

隆起する胸元が、言葉を紡《つむ》ぐことさえ彼に苦痛を与えるのだということを教える。痛みをおしてまで自身を気遣う言葉に、涙が流れる。

「ブルーデンス様、ストレイス様のお言葉に従って下さいませ」

そんな彼女の肩を抱きながら、アウラも言う。

それでも、ブルーデンスは動けなかった。

今この場を離れたら、もう二度と兄と会えなくなるかも知れないのだ……そんなことは堪《た》えられない。

「……ブルーデンス様っ、お急ぎ下さい。本館に灯りがっ……」

窓の外を確認したアウラの声が切迫したものに変わった。

「……行きなさい、私は大丈夫だからっ……アウラもいる」

真摯《しんし》な目を向けるストレイスに、ブルーデンスはようやく蒼褪《あおざ》めた顔のまま立ち上がる。

冷静さを取り戻しかけて気付く、己の浅慮《せんりょ》な振る舞い……自分がここに来ていることを母に知られれば、兄もアウラもただでは済まない。

「……、……ご自愛下さい、お兄様」

それだけしか言えない自分が、ブルーデンスは不甲斐なくてならなかった。

「お前もね……さあ、行きなさいっ」

最後に淡く微笑んだストレイスに背を向けることが、こんなに困難だとは……止め処《ど》なく流れる涙で足元が覚束《おぼつか》ないブルーデンスの肩を、アウラが支える。

「参りましょう、ブルーデンス様……ご報告は後ほど」

魔導石メトリアには遠隔通信機能も備わっており、ブルーデンスがいつも夜明け前にバルコニーに出ていたのは、アウラから義兄の病状の報告を受けるためだったのだ。メトリアがその力を発揮するのは、夜が明け切る前の薄明りの中でだけだった。

同じ頃に屋敷を出るフォーサイスにその行為を疑われ、今日はバルコニーには出ずに窓の内側で報告を受けるはずだったのだが、輝石《きせき》の発光にそんなことには構っていられなかった……もしや、この姿を見られてしまっただろうか？

「こんなところで何をしているのですか、ブルーデンス」

アウラに支えられ、フォーサイスの存在にようやく思い至りながら別館の扉を出たところで、背筋が凍りつくほど冷たい声音が投げつけられる。

「ティルディア様っ……！」

肩を支えるアウラの指に一瞬力が入り、その声が上擦《うわず》る。

表情を欠いた顔で鋭い言葉を放つ、一分《いちぶ》の隙《すき》もない母の姿に全身が総毛立つ……それでも、ブルーデンスはアウラをその背に庇《かば》った。

「何という格好をしているのです、はしたない……貴女にはフカッシャー家の人間である自覚がなさ過ぎです」

「けれど、お母様っ……お兄様が！」

「言い訳は聞きません、貴女は誓ったはず……目的は果たしたのですか？」

ブルーデンスは俯《うつむ》き、唇を噛む。母に自分の言葉は通じない。

「……奥方様、早くブルーデンス様に戻って頂かなければ、ダグリード家の方々が不在に気付かれるのではないでしょうか？」

彼女のうしろで、アウラが蒼白な顔ながら口を開く。

「アウラ、使用人が過ぎた発言をするものではありません。貴女はどうも主従関係を誤解しているようですね……ストレイスのことも」

ブルーデンスは瞠目《どうもく》する……母は、兄達の関係を知っているのだ。

「私が短慮《たんりょ》でした、申し訳ありませんでした……すべて私の責任です。二度と、お心に背くことは致しません」

氷のような視線を送るティルディアに、ブルーデンスはその場に膝《ひざ》を突き、深く首《こうべ》を垂れて言葉を紡《つむ》ぐ。自分のせいで、二人の関係を壊すわけにはいかない。

「……よいでしょう、今回だけは目を瞑《つむ》りましょう」

ややあって、母の幾分厳しさの解けた声がした……全身から力が抜ける。

「ですが、……軽はずみな振る舞いをした罰は受けてもらいますよ」

ビシッ、と空気を裂く鋭い音。

背後では、アウラが大きく息を呑む。


顔を上げた先には、乗馬用鞭《むち》を手にしたティルディアの姿……


「ティルディア様、それはっ……！」

「アウラっ、貴女は屋敷の中に戻って！」

非難を口にしかけた彼女を、ブルーデンスは制する。

「ですが、ブルーデンス様っ……」

「私は大丈夫です、だからっ……だから、お兄様には何も言わないで」

縋《すが》るような目をしてしまったのだろう……アウラは口を噤《つぐ》んだ。

「……ストレイス様は、何に代えましても」

それだけ口にした彼女は、ブルーデンスの言いつけ通り屋敷の中に戻っていった。

「お立ちなさい、ブルーデンス」

鞭《むち》をしならせ、無感情に自身を見降ろすティルディアの口調には何の淀みもない。

「……はい、お母様」

蒼褪《あおざ》めた顔で、ブルーデンスは母の言葉に従った……

＊　＊　＊

雷龍《らいりゅう》隊副隊長であるライサチェックは、時間になっても姿を現さない隊長に代わり、早朝訓練の号令をかけていた。

「おら、チェイスっ！　隊長いねぇからって、ダレてんじゃねぇぞ！　もう三周追加っ！」

「うそっ、オレ？　一番真面目に走ってるじゃないですか！」

兵舎裏の訓練場を先頭切って走っていた彼は、ギョッとしたように最後尾につけるライサチェックを振り返る。

「ああ、わかってる。ちょっと言ってみたかっただけだ」

こんな機会ねぇからな……ライサチェックは悪びれもせずに、笑顔でそう言ってのけた。

「クソっ……、何でこんな人が副隊長なんだよ！」

「おいおい、お貴族様の坊ちゃんが『クソ』なんて口悪ぃぜ……こちとらお前の崇拝するブルースの指名だ、文句言ってねぇで従いな」

「帰ってきて下さいっ、ブルース副隊長ぉーーーーー！」

半ベソで叫びながらさらに走る速度を上げたチェイスを、隊員達の笑い声が追いかける。

チェイス・カイルシード……由緒正しい伯爵家の三男坊だ。家督を継ぐ可能性がほとんどない彼は、この国の慣例通り騎士団に入団した。貴族出身者は大概、角狼《かくろう》隊に所属するものなのだが、負けん気の強いチェイスは最難関である雷龍隊《らいりゅう》への入隊を希望した。無事入隊できたのだから、もちろん強いのは負けん気だけではない。その実力はライサチェックに次いで四番目を数える。十八という若さから、今後の伸びが期待される一番の出世株である。

そして、ブルースを心底慕っていた。それはもう、恋でもしているのではないかと邪推するくらいに……だから、彼の除隊を聞いたときの落ち込みようといったら、まるでこの世の終わりのようだった。なり振り構わず辞めてくれるなと散々縋《すが》って、困らせもしたらしい。ライサチェックはそんな彼の将来を案じたブルースから、お守りを頼まれていた。

ブルースの抜けた穴は大きい。

誰も口には出さないが、きっと一番打撃を受けているのは隊長であるフォーサイスだ。もともと多くなかった口数はさらに減り、代わりに何かを考え込んでいる時間が増えていた。

ブルースが除隊を迫られた理由、期を同じくして成立したフォーサイスの婚約……すべてはフカッシャー家へと通じていた。立ち昇るきな臭い陰謀の香りに、他の隊員達の中に疑念を持っている者もいるだろう。ただ、フォーサイスが何も言わないために、誰も聞かないだけなのだ。

彼が一体何を考えているのか、ライサチェックだけは本人から愚痴のように洩らされて知っている。口止めはされなかったが、この雷龍隊《らいりゅう》の存続にも関わる大事、軽はずみに言い振らせるような内容ではない。

若くして隊長職に就いているだけに冷静沈着な男だが、仲間のことになるととかく熱くなる傾向がある。そういうところが隊員達から慕われる所以《ゆえん》でもあるが、今回ばかりはそんな彼の情が裏目に出るような気がするのだ。

リユーノはどうにも得体が知れない。自分の息子でも、逆らえば簡単に切り捨てる人間だ……何かあれば、切り捨てたはずのブルースをさらに盾として持ち出してくるのではないだろうか？

フォーサイスは、雷龍《らいりゅう》隊とブルースのどちらかを選べと要求された場合、きっと選ぶことはできない。ブルースが、フカッシャー家に逆らえないのと同じように。

そうなったときは、自分が片をつけよう。

実は誰よりも心根の優しいフォーサイスが決断を躊躇《ためら》うなら、自分がブルースを斬る。

雷龍《らいりゅう》隊に入ってから決めていたこと……どちらか一方を選べ、といわれたら自分は迷いなく隊長を選択する。


「……すまん！　遅くなった」

ライサチェックが唯一の忠誠を捧げた相手が、ようやく姿を現す。もう早朝訓練の時間は半分ほど過ぎてしまっていた。

「隊長！　遅いですよっ、お陰で副隊長の横暴ったら……」

「黙って走ってろ、チェイス……ライサチェック」

新米副隊長の不満を口にしかけたチェイスを軽くいなし、フォーサイスは彼を呼びつける。

「ちょっと来い」

ここでは話せない、と兵舎を顎《あご》で指すフォーサイスに、ライサチェックはわずかに眉を顰《ひそ》める。

「もう五周ばかり走ってろ、お前ら！」

「隊長までっ……やっぱり戻ってきて下さいっ、ブルース副隊長ーーーーー！」

再度絶叫するチェイスの声にため息を吐きつつ、ライサチェックは兵舎の中に入っていくフォーサイスの背を追いかけた。


「私用で悪いが、外地任務について欲しい」

執務室に入ってすぐ、フォーサイスはそう口を開く。

「……どこに行きゃあいい？」

連絡もなく初めて遅れてきた彼の尋常ではない様子から、ライサチェックは茶々も入れずに問うた。

「オルガイムだ……ブルーデンス・シェルハラントという人間の素性を調べて欲しい」

「どっかで聞いたような名だな」

「ブルースの義妹だ、シェルハラントはフカッシャー公爵夫人の実家の公爵家だ」

フォーサイスの表情が苦々しげなものになる。

「……厄介だな、王族かよ」

「すまん、頼れる者がお前しかいない」

「そこまで言われちゃ、しゃーねぇな」

事態は芳《かんば》しくないようだが……自分一人で始末をつけようとするよりもまだよい傾向だ、とライサチェックは首肯する。

「婚約者殿、何か動いたのか？」

「動いたことは動いた。間諜《かんちょう》であることの確証は得られた……しかし、どうにも得体が知れない。本当の素性が知りたい」

フォーサイスの逆鱗《げきりん》に触れた女……彼女ブルーデンスの立場は、彼の中で完全に敵として認知されたようだ。

今や押しも押されぬ大国、オルガイム。きっと調査は難航するだろう。

「あんたの頼みだ、やるだけやってやるさ」

雷龍《らいりゅう》隊の、延《ひ》いてはフォーサイスのため……取るに足らない塵芥《ちりあくた》のような存在だった自分を見出してくれた彼の役に立てるなら、どんな泥だって被ってやる。

別れのとき、涙を流していたブルースの顔が一瞬だけ脳裏を掠《かす》めたが、ライサチェックは気付かない振りをした……

4

急がなければ……ダグリード邸の部屋に戻って来たブルーデンスは、蒼褪《あおざ》めた顔に真珠の粉を塗り込んでいた。こんなときばかりは、鋭利な銀色の双眸《そうぼう》がありがたい。無様に泣き濡れた跡を冴《さ》え冴《ざ》えと隠してくれるから。

震える手で赤い口紅を引き、鏡の中の自分に笑って見せる。もう二度と失敗は許されない、何もかも完璧に取り繕《つくろ》わなければ。

朝露に濡れた髪は言うことをなかなか聞いてくれないが、それでもどうにか組紐《ひも》でまとめ、派手な飾り結びをして誤魔化す。

不必要に胸元の開いたドレスを意識的に避けようとしてしまう自分を叱咤《しった》し、七分袖《そで》の薄紅色のそれを選ぶ。

「……っ、……！」

右袖《そで》を通した瞬間、走った鋭い痛みに唇を噛みしめる……また、口紅を塗り直さなければならない。

家畜の調教のために振るわれるはずの鞭《むち》は、彼女の腕に醜《みにく》いみみず腫《ば》れを刻んでいた。

一回で済ませてくれたのは情けなのか、時間的余裕がなかったのか……多分後者だと、いびつな微笑みを口もとに刻む。


ほんの数十年前まで、この世界は凄惨《せいさん》な戦乱の只中にあった。あまりに壮絶を極めたその戦争に、終結して十八年経った今も名はつけられていない……皆、それを前《さき》の戦争と呼んでいた。戦争が引き起こされるきっかけとなったのは、サクリファと呼ばれる魔導石の存在だった。

最古の創造神アーケイイディスによって創られたこの世界エリアスルートは、天上界に御座す神々が創ったそれらの中でも、まだまだ生まれて間もないのだとう。

彼が他の七柱の神とともに創造したエリアスルートは、魔法と呼ばれる神々の力が色濃く息づいていた。アーケイディスはエリアスルートを、天上界にほど近い理想郷にしようとしていたらしい。ただ、残念なことに彼らは期を見誤ってしまったようだ。彼らが作り出した人々の心は独り立ちするには未成熟だったのだ。神とその眷属達がエリアスルートを人の手に託し、天上界に戻ってしばらくすると、世界の歪みが露呈した。

理想郷には差別が生まれ、肉体的な差異を持つ者を虐《しいた》げるようになった。

他の人族と差異を持つ者達……それはアイリスとオルガイムの人々だ。最初に生み出された人間である彼らに、ことのほか愛を注いだアーケイディスは、己の二つの特徴を分け与えた。アイリスには黒い髪と双眸《そうぼう》を、オルガイムには四肢《しし》とは別の翼を……彼らが持つ手先の器用さや、優れた身体能力は、後天的なものだったのかも知れない。

けれど、どちらも得られなかった他種族との間に生まれた確執は、じきに埋めようのない大きな溝となった。神が犯した些細《ささい》な不公平が、理想郷に差別と戦争をもたらしたのだ。

いかに優秀でも、数の力に勝つことのできなかった二種族は、他国との国交を絶った。平坦、平穏な土地を捨て、人を寄せつけぬ険しい大地に自分達の国を移したのである。アイリスは高温多湿の亜熱帯、オルガイムは切り立った山岳地帯というように。

差別、不公平に次いでエリアスルートに生まれたのは、支配欲だった。

豊穣《ほうじょう》な大地の国クラウディアは、自国の土が魔力を帯びていることに気付いた。神々は自分達の力の一部を、自然物の中に残していったのだ。結晶化して形を持つようになったそれは、魔導石と呼ばれた。クラウディアの民は、奇《く》しくも巨大な魔導石の一枚岩の上に国家を築いていたのである。サクリファという名の魔導石は万能で、土を豊かにすることはもとより、ありとあらゆる物の力を高める役割があり、効力、威力、期限も無限大……それに気付いた民達が起こしたのが、前《さき》の戦乱であったのだ。

欲に駆られた民達の手で肥沃《ひよく》の大地は掘り返され、サクリファで造られたのは空を飛ぶ巨大な箱舟……クラウディアこそが地上の覇者であると、その名を飛行帝国と改めた。彼らの武器は一撃で一国を滅ぼすほどの威力を持つ電磁波兵器と、硬い鉱石の体を持った殺戮《さつりく》兵団、そのすべてがサクリファの力であり、まるで地上種を根絶やしにするかのような猛攻に、エリアスルートは壊滅状態に陥《おちい》った。天上界さえ脅《おびや》かさんと膨れ上がった慢心は、とうとう神の怒りを買い、神が使わした同じ人である救世主……現オルガイム国王妃サスキアによって滅ぼされることになった。その爪痕は今なお人々の心に深く残っている。

もとを正せば、すべからく公平であるべき神の犯した過ちが招いた戦争。救世主の存在によってその事実に気付いた神々によって、断ち切られた命は再びそのときを刻むことを赦《ゆる》された。その命を蘇《よみがえ》らせるために使われたのも、件《くだん》のサクリファだった。

先頃、魔法大国ガルシュでは、優れた魔術師であり宰相のユーシス・バン・セルヴァートがある新薬の開発に成功したという……当然、サクリファを原料として。いかなる万病にも効くという奇跡の妙薬。試した者はまだいないが、かつてのように死者さえ蘇《よみがえ》る、とまことしやかに囁かれている。

しかしながら、半永久的に魔力を生み出し続ける貴重な魔導石を砕いて使用するという製造法から、それは大変高価な代物《しろもの》だった。

ブルーデンスはそれを、何を犠牲にしても手に入れたかった……死の床にある、ただ一人の異母兄のために。それが、彼女が母と交わした密約の全容だ。

『貴女の代わりの者はいくらでもいるのですよ。もっと簡単かつ確実な方法で……、皆まで言わずともわかりますね？』


屋敷を後にするその背に、投げかけられた言葉……兄とアウラの関係のように、母は私の想いも知っているのだ。

雷龍《らいりゅう》隊隊長はフォーサイス・ダグリードでない者の方が、父リユーノには都合がいい。

外地任務中に命を落としても、誰も疑問には思うまい。

ただ、彼を命令通りに動く傀儡《くぐつ》にできたなら、その命だけは助けてやろう。

兄を助けたければ、フォーサイスを裏切れ。

フォーサイスを助けたければ、彼を欺《あざむ》け。

選択肢は、初めから一つしか用意されていないのだ。

＊　＊　＊

その日、日が落ちてもフォーサイスは屋敷に戻ってこなかった。

急な任務で帰れないとき、真面目な彼はそう遅くならないうちに必ず連絡を寄越《よこ》す。連絡がない場合は、遅くなっても帰ってくるというのが暗黙の了解になっていた……今日、連絡はない。

腕の怪我や内心の動揺を気取られずに一日を終えようとするブルーデンスは、件《くだん》のバルコニーから月を眺めていた。

冷たい光を放つ三日月は研ぎ澄まされた刃のようで、母によく似ている……幼いとき、行儀見習いのために預けられた伯爵家でもよくこうして夜中、部屋を抜け出して月を眺めていた。そのときは、今よりもさらに母のことを知らなかったから、月の光を冷たいとは思わなかったけれど。

すべてを憎めたら簡単だったのに。

何一つ認めてくれない父も。

父の意に沿うためだけに生きているような母も。

自分の存在価値を奪った、生まれたばかりの弟も。

無理矢理義務として覚えさせられた剣の扱い方、人の守り方に、殺し方……高い身体能力を有するオルガイムの血は、容易《たやす》くそれらを吸収した。

残酷な選択を強《し》いた彼らを、この手にかけて自刃するのは容易《たやす》い。命は呆気ないほど簡単に壊れてしまうことを、自分は知っている。

残された義兄は、何の取引もなく新薬を手に入れることができるかも知れない。

雷龍隊《らいりゅう》に害をなす者もいなくなる。

彼らを、憎めたらよかったのに……

自分の命が惜しいわけではない。この身体に流れる同じ血のせいだろうか……そんな不確かなものが、自分を繋ぎ止める。愛せぬまでも、理不尽な扱いに対する怒りを持続できない。抱こうとした殺意は、砂のようにこの手のうちからこぼれ落ちていく。

一日、堪《こら》えた涙が頬を流れ落ちる。

塗り込められた真珠の光沢が剥《は》がれ、本来の肌が暴かれる。

この一瞬くらいは、許されるだろうか……ぼやけた視線の先に浮かぶ月は、残酷なまでに美しかった。

＊＊＊

明日には翔国オルガイムに発つライサチェックと、オルガイム入国後の行動や、副隊長長期不在の穴埋めをどうするかについて、遅くまで話し合っていたフォーサイスは、家人を気遣って厩舎《きゅうしゃ》に近い裏門から屋敷に入る。

ブルーデンスが、フカッシャー家が送り込んだ間諜《かんちょう》であることの確証を得た。

彼女が今朝向かった場所は、フカッシャー邸だったのだ。ただ、何の迷いもなく屋敷の中に舞い降りていく様子には、我が目を疑った。

罠というにはあまりにあからさま過ぎ、それに危険も大きすぎた……自分にも、フカッシャーにも。

罠でないというのなら、一体この不可解な行動は何なのだろうか？

完全にフカッシャー側に与《くみ》する人間ではないというのか……

遠巻きに、まるで要塞のような物々しい印象を受けるフカッシャー邸を睨《にら》んでいると、さほど待たずにブルーデンスが有刺鉄線の張り巡らされた塀の上に姿を現す。

周囲を見まわすようにした後、少し離れた場所にいた自分の存在には気付かずにまた高く飛び立っていった。来たときよりも高度を上げているということは、多少冷静になった証拠だろうか……

その姿はあまりに小さく、高速で飛行する鳥にしか見えない。

何かしら不都合が生じ、フカッシャー家に助言を仰ぐために一時戻ったのか？

それとも、自分の冷遇や昨日の揺さぶりに動揺し、耐えられなくなって逃げ帰ったのか？

どれも、あまりにも不自然だ。

昨夜、ようやくまともにその視線を合わせたブルーデンスは確かに繊細ではあるようだったが、そこまで愚かな行動に出るとは思えなかった……そんな人間が使用人を始め、ダグリード家の面々から瞬く間に信頼を寄せられるはずがない。

大体、狡猾《こうかつ》なリユーノがそんなお粗末な人間を、間諜《かんちょう》に選ぶはずがないのだ。

つらつら考えながら歩いていると、無意識に正面玄関に通じる中庭に足が向いていた……何となく上を見上げて瞠目《どうもく》する。

月の光に浮かび上がる件《くだん》の人物。

銀色の光を受ける姿は、まるで一枚の絵のようだ……魅入られたように、月を見つめるその横顔は透けるように青白い。


オートマターの涙は銀色なのか？

疑ったそれは他の人間達と同じ透明で、途切れることなく頬を伝って流れ落ちていく。


こちらが、本当の罠なのだろうか？

自分から同情を、罪悪感を引き出させるための……

それも否……自分がこの時間、ここで彼女を見つけたのは神懸《が》かり的な偶然で必然はあり得ない。

感情の読めない双眸《そうぼう》からはこれ以上なく哀しみが溢れ、見る者の焦燥感《しょうそうかん》を煽《あお》る。

フォーサイスは、そんなブルーデンスの姿から目を背ける。


哀れな身の上を憂いているのか。

何かの贖罪《しょくざい》だろうか。

他の誰かを想ってのものだろうか。

脳裏に浮かんだ疑問に、眉を顰《ひそ》めた。

自分が欲しいのは、間諜《かんちょう》の情報であって感情ではない。

彼女は第一級の危険人物だと、心に刻み込む。

同情は油断を生む、どんな事情があってもそんな相手に心を許すなぞ馬鹿げている。

その横顔がある人物に重なって見えたことも、気のせいだ。


フォーサイスは、とても晴れやかとはいえない気持ちでその場を後にした。

5

昼は訓練に明け暮れ、それが終われば恩ある家主の娘との拷問のような時間……結局、この身体が自由になるのは夜半を過ぎてからになってしまう。

騎士として身を立てたくば、この生活に耐えなければならない。

それでも、時々すべてを投げ出してしまいたくなる……精神が幼い女は、ひどく身勝手で残酷な魔物のようだ。

屋敷を抜け出し、やって来たガラス張りの温室。ガラス越しに下弦の月が照らすその中では、深い眠りに落ちる草木の陰で、名も知らぬ夜行性の白い花々がひっそりと咲き乱れていた。

その冷たい光を浴びれば日中溜め込んだ憤《いきどお》りは徐々に冷め、堪《こら》えていたため息が口を吐く。

「……誰？」


背後から、あどけなくも怖々といった口調が問いかける。

構えて振り返った先には、一人の少女が心許なさげに立ちすくんでいた。

「……お前、確か新しくゴーシャつきになった侍女の……」

「シェブランカと申します、フォーサイス様……このようなはしたない格好で失礼致しました！」

自分が何者か理解したようで、夜着の肩にショールをかけただけの姿だった彼女は慌てて……それでも十分上品にその場に膝《ひざ》を突く。

「こんな時間に何をしている？」

「申し訳ありませんっ……、すぐに戻ります！」

フォーサイスの詰問《きつもん》するような口調に恐怖を覚えたらしく、身を翻《ひるがえ》すシェブランカ。

「待て、咎《とが》めているわけではない」

そのまま捨て置いてもよかったものを、咄嗟《とっさ》に手を出してしまった。

「……申し訳ありません、……あの……何か？」

腕を掴《つか》まれて逃げられなくなった彼女は、再度謝罪を口にしながらも不可解そうにフォーサイスを見上げた。

「……何があった？　また何かされたのか、ゴーシャに」

フォーサイスの言葉に、シェブランカは驚いたように目を瞬く……と、同時に大粒の涙がその頬を伝った。

ゴーシャの嘘泣きは見慣れている。

だからこそ、彼女のそれが本物だということもわかった。

この屋敷は王都からやや離れた場所にあるため、娯楽が少ない。それゆえ人の出入りにはとても敏感だった……それは、いい意味でも悪い意味でも。

シェブランカはゴーシャと同じ年頃で、幼いながらとても美しい容姿をしていた。関心のないフォーサイスの耳にまで入ってくる使用人達の下世話な噂話によると、彼女は没落した貴族の末の娘で、ほぼ身売りのような形でトゥリース家に侍女としてやって来たらしい。

幼いながら自分の立場を理解していた彼女は、己が身の上を悲観することなくよく働いている。いつも慎ましやかな笑顔を絶やすことなく、没落してもさすがは良家の令嬢……幼い彼女の覚えての所作は慣れないぎこちなさが残っているものの、ゴーシャに見習わせたいほどに気品に溢れていた。きっと、天性の淑女の素質があるのだろう。

ゴーシャのせいでなかば女性不信に陥《おちい》っているフォーサイスも、自分に直接関係のない使用人だということもあるのだろうが、彼女に対しては何ら不快な感情を抱いていなかった。

ところが、ゴーシャの方はそうではなかった。シェブランカが貴族の令嬢として、そして、その人格、容姿に至るまで自分と比べるまでもなく秀でていることが気に食わなかったのだ……善良な両親から隠れ、シェブランカに対する陰湿な虐めが始まり、それを見ていた使用人達も、同情はしても表立って庇《かば》う者はいなかった。

また、ゴーシャの侍女いびりは今に始まったことではなく、その不興を買ってしまった不幸な侍女達は、いずれ耐えられなくなってひっそりと屋敷を出ていくのだ。

「……何も、ございません。ゴーシャ様にはとてもよくして頂いておりますわ」

自由な方の手で素早く涙を拭《ぬぐ》うと、シェブランカは蒼褪《あおざ》めた顔に笑みを刻む。ただ、触れるその細い腕は彼女の小刻みな震えを余すことなくフォーサイスに伝えていた。

「今宵の月を見ていたら、母が恋しくなってしまって……八歳にもなって、お恥ずかしい話ですが」

取り繕《つくろ》うための彼女の言葉に、フォーサイスは眉を顰《ひそ》める。ゴーシャよりまだ二歳幼く、自分とは四歳も離れたシェブランカが、必死になって弱さを見せまいとする姿が不憫《ふびん》でならなかった。

「……どちらでもいい、ただ我慢をするな」

「……フォー、サイス様……？」

腕を引き、月の光に溶けて消えてしまいそうな風情の小さな身体を胸に抱き留める。

「泣けるうちに泣いておけ。泣けなくなったとき、それを後悔する」

突然のことに上擦《うわず》った声になったシェブランカに、フォーサイスはそう告げる。腕の中の身体が一瞬大きく震えると、その震えは小刻みなものに変わり、それに被さって嗚咽《おえつ》が漏れ始めた。

自身に身を預け、声を殺して泣く彼女を、やはりフォーサイスは不快には思わなかった。

正反対の立場ではあったが、同じようにゴーシャに虐《しいた》げられている者同士……心の深い部分が共鳴したのかも知れない。

「……大変、失礼な振舞いを致しました」

ほどなくして落ち着いたらしい彼女は、即座にフォーサイスから距離を取ると、謝罪しながら首《こうべ》を垂れた。

「少しはすっきりしたか？」

「……、……はい」

恐縮したまま、シェブランカは素直に頷《うなず》く。

「ならいい。……俺は、大体この時間にはここにいる」

自然に口にしてしまった言葉に、シェブランカはわずかに赤くなった瞳を大きく見開いた。

その様子を見て思い至る……彼女ら使用人は恐ろしいほどに朝が早い。

「いや、取り消す。子供は早く寝ろ」

即行で前言撤回したフォーサイスの口ぶりに、シェブランカは初めて自然な微笑みを浮かべる。

「ありがとうございます、フォーサイス様……本当に」

そして告げられた謝意に、自分の気持ちが正しく伝わったことを知り、フォーサイスも笑み返していた……肉親以外の異性に、他意のない笑みを向けたのは何年ぶりのことだったろうか。

まだ一条の日の光も差さぬ闇の中、寝台の上で目を開いたフォーサイスは一瞬、自分の置かれた状況がうまく呑み込めなかった。

何とも寝覚めの悪い……上体を起こし、徐々に取り戻した記憶に小さく舌打ちをする。

トゥリース家での地獄のような三年間、実のところ最後の一年はまだ逃げ場があった。

シェブランカ、あの温室で月下に咲いていた花のように穢《けが》れない少女……結局、彼女は毎夜のように温室にやって来た。

ゴーシャの理不尽な振舞いは日増しにひどくなっていたが、初めて逢ったときのように泣くことはなかった。代わりにずっと微笑んでいたシェブランカ。きっと自分に慰《なぐさ》めを求めていたのではなく、屋敷での生活に疲弊《ひへい》し切っていた自分を気遣おうとして通ってきていたのだろう。不幸な身の上がそうさせたのだろうが、シェブランカはその頃の自分よりもずっと大人だった。

出逢ってから一年後、騎士団に入団が決まり、屋敷を出る最後の夜も彼女は変わらず微笑み、祝福してくれた。

シェブランカはその後、四年ほどトゥリース家での生活に我慢していたらしいが、ある日突然辞めてしまったそうだ。ゴーシャにそれとなく尋ねれば、下男をたぶらかし、手に手をとって駆け落ち同然に出ていったといった。

ゴーシャの嘘は散々耳にしてきたが、それはその中でももっとも醜《みにく》いものだった……シェブランカに不名誉な汚名を着せて追い出したのは、この薄汚い女だ。

清貧という言葉の本当の意味を自分に教えたシェブランカ。

手を尽くして探したが、彼女の所在はとうとう掴《つか》めなかった。

あのときなぜ自分だけ逃れ、シェブランカ一人をあの地獄に残してくることができたのだろう……己の涙を隠し、自分のために微笑んでいてくれた彼女を。

あのときの喪失感は、到底忘れられるものではない。

シェブランカに触れたのは、後にも先にも初めて逢ったときの事故のような抱擁一回だけ……幼かった自分が感じた彼女への気持ちが恋情だったかどうかも、今となってはわからない。

それでも、家族以外で心を共有した唯一の少女。

そんな特別な存在の面影を、なぜあの間諜《かんちょう》の女の中に見出したのか……ブルーデンスとシェブランカ、流す涙の意味は真逆だというのに。

月の光の見せた幻影に惑わされ、記憶の奥底に仕舞い込んだ大切な過去をみずから汚してしまったようで、フォーサイスはひどく不快だった。

＊　＊　＊

別にブルーデンスも、美しいドレスや装身具が嫌いなわけではない。

ただ、あまりにも久しくそれらから遠ざかっていたので、着飾ることを楽しみとしてではなく義務として捉えるようになっていた。今現在置かれている自分の立場上、楽しめるような精神的余裕など生まれるはずがないのだし。

先日の浅はかな振舞いのせいで腕に刻まれた鞭《むち》の跡は、顔に塗っているのと同じ真珠の粉で隠していれば、よほどの至近距離で確認されない限り傍目には判別できない。フォーサイスが内心何を考えているかはさて置き、極力自分と顔を合わせたくないだろうし、エルロージュやファティマ、侍女達とはある程度の距離感を保っていれば問題はないと思っていた。皮膚が裂けたわけではない、この程度の傷なら数週間で消える……そう自分に言い聞かせて、平静を装っていた。

しかし、こういったときほど起こりやすいのが不測の事態……それは当然、何の前触れも与えてはくれない。

漆国《しっこく》アイリスの国王リカルド・ザサール六世より、宮殿で開かれる舞踏会の招待状が届いたのだ。

アイリスの剣と呼ばれる名家ダグリード侯爵家の当主フォーサイス・ダグリードは、精鋭・雷龍《らいりゅう》隊の隊長。その剣を振るう姿は、まるで鬼神のようだと称されている。

しかしながら、本人は特段血の気が多い性質《たち》ではない。無駄な争いは極力避け、彼が先に剣を抜くことはほとんどなかった。そして何より、抜剣《ばっけん》したフォーサイスと相対する状況になれば、相手の方が敗北を認めて逃げ出すことが多かった。噂が独り歩きしているのだ、とフォーサイスはうそぶくが、それに劣らぬ実力を持つのは紛れもない事実なのだ。

争いごとを好まぬ柔和な人柄で民に慕われている国王は、そんな鬼神という二つの名にそぐわぬフォーサイスの気性をいたく気に入っていた。

十三になった末の王子の誕生祭と銘《めい》打っているが、きっと本当の目的はお気に入りの彼が婚約したという事実を確認したいのだろう。

つまりは、この舞踏会の影の主役はブルーデンスということになる……本来なら身に余る光栄と思わねばならないところだが、ブルーデンスはその事実に戦慄《せんりつ》しか覚えなかった。

フォーサイスの隣で、舞踏会の間中、微笑んでいられる自信が今の自分にはない。

彼は何も言わなかったが、自分を疑っているのは明らかだ。

きっと先日の姿も見られている。あのときはひどく取り乱していて、周囲に何の注意も払っていなかった……跡をつけられていた可能性は十分にある。

フカッシャーの屋敷に入って行った自分を、フォーサイスはどう思っただろうか。

騎士団のあり方について、雷龍《らいりゅう》隊はよく角狼《かくろう》隊と衝突していた。角狼《かくろう》隊はかつてブルーデンスが所属していた、フカッシャー家の息がかかった部隊……強硬なやり方にフォーサイスはいつも不快感を抱いており、陰で糸を引いていると思われる父リユーノを危険視していたのだ。

リユーノに不信を抱いている彼が、自分との婚約を承諾したことが侯爵家当主の義務感からではなく、すべてを理解した上での決断だったとしたら？

過度に冷たい振る舞い、晩餐《ばんさん》での探るような眼差しに、日増しに硬化する態度も……すべての答えが表れている気がした。


「ブルーデンス様、そろそろお時間です……何かお手伝いすることはございますか？」

私室の扉をノックする音と、出立のときを告げるデリスの声に、ブルーデンスは深く考え込むように閉じていた瞳を開く。

鏡台から見返すのは、作り物の顔……真珠粉の光沢と貴金属のような瞳の輝きは、今にも泣き出しそうな心のうちを綺麗に覆《おお》い隠してくれていた。

この会の主役が自分であるならば、宮殿にはフカッシャー家も招待されているはずだ。

もしも、その席で失態を犯せば、それは即座に父母の目に留まる……言い逃れや隠匿《いんとく》はできない。

『貴女の代わりの者はいくらでもいるのですよ』

耳に蘇《よみがえ》る母の声……

「……いいえ、大丈夫。今参ります」

深紅の唇に決意を秘めた笑みを刻みつけると、ブルーデンスは鏡台に背を向けた。

第三章　舞踏会に巣食う闇

1

随分と面倒なことになってしまったものだ……フォーサイスは馬車の中で、幾度となく口を吐きそうになるため息を押し留めることに苦心していた。

漆国《しっこく》アイリスが王城ディオランサに向かう馬車の中、自分の右隣にはブルーデンス。

そして正面では、ここ最近、関係悪化の一途を辿っている我が最愛の母と妹が、あからさまに自分を睨《にら》みつけている。

ファティマは久々の舞踏会で、とくに機嫌が悪いようだ。城での舞踏会など人見知りの激しい妹にとっては拷問でしかない。侯爵家の出自を知られずとも、母に似たその艶《つや》やかな容貌は人目を引く……年頃の彼女にハイエナのように群がる求婚者達から守ってやるのは、容易《ようい》なことではなかった。

生まれる前に父を亡くし、自分も物心つく前から屋敷におらず、女性の多い屋敷で育ったのが大きな理由なのだろうが、ファティマは社交界初参加のその日のうちに、ひどい男嫌いになった。今日の装いも極力男の関心を引かぬようにと思って選んだのだろう……日が落ちて風があるとはいえ夏の盛りに、高い立襟《たてえり》、指先、爪先まで隠そうとするかのような……まるで尼僧のような出で立ちだったのだが、華美さを極力抑えた黒一色のドレスが、ある意味挑発的にも見えてしまうことに、男心を知らぬ若い彼女は気付けなかったようだ。

部屋から下りてきたファティマの姿を見た瞬間、ブルーデンスは思わずギョッとしたようにうしろを振り仰ぎ、釈明を求められた母もお手上げだと伝えるように頭を振っていたのが印象的だった。

ただ、今宵の主役である彼女の吸引力も、相当なものなのだが。

俯《うつむ》きがちの横顔、長い睫《まつ》毛《げ》が微かに震えている。入念に化粧を施《ほどこ》しただろう顔には、いつも以上に表情がなかった。

清水のような銀の髪は、両家の友好を示すようにダグリード邸の庭から取ってきた薔薇《ばら》に輪郭を飾られ、オルガイムの伝統であるらしい組紐《ひも》で美しく結い上げられていた。母や妹達がしきりに結び方を聞いていたところを見ると、自分の手で結っているらしい……よくよく考えてみれば、彼女は侍女を連れずに屋敷にやって来たわけだから、オルガイムの髪結いなど自分でする他はなかったのだが。後頭部の、大輪の花のように見える部分が玉房《たまふさ》結び、その周りを舞う蝶のように見える側面は唐蝶《からちょう》結びというものらしい。そして、身体の輪郭を強調する浅緑色のドレス……そのしなやかな姿は、まるで蔓薔薇《つるばら》のようだ。蔓薔薇《つるばら》はダグリード家の紋章……狙って選んだのか。そんな疑いの念が思い浮かんだのは、随分時間が経ってからのことだった。

今宵の彼女は、機械的を通り越した神秘的な美しさを湛《たた》えていた。

ただ、自分の目はそんな表面をなぞるだけではない……長い睫毛《まつげ》に縁取られた銀色の円《つぶ》らな双眸《そうぼう》は戦慄《わなな》くように揺れていて、型通りの弓型を描く唇も柔らかさに欠ける。きっと真珠粉を塗り込めた頬は、激しい緊張に蒼褪《あおざ》めているのだろう。

剥《は》がれ落ちたその仮面の下は……

そこまで考え、フォーサイスは眉を顰《ひそ》める。

間諜《かんちょう》である彼女の内面に目を向ける必要など、どこにもない。

月光を浴びて涙を流す姿を見てしまった罪悪感か、封印した過去を思い出させられた苛立《いらだ》ちか……ブルーデンスに対する感情を、フォーサイスは今に至っても決めかねていた。


「……見えて参りましたわ、魔の巣窟《そうくつ》が」


そんな彼の心情を知ってか知らずか、窓の外に視線を向けたファティマがそう呟《つぶや》く。いつも何かと理由をつけて断る彼女が、不承不承《ふしょうぶしょう》ながら舞踏会への参加を決めたのは、義姉と慕うブルーデンスを気遣ってのことに他ならない。

松明《たいまつ》の灯りに浮かび上がる荘厳な白亜の王城は、その美しさとは裏腹にまさに魔物の住処《すみか》のようだ。様々な陰謀が渦巻いている。フォーサイスとて、王直々の招待でもなければ極力近づきたくないのが本音……華やかな夜会に潜《ひそ》む毒々しい駆け引きに晒《さら》される度、侯爵家になど生まれなければよかったと、考えても仕方ないことに思いを巡らせ、徒労感が胸を突く。

「ファティマ、そのような言い方はっ……フォーサイス、貴方もそのような態度でどうするのです」

見る間に近づく城門にとうとう吐き出されたため息を、エルロージュが窘《たしな》める。

「そうですわ、お兄様。魔物からお義姉様を守れるのは、お兄様だけなのですから」

ファティマもあからさまに不満を口にする。

確かにこれだけ目立つ容貌では当たりも強いだろう……窓の外から視線をブルーデンスに戻すと、彼女もフォーサイスを見ていた。

「……申し訳ありません」

心から申し訳なさそうに謝罪を口にするブルーデンスの態度は、いささか腑《ふ》に落ちない。

「謝る必要はない、これも義務だ」

自分も彼女も茶番を続ける限り、こういった公の場に出ることは避けては通れない道なのだから。

「貴方という人は、また……」

吐き捨てるようになってしまった言葉に、母はまた苦言を呈《てい》そうとしたのだが、丁度そのとき、馬車が停止する。

「着いたようですね、魔の巣窟《そうくつ》に」

開かれた扉に、フォーサイスは腰を上げる。義務づけられた堅苦しい礼装のしめつけに舌打ちしたくなったが、さすがにこれ以上二人の神経を逆撫《さかな》ですることは止めた。

素早くステップを降り、振り仰いだ先に右手を差し伸べる。

「……ありがとうございます」

一瞬躊躇《ためら》うような間をとりながらも、ブルーデンスはレースの手袋をはめた手を自分の手に重ねる……姿勢を崩さずに降り立ったその姿。細かなレースで縁どられた適度に開いた襟《えり》ぐり、胴衣とペティコートを繋ぐ編み上げベルトの紐《ひも》は、見ているこちらの息が詰まるほどに引きしめられている。二層になったペティコートもひだのように幾重にも広がりを見せ、下はふんだんにレースがあしらわれている。

その素顔は謎のままだが、偽装だとしても、ここまで造り上げられれば見事としか言いようがない。いくら女嫌いとはいえ、フォーサイスもその美醜《びしゅう》がわからないわけではない。

王の隠された意図がなくとも、神秘的な銀色の髪と瞳を持たずとも……きっと今宵の主役は彼女をおいて他にはいまい。

ただ、厄介なことに今夜の舞踏会にはトゥリース家も招かれているはず。ブルーデンスを死神と罵《のの》ったらしいゴーシャ……騒動は免《まぬが》れない。三つ巴《どもえ》に陥《おちい》った状況を想像するだけで寒気がした。

綺麗な曲線を描く顔を見つめながらつらつらと考えていると、ブルーデンスは繋がれたままだったフォーサイスの手を一瞬強く握り込んでから解放した。

「今宵はよろしくお願い致します」

そう口にした彼女は、フォーサイスに向けてドレスの裾《すそ》を摘み、軽く膝《ひざ》を曲げて頭を垂れる……初めて顔を合わせたときと同じ、何とも美しい所作。

顔を上げたブルーデンスには、想像したような動揺の影は見当たらなかった。自身に送られた何とも艶《つや》やかな微笑みに、一瞬虹彩が開く。

ようやく思い出される、フカッシャーの間諜《かんちょう》であるという事実。

たとえその本性が、真実か弱く清らかだったとしても、この生き方を選んだのは彼女……ならば情けは無用だ。自分の庇護《ひご》など必要ないだろう。

この悪夢のような一夜を、己の力で乗り切ればいい。

「……何があっても泣くな、相手の思うつぼだ」

再び差し出した腕に、ブルーデンスは心得たというような微笑みを浮かべて腕を絡ませる。

駆け引きか罠か……今このときばかりはそれに目を瞑《つむ》ろう。

魔窟《まくつ》に巣食う汚らわしい女達の鼻っ柱をほんの一瞬でもへし折ってくれたなら、素直に賛辞を送ることを心に決め、フォーサイスは一歩踏み出した。

＊　＊　＊

馬車の立てるわずかな振動にも、胃液が込み上げる……ブルーデンスは眉間に皺《しわ》が寄らぬよう、ゆっくりと瞳を閉じた。

漆国《しっこく》アイリスの王城ディオランサに向かう馬車の中、自分の左隣にはフォーサイス。

そして正面には、エルロージュとファティマが、彼に向かって諌《いさ》めるような視線を送っている。

出立直前になって目にしたファティマの出で立ちには、正直驚かされた。薄化粧に黒一色の喪服のようなドレス、装身具は何一つ身につけていない……もともと内向的だったという彼女は、兄と同じような理由で男嫌いになっていた。しつこい求婚者に対する牽制《けんせい》であろうと思うが、男として生きていた経験のあるブルーデンスにしてみれば、まるで見当外れだ。思わずエルロージュを振り仰いだが、自分と同意見らしく落胆のため息とともに首を横に振っていた。

波打つ豊かな黒髪、もぎたての檸檬《れもん》のような美しい面立ち、猫のようなややきついつり目は、黒目がちで知的な輝きに満ちている、常に引き結ばれている天然の赤味を帯びた口もとがわずかでも綻べば、どんなにか魅力的か……ファティマ自身が稀有《けう》で無垢《むく》な輝石《きせき》のようなものなのだ。どのような装いだろうと、薄化粧だろうと、彼女の内面の輝きは隠せない。

一度、どうしても出席しなければならないという舞踏会に、フォーサイスに代わって同伴した自分。その後しばらくの間、嫉妬に狂った求婚者達からひどい嫌がらせを受けた……家柄など、ほんの小さな付加価値に過ぎない。求婚者が望んでいるのはファティマ自身なのだ。久しぶりに姿を見せる彼女に、今夜の舞踏会は荒れるだろう。

そして、ブルースではなくなった自分も、きっと激しい嫉妬の視線に晒《さら》されるはず。

伏《ふ》せた睫毛《まつげ》の下で、隣に座る婚約者を盗み見る。

今宵の主役は自分……しかし、数多《あまた》の視線を一身に受けるのはきっとフォーサイス自身だ。

通常任務においては滅多に袖《そで》を通すことのない礼装。雷龍《らいりゅう》隊隊長である彼が身にまとうのは黒龍を思わせる漆黒の夏衣の制服で、冬衣のそれと比べてやや生地が薄いものの、造形はそこまで変わらない。滑《すべ》りのよい生地は着心地のよさだけでなく、万一肉弾戦になったとき、相手に軍衣を掴《つか》み難くさせる目的も含まれている。隊長のみが許される金の肩章と合わせて軍衣の袖《そで》を縁取る金糸の刺繍は、上腕まで伸びていて雷を思わせる。その背にも、生地と同色の糸で翼を広げ、牙を剥《む》く龍の姿が縫い込まれていた。同じ生地のスラックスも側面に金糸の雷が施《ほどこ》され、膝《ひざ》下はやや短めな騎兵ブーツの中に捻《ね》じ込まれている。

それは軍神そのものを思わせる、雄々しく壮麗《そうれい》な姿だったが、立襟《たてえり》はひどく窮屈で、お世辞にも涼しいとはいえないことをブルーデンスは身をもって知っている。だが、フォーサイスはそんな内心をおくびにも出さない。鬼神と呼ばれる彼は、常に完璧だ。通常時の雷龍《らいりゅう》隊の制服も、隊員達が着崩すのを余程でない限り咎《とが》めはしなかったが、自身はいつも一糸《いっし》の乱れもなくまとっている。

その背中を、いつも見ていた自分……今も、それだけは変わらない。

騎士団時代は最上級の信頼とともに預けられていた背中が、今は確固たる拒絶として向けられているのだが。

歪んでしまった二人の関係が、この上もなく哀しい。

「……見えて参りましたわ、魔の巣窟《そうくつ》が」

薄暗い感傷に浸っていたブルーデンスの思考を、そんなファティマの声が遮断する。

馬車の窓から外を見やれば、闇夜に浮かび上がる高い城壁が目に入る……ブルーデンスも何度か王宮の舞踏会に足を運ぶ機会はあったが、それは騎士団員としての警護任務がほとんどだった。少し離れた場所から一望するそれは、煌《きら》びやかな色彩の洪水の中、嫉妬や欲望を剥《む》き出しにした駆け引き、密約の横行する、まさに魔窟《まくつ》だった。

我慢したため息は、フォーサイスの口から漏らされる。

「ファティマ、そのような言い方はっ……フォーサイス、貴方もそのような態度でどうするのです」

エルロージュにすかさず諫《いさ》められていたのだが、ブルーデンスはまるで己が責められているようで何ともいた堪《たま》れなかった。

「そうですわ、お兄様。魔物からお義姉様を守れるのは、お兄様だけなのですから」

ファティマもあからさまに不満を口にする。

「……申し訳ありません」

フォーサイスに向けた謝罪の言葉が口を突く。

自分には守ってもらう資格などないのに……二人の厚意は、ブルーデンスには心苦しいだけだった。

「謝る必要はない、これも義務だ」

冷たい一瞥《いちべつ》とともに、謝意は一蹴《いっしゅう》される。

「貴方という人は、また……」

エルロージュが彼をさらに諫《いさ》めようとしたとき、馬車は静かに停止した。

「着いたようですね、魔の巣窟《そうくつ》に」

何の感慨も含まれない言葉……開かれた扉に、フォーサイスは腰を上げる。

一足早く馬車を降りていった彼はブルーデンスを振り仰ぎ、右手を差し伸べた。

「……ありがとうございます」

たとえ深い疑いを抱いた相手にでも、フォーサイスの騎士道精神は健在らしい。

正面から自分を見据える鋭い双眸《そうぼう》が懐かしくて、一瞬立ちすくんでしまったが、それを気取られないように慌てて自分の手を重ね、ステップを降りる。

ブルースとして決別を告げた日、強く握り込まれたその手の感触を、まるで昨日のことのように思い出した。

誇り高くどこまでもまっすぐな彼の心を、どうして自分は裏切らねばならないのだろう……突発的に襲われた胸の痛みに、その手を強く握り込んでしまった。

「今宵はよろしくお願い致します」

わずかに眉を上げたフォーサイスの視線を避けるように、ブルーデンスはその場で深く彼に首《こうべ》を垂れる。

その一瞬の間に、頭を切り替える。

この先、動揺などしていられない。

どんなに疎《うと》まれ、蔑《さげす》まれても、自分が守りたいのは目の前にいるフォーサイスなのだ。

ゆっくりと顔を上げ、決意とともに微笑みを刻む。

「……何があっても泣くな、相手の思うつぼだ」

訝《いぶか》るようにしばし自分を見つめていたフォーサイスだったが、幾分和らいだ口調で言い、再びその腕を差し出す。

今宵だけは、ともに戦ってくれるという意思表示だろうか？

ブルーデンスは口角をさらにつり上げると、再び形振《なりふ》り構わず縋《すが》ってしまいそうな気持ちを抑え込み、自分を待つ腕にそっと腕を絡めた。

2

夜の闇にしっとりと濡れる中庭を臨む回廊を進むと、金の縁取りを施《ほどこ》された白い扉が現れる。

この先が、今宵の舞踏会が開かれる宮殿大広間。

白い礼装に身を包んだ近衛師団員はダグリード家の面々を確認し、最敬礼とともに扉を開いた。

とうとう宴の始まりだ。

最奥の高座の足元に集められた楽隊が緩やかな前奏曲を奏で、煌《きら》びやかなシャンデリアに照らされた広間は、この世の富と美をすべて集めたように豪奢だった。

始まるまでまだ幾分間はあるものの、すでに広間は着飾った貴人達で溢れ、階級、派閥ごとの塊ができつつあった。

四人がその中に踏み入った途端、雑然としていた空気は一変……談笑する声はピタリと止まり、一斉に彼らを振り仰ぐ。

ダグリード家当主にして国王の覚えめでたき雷龍《らいりゅう》隊隊長フォーサイスの姿に、貴族の令嬢達は呼吸を忘れた。また、今まさに咲き誇ろうとしている薔薇《ばら》のように艶《つや》やかな妹姫ファティマの登場に貴公子達は色めき立ち、盛りを過ぎてもいまだその美貌が衰えぬ前侯爵夫人エルロージュの上品な物腰に同年代の貴婦人達は羨望《せんぼう》の念を送る。

しかしながら、その常の光景に一層の煌《きらめ》きをもたらしたのは、フォーサイスに寄り添うブルーデンスだった。

大広間を煌々《こうこう》と照らすシャンデリアの光に反射して輝く銀の髪は、オルガイム伝統の花と蝶を模した飾り結びで結い上げられている。つるりとした輪郭の中に埋め込まれた一対の円《つぶ》らな瞳も銀色の星のように瞬き、鮮やかな深紅の色をのせた唇には、しとやかな微笑みが浮かんでいた。浅緑色のドレスで包まれた、鈍く光沢のある真珠のような肢体は何ともしなやかで……それぞれに麗しい侯爵家の面々の中にいて一層、人の目を引いた。

何よりも、漆黒の誘惑との字《あざな》通りの礼装であるフォーサイスの隣に、月光のごとき白銀の姿は実によく似合い、お互いを引き立て合っていた。

息の詰まる静寂と集中する視線の中、彼女は見事な所作で奥に向かって一礼する。

ブルーデンスが深々と下げた顔を上げ、フォーサイスに促されてその歩を進め始めると、ようやく周囲は息を吐いた。

容赦なく注がれる羨望《せんぼう》と嫉妬の絡み合った視線の中でも、彼女は何一つ失態を犯さない。

一ヶ月前、突如現れたアイリスの剣ことダグリード家当主の婚約者ブルーデンスは、同じく由緒正しき軍人家系フカッシャー公爵家の養女。明らかなこの政略結婚について囁かれていたのは、到底麗しいとはいえない噂……現れた彼女は、一瞬にしてそれらを一蹴《いっしゅう》してしまった。令嬢達の羨望《せんぼう》の的であるフォーサイスの横に立っても、まったく見劣りしない容姿、美しい立ち居振る舞いはただ歩いているだけでも匂い立つようだ……いかにひどい女嫌いでも斯程《かほど》の美しさであれば、フカッシャー家への牽制《けんせい》や利益取引など度外視しても手に入れたいと思ったに違いない。

あまりに似合いの二人に、今宵ばかりはあからさまな揶揄《やゆ》や嘲笑《ちょうしょう》はなりを潜《ひそ》めていた。


「此度《こたび》はお招き頂きありがとうございます、リカルド陛下」


最奥の高座に座す国王夫妻と表向きの主役である王子のもとに参上すると、フォーサイスは片膝《ひざ》を突いてそう口上を述べる。

堅苦しい口上を嫌うフォーサイスだが、それでも侯爵家の当主であり雷龍隊《らいりゅう》の隊長という人の上に立つ身の上、その隙《すき》のない威風堂々《いふうどうどう》たる様は惚れ惚れするものがあった。その傍らにブルーデンスも膝《ひざ》を突き、深々と頭を垂れる。

「よく来てくれた、フォーサイス……皆も」

リカルドはダグリード家の面々に満足そうに声をかける。福々しい面立ちの彼は、恰幅《かっぷく》のいいその体格に似合った人の好い笑みを浮かべていた。

「エルロージュ、息災なようで何より……アムリットが常々逢いたがっておってな」

「光栄でございます。陛下、妃殿下」

フォーサイスとブルーデンスのうしろに控えていたエルロージュは、二人に向けて上品に微笑む。リカルドの妻である王妃アムリットは、エルロージュの実家であるモンソール伯爵家と邸宅が近いワイマール子爵家の出。同い年の二人は幼少の頃からの親友同士であった。

「久しいのう、ファティマ……次回からは、親しい内輪での茶会にすることにしよう」

「陛下の細やかなお心遣い、痛み入りますわ」

まるで戦闘服のような黒一色の彼女に向けて言ったリカルドの意図するところに、ファティマも無邪気に微笑んだ。

「そして、ブルーデンス……フォーサイスによく仕えてやって欲しい。根っからの仕事人間ゆえ、融通の利かぬところが多々あるが、そなたならきっとうまくやれるだろう」

「全身全霊、尽くさせて頂きたいと思っております」

最後にかけられた言葉にブルーデンスも微笑み、再度深々と頭を下げる。

「しかし、血筋とはいえ本当に似ておるな……義兄ブルースに」

「お会いしたことはありませんが、よく言われます」

一瞬、強張りそうになった表情を何とか苦笑に変えた。雷龍《らいりゅう》隊の隊長、副隊長の間柄だったフォーサイスとは二人で行動することが多く、城への出入りも少なくはない……国王のお気に入りの彼と一緒にいれば、必然的にブルーデンスもリカルドの目に留まることが多かったのだ。

「ああ、男のようだといっているのではないぞ。ブルースが女だったならば、さぞや素晴らしい貴婦人だったろうと思っていてな……そんな人物がつかず離れず側にいては、フォーサイスが女に気が向かぬのも仕方あるまいと」

「陛下っ……」

ブルーデンスに対して取り繕《つくろ》うつもりで言葉を重ねるリカルドだったが、次第に脱線しはじめて話の矛先がフォーサイスに向けられる。彼はそれをやや抑えた低い声で慇懃《いんぎん》に制す。

「すまん、つい口が滑《すべ》った」

ただ、返された言葉もまったく反省の色が見えなかった。

「いえ……サザール殿下、遅くなりましたがおめでとうございます」

手っ取り早く話を変えようと思ったらしいフォーサイスは、今夜の主役であるサザール王子に向き直る。

「ありがとう、フォーサイス……本当は来月なんだけれどね」

ききわけよく静かに両親とダグリード家の面々との会話に耳を傾けていた彼も、苦笑して父の手のうちを晒《さら》して見せた。

「まあ、サザール。貴方は来月には騎士団に入団することになるから、少し早めに開くことにしたのでしょう」

そこをすかさず補うのは王妃である。

「皆ゆっくりしていって下さいね、エルロージュには話したいことがたくさんあってよ」

アムリットはとても優しい微笑みを浮かべて言った。貴族の出とはいえ身分のさほど高くない彼女はお忍びで城下に来ていたリカルドに見染められ、周囲の反対を押し切って王妃に迎えられた。良妻賢母を絵に描いたようなよくできた女性で、国王ともども民から慕われている……アイリスの長い歴史の中でも珍しい恋愛結婚で結ばれたこの国王夫婦は、実に仲睦まじかった。

「そうそう、ブルーデンス。貴女のお義父様とお義母様もさきほどいらしていたわ……久しぶりにお逢いできるわね」

「お気遣いありがとうございます、王妃様」

胸に渦巻く緊張を隠し、ブルーデンスは彼女の言葉に頭を垂れる……ただ、そのためにフォーサイスの訝《いぶか》るような鋭い双眸《そうぼう》には気付けなかった。

漆国《しっこく》アイリスで唯一生粋《きっすい》のオルガイム人であるティルディア・フカッシャーは、夫であるリューノ公の身体が不自由なため、社交界には滅多に顔を出さなかった。久々に宮殿に現れた彼女は、ブルーデンスと容姿がよく似た大層な美女で、瞳は薄い紫色をしている。オルガイム特有の長い成年期から、二人が並ぶと姉妹にしか見えなかった。

その立ち居振る舞いもさすがはブルーデンスの母親と思うほど優雅なものだったが、無駄な動きが一切ないその所作は、さらに機械じみている。母や妹達と話しながら浮かべる表情は至極優しく、小さく声を立てて笑いもするのだが、フォーサイスの目にはなぜか人間らしさが感じられなかった。

それは、傍らに立つブルーデンスの尋常ではない緊張感が、ひしひしと伝わってくるせいなのか……

　オートマター……かつてそんな印象を抱いた彼女は、今や見る影もない。

　義母を、そして、義父を前にしたブルーデンスは、まるで死刑台の前の咎人《とがびと》さながらだ。辛うじて刻んだ口もとの微笑みの何と弱々しいことか。

　周囲はきっと初めて異国の宮殿舞踏会に参加したことへの緊張と捉えるのだろうが、腕を触れ合っているフォーサイスには隠しようがなかった。

「よくしてもらっておるようだな、ブルーデンス」

　リユーノが重厚な口を開く。

　その身にまとう元帥の軍衣によく似た漆黒の立襟《たてえり》の上衣と将軍帯のような飾り帯が、フォーサイスには鼻についた。漆国《しっこく》アイリスの元帥であったのは亡き父アスターで、今現在その席は適任者がいないということで空席になっている。彼がその職に就いたことは一度としてないのだ。

　知将と呼ばれていたリユーノは確かに有能な軍人だったかも知れないが、前の戦争で父を始めとする智勇を兼ね備えた将官達が、ことごとく討ち死にしてしまったがために、将軍職を任されたに過ぎない。クラウディアの送り込んできたサクリファの兵隊に受けた傷がもとで右足を失ってからは後方に退いており、アイリスが機能停止に陥《おち》っていた十年間も、彼の自己申告のみで何をしていたかは実際のところ誰にもわからないのだ。アイリスが蘇《よみがえ》ってからの軍部復興への尽力は称賛に値するものだが、それも政治力であり、結局のところ彼の軍人としての手腕を知る者はいない。

「すべては寄る辺《べ》のない我が身を拾い上げて下さった、お義父様のお陰です」

そんな彼に対し、国王に対する以上に慎重に深く腰を落として首《こうべ》を垂れるブルーデンスの態度も、不自然に感じられた。

「フォーサイス隊長、我が義娘はよく尽しておりますかな？」

触れ合った腕を通し、今日一番の緊張が伝わってくる。

「……母と妹に対してもそうですが、使用人への心配りには感謝しています」

リユーノの尻尾を掴《つか》むには、今この段階で自分が抱いている疑念に気付かせるわけにはいかない。

自分はまだ、何の証拠も手にしていないのだから。

「過分なお言葉をありがとうございます」

ブルーデンスの言葉に彼女を見やれば、笑みに細められた瞳の奥が小刻みに揺れていた。


自分の言葉の意図がわかっているのだろうか？


それを見定めようとした瞬間、大広間にファンファーレが鳴り響く。

楽隊が奏で始めたのは、小刻みな韻律《いんりつ》の円舞曲……舞踏会の幕開けである。

緩くざわついていた空気が崩れ、手に手を取った紳士淑女達が大広間中央に集まり始める。

そして、今宵の主役なのであろう自分達にさらなる注目が集まっていた。

「始まったようですね、失礼」

直接対決はまだ早い。

リユーノに軽く一礼すると、ブルーデンスの手を取ってフォーサイスは談笑していた三人の貴婦人のもとに向かう。

「ファティー」

さきほどまでの打ち解けた様子とは一変、楽しげに円舞曲を奏でる楽隊の方を憎々しげに睨《にら》みつけていた妹に声をかける。

「お兄様っ、悪しき魔物達からお義姉様をくれぐれもお守り下さいね！」

蒼褪《あおざ》めた顔でも自分のことはさて置き、義姉を案ずる言葉をかけてきたのは、なかなか見上げた心意気ではあったが……

「心配しなくとも、対策は立てている」

「対策？」

兄の言葉に、ファティマは不可解そうに小首を傾げる。

「……チェイス！」

「はい、お側に！」

フォーサイスが一声かけると、うしろの人込みの中から礼装の騎士団員が現れた。

「雷龍《らいりゅう》隊所属のチェイス・カイルシードと申します。フォーサイス隊長より、今宵のファティマ姫のお相手を仰せつかりました」

胸の前に右手を押し当てる騎士団の敬礼の後、彼はにっこり微笑んで自身の任務を告げた。

「一度でもその手を離せば、軍罰に処す……わかっているだろうな」

「はっ！　戦場と思い、死力を尽くす所存です！」

フォーサイスの職権乱用も甚《はなは》だしい脅し文句に、チェイスも真剣そのもので襟《えり》を正す。

しばらく呆気にとられて二人のやりとりを見ていたブルーデンスだったが、あまりにも懐かし過ぎるその光景に思わず声を立てて笑ってしまった。

「……っ、……申し訳ありません。実に素晴らしい対策だと思ったものですから」

ひとしきり笑った後、目尻の涙を拭《ぬぐ》いながら言って、ブルーデンスはポカンとしているチェイスに向き直る。

「私からもお願い致します、チェイス様……ファティマ様は私の大事な義妹です。どうぞ、最後までお守り下さい」

そして、今日初めての自然な笑みを浮かべ、彼に向かって首《こうべ》を垂れた。

「……っ、……この命に代えましても！」

上司の婚約者に向けられた微笑みのあまりの麗しさに一瞬、呆けたような顔を浮かべたチェイスだったが、慌てて敬礼を返す。

「……ちょっと、貴方の相手は私ですのよ？　この足を踏んだら、その時点で軍罰にして頂きます」

敬愛する義姉に対する不埒《ふらち》な気持ちを嗅ぎつけでもしたのか、ファティマはそんな彼にやや不愉快そうな視線を向ける。

「踏みませんよっ、オレだってまだ死にたくない！」

「人の足を地雷みたいに言わないで下さいな！」

「貴女が言い出したんじゃないですかっ……！」

「何ですってっ！」

「およしなさいっ、このような場で！」

今宵の終焉《しゅうえん》までダンスを踊るはずの二人の見苦しい応酬に堪《たま》りかねたように、エルロージュが割って入る。

「まあまあ、エルロージュ」

さらに、それをティルディアが諫《いさ》めた。

「お二組とも、存分に楽しんでいらしてね。私達も見ていますから……ねぇ、リユーノ」

続けられた言葉に、ブルーデンスの緩みつつあった緊張の糸が、ピンと張り詰めるのをフォーサイスは感じとった。

「おお、そうだな。ずっと立ち通しでは義足にこたえる」

「まあ、申し訳ありません！　私ったら気付かなくて……ファティマ、チェイス様にご無理言わないのよ」

黒塗りの杖《つえ》を握り直したリユーノに、エルロージュはハッと気付いたようで、それだけ二人に告げると、すぐ側を通った給仕係を掴《つか》まえて何かを依頼する……きっと椅子の手配だろう。舞踏会は立会形式で、テーブルはあっても椅子はほとんど仕舞い込まれていたのだ。

「気を散らしている場合ではないぞ、ここは戦場だ」

義父と義母の一挙手一投足をずっと確認しているブルーデンスに、フォーサイスは彼女だけに聞こえるような声で言った。

「……はい」

自分を見上げる彼女は、再び気持ちを引きしめ直したようで、花のように微笑んで頷《うなず》く。

かくして、舞踏会の幕は切って落とされた。

3

密着した身体、腰にまわされた腕……このような関係にならなければあり得なかった状況。ブルーデンスは今までの不安や恐れといった負の緊張感とは、また違った昂《たか》ぶりに見舞われていた。

自分はこんなに心乱れているというのに、目の前のフォーサイスは眉一筋動かさない。闇よりも濃い漆黒の双眸《そうぼう》には、自分のような弱さは見当たらなかった。

知られてはならない、失態を犯すわけにはいかない……そんな緊張感は、吐息さえ感じるようなこの距離感に緩々《ゆるゆる》と溶け出している。

女性の強い視線は殿方を不快にさせる、伏《ふ》し目がちに相手の口もと辺りを見やるのが理想。

身体に染みついた貴婦人の所作は呼吸をするよりも簡単に実践できるが、ブルーデンスにしてみれば目を見ようが口もとを見ようが、浮き立った心は静まらない。

つかず離れずの隊長、副隊長時代の距離感は何と心地よかったことか……何も気にせずフォーサイスに微笑んでいられた。こんな風に熱に浮かされたような目を向ければ、己の正体の前に秘めた想いの方に気付かれてしまう。

あの針のむしろのようだった晩餐《ばんさん》さえ、今この瞬間に比べれば至極平和なひとときだった。

腕の中の間諜《かんちょう》が、欺《あざむ》いているはずの相手への道ならぬ想いに胸を焦《こ》がしていると知れば、フォーサイスはどう思うだろうか?


自身に想いを寄せる妙齢の令嬢達を一切寄せつけず、一刀両断してきたフォーサイス。

その容姿や家柄、若くして雷龍《らいりゅう》隊隊長を拝命した才覚に惹かれた娘だけではなく、純粋に彼自身を好いていた者も多くいたろうに……警護任務で初めて参加した舞踏会。今宵のように断れずに参加していたフォーサイスは、可憐な美貌の姫君が一生分の勇気を振り絞ってかけたであろう言葉に、冷やかに拒絶を告げていた。絶望に涙を落としていた彼女の顔は長くブルーデンスの心に焼きつき、消えてくれなかった。そんな光景は五年の間に数え切れないほど目にしてきたが、その度ブルーデンスは彼女達に自分の心を重ねて一緒に傷ついてきた。

そして、ささやかな安堵を得る自身を嫌悪もしてきた。

男として、忠実な副官として生きてきたそのときも今も、ブルーデンスの想いは何一つ変わっていなかった。

フカッシャー家の間諜《かんちょう》になることに頷《うなず》いたのは、母が引き合いに出した交換条件が己の命にも代え難いものだったから。

けれど、兄のため、フォーサイスを守るためと固く誓ったはずの想いは、彼に腕を取られ、円舞曲に合わせてステップを踏む度にグズグズと崩れていく。

彼に愛される資格は、自分にはない。

それでも、フォーサイスがその腕に抱くのが自分以外の誰かだなんて……嫌だ。

浅ましい想いを胸に自分は今、うまく笑えているだろうか？

＊　＊　＊

「……惚れ惚れするぐらい、お似合いの二人ですね」

広間中央で踊るフォーサイスとブルーデンスの優美な姿を横目で盗み見ながら、チェイスは至極感嘆《かんたん》していた。

「ええ、本当に……それなのに、何て仏頂面なのかしら」

そんな彼に頷《うなず》きながらも、ファティマは形のよい眉を小さく顰《ひそ》める。

「最近ずっとあんな感じですよ、隊長は。やっぱりブルース元副隊長のことが気にかかってるんでしょうね」

「私だってそれは同じです。けれど、お義姉様には何の罪もないことじゃありませんの」

もともとの女嫌いに加え、さらに優秀だった副官によく似た容貌のブルーデンスは、確かに兄にとって面白くない存在かもしれない。それでも、自分達には優しいフォーサイスが、彼女に対してなぜあそこまで冷徹になれるのかファティマにはわからなかった。

「我が兄ながら、何を考えているのかわかりませんわ……」

「そうですか？　オレには、珍しく戸惑っているように見えますけど」

チェイスはファティマの腕を高く持ち上げて、漆黒のコマのように綺麗に回転させながら言った。腐ってもさすがは貴族の息子、首から下はまるで別物のように優雅にステップを刻む。最初はどうなることかと思ったが、要らぬ口さえ利かなければダンスの相手としては決して悪くない。

「どういうことですの？」

「それでなくても隊長はブルース元副隊長を信頼していましたからね。女嫌いじゃなくても抵抗がありますよ、笑い方までそっくりでしょ。自分が全幅の信頼を置いていた副官が、性転換したんじゃないかと疑うぐらいの衝撃だったんじゃないですか？　隊長の女嫌いは筋金入りだから、現実を受け入れるまでまだまだ時間がかかるんですよ。

我々にできることは、生温かく見守ることだけです……あんまり責めてあげないで下さい、隊長だって辛いんですから」

「……なぜ、貴方にそんなことを言われないといけないんですの」

まるで自分よりも兄のことを正しく理解しているといいたげな口ぶりに、ファティマの機嫌はさらに悪くなる。

「ブルース元副隊長を引き留められなかったこと、一番こたえてるのは隊長なんです。どんな小さなことでもいいからあの人の消息がわからない限り、周りに目をやる余裕なんてないと思いますよ」

真顔で返されたその言葉には、返す言葉が見つからなかった。

自分だってブルースのことは心配だ……けれど、彼によく似たブルーデンスが屋敷にいるせいかその気持ちはこの一ヶ月のうちで徐々に風化してきていたのではないか。ブルースはファティマの命の恩人であるだけではなく、ただ一人の大切な友人だったというのに。

兄はそんな間もずっとブルースを探し続けていたのだろう。屋敷にいる時間が減ったのは、ブルーデンスへの当てこすりだけではなくて、そういう事情があったとしたら……

ファティマ達の非難の言葉に、フォーサイスは何の反論もしない。

反論しないからには、そうなのだと思っていた。

ただ、よくよく思い返してみれば、兄は自分の行動に対して言い訳めいたことを口にしたことなど、今までに一度たりともなかった。

ブルーデンスには、何の罪もない。

けれど、外見だけではなく、その内面までもブルースによく似た義姉に癒された自分や母と違い、兄は行方の知れぬ副官の面影に後悔の念をかき立てられていたのかも知れない。

家族ではない第三者から指摘されたことで、ファティマはようやく兄の本心を垣間見た気がした。

「……あっ」

ファティマの深く考え込むような暗い表情を周囲から隠そうと、その身体をやや引き寄せたチェイスは、彼女の肩越しに開けた視界に小さな声を上げた。

「……どうかしまして？」

「ファティマ様、左後方に厄介なものを発見しました」

不可解そうに見上げてきた彼女に、チェイスは引き攣《つ》ったような笑みを浮かべて言い、韻律《いんりつ》に合わせ、ふわりと回転して自分とファティマの視点を入れ替えた。

「あれはっ……魔窟《まくつ》の主《ぬし》ですわね」

視界に飛び込んだ一組の踊り手達に、ファティマは大きく顔を顰《しか》めそうになるのを何とか堪《こら》えた。その目に映り込んだのは……諸悪の根源といってても過言ではない、ゴーシャ・トゥリース。彼女のダンスの相手は騎士団員らしく、雷龍《らいりゅう》隊とはまた別部隊の礼装に身を包んでいる。

二人は周りの流れとは逆まわりで、明らかにフォーサイスとブルーデンスの踊る大広間中央に向かおうとしていた。

「確かに魔王の風格ですね、おまけに使い魔まで従えていますよ。あれは、角狼《かくろう》隊隊長のユージィン・リファイスです……参りましたね、どちらも隊長との相性は最悪です」

「あの女だけは、絶対に義姉に近づけてはなりません」

ブルーデンスを死神と罵《ののし》ったゴーシャ……いくら公の場とはいえ、何をしでかすかわかったものではない。

「もうじき一曲目が終わりますね……どうします？　足でも引っかけに行きますか？」

なかなかに豪胆な発言をしたチェイス。ファティマは驚いて彼の顔を見上げたが、冗談を言っているような表情ではなかった。

「……貴方、随分と大胆なことをおっしゃるのね」

「大嫌いですから……あの二人はオレだけじゃなく、雷龍《らいりゅう》隊全員の恨みを買っていますよ」

チェイスはあっけらかんとした口調で言い切る。

「そう……じゃあ、私はゴーシャの足を踏むわ」

貴方は相手の方をお願い……そう言って、ファティマは今宵初めて心からの笑顔を見せる。

「さすがは隊長の妹姫ですね、話がわかる……オレはリファイスにヒザカックンしましょう」

「ヒザカックン？」

「庶民の悪戯《いたずら》です、重心が崩れて立っていられなくなるんですよ。今の雷龍《らいりゅう》隊副隊長のライサチェックに身をもって教わりました」

聞き慣れない単語に小首を傾げた彼女に、チェイスは微笑み返しながら言った。

「面白そうですわね」

「ええ、効果は絶大です……では、参りましょうか。曲が終わる前に」

絶好の意趣返しに不敵な笑みを交わし合い、それは楽しそうにステップを踏みながら、二人は目標に向かって滑《すべ》るように広間を移動し始めた……

＊　＊　＊

腕の中の蔓薔薇《つるばら》のようなブルーデンスの身体は、至極しなやかだった。その容姿を皮肉ってオートマターと呼んでいたが、そのステップに機械的なところは何もない。若芽のような手はその指先まで驚くほどに叙情的《じょじょうてき》で、フォーサイスの導き通りに優美な曲線を描いた。

今までフォーサイスが舞踏会でダンスの相手を務めたのは妹のファティマか、トゥリース伯爵の手前その誘いを断れなかったゴーシャぐらいのものだったが、ここまでしっくりくるのは初めてだ。自分よりも頭半分低い彼女の身長は女性にしては高めで、長身のフォーサイスとの体格的相性もよかった。歩幅の違いにも、まるで宙を舞うような軽いステップで難なくついてくる。柔らかく、それでいて鋭くもあるブルーデンスの身体は扱い慣れた剣のような印象をフォーサイスに与えた。

向けられる微笑みも上品で美しい。

一瞬前、チェイスが引き出した彼女の笑顔に、こんな人形のようなよそよそしさはなかった。声さえ立てて笑ったその表情は、驚くほどに義兄ブルースに似通っていた。見惚れるチェイスの顔にもそんな驚きが表れていた……それなのに今は、なぜこんなに遠くに感じられるのだろうか。

フォーサイスは己が腕に抱いているはずのブルーデンスとの間に、目に見えない壁を感じていた。媚《こ》びているというのではなく、ただひたすらに従順で、決して逆らわない彼女。

けれど、二人の間には侵し難い距離がある。

その瞳が告げる揺るぎない拒絶は、得体の知れない焦燥感《しょうそうかん》を自分に与えた。

一体、どんな秘密があるのだろう。

その胸に抱える何を、養父母に利用されているのか。

気を抜けば思考の手を伸ばしてしまう間諜《かんちょう》の事情、今では考えないようにすることに苦心している始末だ。

養父母であるフカッシャー夫妻と同席したときの弱々しく、今にも膝《ひざ》から崩れ落ちそうだったブルーデンス……思わず彼女だけに聞こえるようにかけた声は、彼女のためではなかった。

自分はブルーデンスの意図がわからないのではなく、その秘密の発覚を恐れているのだろう。

今宵、リユーノには確認したいことがあった。聞いても本当のところは口にしないだろうが、ブルースの所在を。

ブルースは自分の副官だったのだから、その消息を尋ねても不審には思われなかったはず……あの一瞬はリユーノやティルディアから何かしらの動揺や、情報を引き出す絶好の機会だった。

フォーサイスはこれまでブルースの安否を問われる度に、生きてはいると答えてきたが、その真偽も実のところはわかっていない。

命は無事だろうというのは、フォーサイスの希望的観測だ。

躊躇《ためら》っているうちにファンファーレが鳴り響き、その機会は失われてしまった。

傍らのブルーデンスの緊張が伝染したのか……それとも、最悪の事態を受け入れる覚悟が自分には最初からなかったのか。

ブルースに会ったこともないというブルーデンスの言葉を疑いながら、彼女に尋ねなかったのはそのせいだろうか。

自分の心はまだまだ弱く、未熟だ。

目の前にある澄み切った銀色の双眸《そうぼう》……鏡のようなそれを覗き込めば、無様に歪んでいる自分の顔が映り込んでいるような気がして、フォーサイスは彼女と真正面から向き合うことができなかった。

「……きゃあっ！」

うしろ向きな回想を、背中から飛んできた甲高い悲鳴が切り裂く……聞き間違えようもない、この醜悪《しゅうあく》な声。

フォーサイスは、今このときほど石化の魔法にかかりたいと思ったことはない。

残念ながら都合よく上級魔法が使える魔術師が周りにいるわけもなく、諦《あきら》めて背後を振り返ったのだが……

「誰っ？　私の足を踏んだのはっ……！」

「私の足を払ったのはどいつだ！　名乗り出ろっ！」

床に転がり、顔を真っ赤にして子犬のようにキャンキャンと叫ぶ最低最悪の二人組……ゴーシャ・トゥリースと角狼《かくろう》隊隊長のユージィン・リファイスが、そこにはいた。

ちょうど一曲目の終わり頃だったので、周囲の人々は動きを止めてその様子を遠巻きに眺めている。その端には、どこかこそこそした様子のファティマとチェイスの二人も混ざっていた。フォーサイスの疑いの視線に気付くと、至極申し訳なさそうに顔を見合わせる。

何てことをしてくれた……至近距離で起こった惨事《さんじ》に、フォーサイスの胸のうちに沸々と怒りが込み上げる。

おおかた、足を払って恥をかかせ、この場から退場させるつもりだったのだろう。

こんな危険な悪戯《いたずら》、どちらが言い出したのかはこの際どうでもいい。ゴーシャはもちろんのこと、まだまだ子供な二人の接近にも気付かずに足を払われ、まんまと転倒したユージィンにも同情しないが、この状況は決して笑えるものではない。

「……大丈夫ですか？」

誰もが目を背けたいその光景に、次の瞬間には腕の中にいたはずのブルーデンスが加わっていた。尻餅をつき、肩にかけていた薄いショールが破けていたゴーシャの開《はだ》けた胸元に、自分のそれをかけてやっている。

あまりの惨状に同情したのだろうが、かつて自分を口汚く罵《ののし》った相手に対して、あまりにも善良過ぎるのではないだろうか？

「……立てるか？」

逃げた妹と部下を一睨《にら》みした後、フォーサイスも床に強《したた》か腰を打ちつけてしまったらしい情けなくも涙目のユージィンの前に膝《ひざ》を突いた。

4

一体、どういうことなのよっ……！


目の前には、その顔に同情を刻む憎きオルガイム女が自分を見下ろしている……本来なら、優越感とともに見下ろすのは自分の方だったはず。

床に沈んだゴーシャは、激しい屈辱から大理石に爪を立てた。

醜態《しゅうたい》を晒《さら》すべきは、この女なのだ。

何者かが自分の邪魔をして、その立場が逆転してしまった。

「立てるか？」

フォーサイスは自分など眼中にないというように、ユージィンに尋ねている。

役立たずな男……ユージィンは転倒から自分を守るどころか、ショールを掴《つか》んで巻き込んだのだ。

ダンスの相手がフォーサイスだったなら、こんな無様なことにはならなかった。

「……足首を捻《ひね》ってしまったようですね」

なぜ、自分の前にいるのはこの憎たらしい死神女なのだろう。

フォーサイスの身長に合わせるために、同年代の娘達よりもやや小柄なゴーシャはいつも踵《かかと》の高い靴を履かざるを得ない。転倒の際、足首にリボンを巻いて固定した靴は脱げてくれず、足を保護するはずのそれがかえって傷つける役割を担った。徐々に熱を持って痛みを訴えるくるぶしは、見下ろすブルーデンスから逃れる術も奪っていた。

まるで自分の努力を嘲笑《ちょうしょう》するかのように、フォーサイスの腕の中で何の不自由なく舞って見せた彼女。彼に注ぐ熱を帯びた媚《こ》びるような双眸《そうぼう》に、どんなに腸《はらわた》が煮えくり返ったか……こんな女に同情されるくらいなら死んだ方がましだ。

「……触らないで！」

いまだ足首を戒めているリボンを解こうとしてか伸ばされたブルーデンスの手を、ゴーシャは力いっぱい払った。

驚いたように見開かれる銀色の双眸《そうぼう》……

「汚らわしいっ……」

投げつけた言葉に瞳が揺れ、見る間に銀色に苦痛が混じる。

わずかに気分がスッとする……が。

「お義姉様っ！」

いつの間にか傍らまで来ていたフォーサイスの妹のファティマの悲鳴。

次いで、周囲に大きなざわめきが走る。


どういうこと？


わずかに苦痛に歪んだ顔……左手は、自分に払われた右腕を押さえている。レースの手袋は見る間に赤黒い血に染まっていった。

それまでユージィンの負傷具合を確認していたフォーサイスが、即座に自分達のもとにやって来る。

ブルーデンスの腕を取って薄いレースの手袋をはぎ取り、その傷に目を走らせると、ゴーシャの方に振り返った。

注がれる視線の先には、彼女の腕を振り払った自分の手……中指から小指にかけての指先には、指甲套《しこうとう》がはめられていた。宝石をちりばめた金メッキの飾り爪は、さきほど大理石の床に腹立ち紛れに爪立てたせいか先端部分が欠けており、赤黒い血に染まっていた。

「ひっ……！」

それが示す事実と己の指先にこびりついた生々しい赤に、ゴーシャの喉《のど》が鳴る。

「……大丈夫っ、私が悪いのです」

「そんなことありませんっ、何てことをっ……！」

なぜか自分を庇《かば》おうとするブルーデンスを遮《さえぎ》り、もとより仲の悪いファティマが自分を睨《にら》んでくるが、今のゴーシャにはその意味を把握する余裕がなかった。

「……ファティー、黙っていろ」

怒りからゴーシャに詰め寄ろうとしていた彼女を、今度はフォーサイスが制止する。

「でもっ、お兄様！」

「もとをただせば、お前達が仕かけた度の過ぎた悪ふざけの結果だ」

さらに言い募ろうとしたファティマを、フォーサイスはいつになく厳しい口調ではねつけた。

ぶつけられた正論に、ファティマは返す言葉を失った。

「……申し訳ありません、言い出したのはオレです。すべてはオレの責任です」

うしろに控えていたチェイスはブルーデンスの前に膝《ひざ》を突き、自責の念を口にする。

「違いますわっ、最初に妨害を口にしたのは私です」

ファティマは彼の言葉に慌てて頭を振った。自分さえ軽はずみなことを呟《つぶや》かなければ、チェイスがこうして首《こうべ》を垂れることも、ブルーデンスが傷つくこともなかったのだ。

「チェイス様、ファティマ様も……謝罪する相手が違うのではありませんか？」

それぞれの言葉からこの事件の顛末《てんまつ》を知ったブルーデンスは、傷の痛みのためだけでなくその双《そう》眸《ぼう》を曇らせ、二人に向けてそう声をかける。

「貴女方がされたことで、今一番傷を負っているのはゴーシャ様です。私の怪我はただの事故です」

訝《いぶか》しげな様相を浮かべるチェイスとファティマに、ブルーデンスはさらに続けて言った。

「……とにかく、治療が先だ」

ブルーデンスの横顔を何ともいえない表情で見ていたフォーサイスは、一つ息を吐き出すと、彼女の身体を抱き上げる。

「……っ、自分で歩けます！」

「大人しくしていろ、思っているより傷は深い」

予想外の展開に驚いて声を上げたブルーデンスに、フォーサイスはにべもなく返し、抱き上げていることを気にしている様子はなかった。

「……陛下っ、殿下の祝いの席で斯様《かよう》な騒ぎを起こしてしまい申し訳ありません。すべての咎《とが》は私にあります……明日改めて謝罪に」

「よい、早く救護室へ」

そして、最奥の玉座に座して成り行きを見守る国王夫妻に向けてそう口上を述べるが、言葉途中でリカルドに遮《さえぎ》られる。

「ありがとうございます。……ファティー、チェイス、お前達は自分のしでかしたことの始末をつけろ」

短く謝意を述べた後、フォーサイスは茫然《ぼうぜん》とした様子で自分達を見守る妹と部下の二人に、氷のような一瞥《いちべつ》を送るとともに命じて大広間を後にした。

＊　＊　＊

義足のリユーノのために設けられた席で、夫妻とともに舞踏会の様子を見ていたエルロージュは、子供達が引き金になって起こった事故に、二人に向けて深く頭を下げていた。

「申し訳ありませんっ！」

ついさきほどまでは大変平和に、似合いの二人だ、と三人で談笑していたというのに。

大広間を軽やかに舞う漆黒のフォーサイスと白銀のブルーデンスは、闇夜とそこに浮かぶ月のようで、本当に美しかった。

今まではフォーサイスが一方的にブルーデンスに対して背を向けていたが、一度互いに目を向ければ、ここまでぴったりと交じり合うではないか……息子の浮かべる表情はお世辞にも愛想がよいとは言い難かったものの、それでも今夜を機にブルーデンスを見る目も変わるはず。

そんな小さな期待を抱いた直後に起こった惨劇は、あまりにも凄惨《せいさん》だった。

「顔を上げて、エルロージュ。貴女のせいではないわ……これは事故なのよ。ファティマ姫のせいだなんて思っていません。それに、フォーサイス様がついて下さっているのだから、私は安心していてよ」

「……ティルディア」

跪《ひざまず》くエルロージュを覗き込むようにしてその手を取ったティルディアは、彼女に養女であるブルーデンスによく似た笑顔を向ける。

「ファティマ姫も強く叱《しか》ってあげないで、ゴーシャ様のお噂は聞いているわ。方法が正しかったとはいえないけれど、彼女なりにブルーデンスを悲しませまいとしてのことなのでしょうから」

「私はこの足だ、ティルディアとともに陛下に暇乞《いとまご》いをしてから行こう。貴女は先に行ってやってくれまいか、きっとあの子は心細い思いをしている」

ティルディアの言葉に、リユーノもさも当然だというように首肯して言う。

何と気高く優しい人々なのだろうか……エルロージュは二人の深い思いやりに胸打たれた。

「ありがとうございます……では、申し訳ないけれどお先に」

笑顔の二人に見送られて、エルロージュはなかば駆け足で大広間から出ていった。

「……ティルディア、お前はどう見る」

その背が扉の向こうに消えると、瞬時に表情を収めたリユーノは傍らに立つ妻に声をかける。

「よい兆候ですわ。あの子はそんな気などなかったでしょうが、当主の心にはうしろめたい感情が生まれたでしょう……相変わらず詰めは甘いですが、それが逆によかったのですわ」

それに対し、ティルディアは優しい笑顔のままにまったく温かみのない声音で答えた。

「父に似た小賢しい男だが、疑いを持つ者を相手に冷徹になり切れぬとはまだまだ青臭い。リファイスも意外なところで役立った。あれの処置は今しばらく先送りにするとしよう」

リユーノの視線の先には、すっかり元気の失せたチェイスの肩を借りて立ち上がるユージィンの姿があった。

その傍らには、見る者を石化させるようなゴーシャの黒々しい視線と口汚い罵《ののし》りを受けながらも、口答えせず、この世の終わりのような表情で手を貸すファティマ……二人とも兄の言いつけ通り、度の過ぎた悪ふざけの後始末をみずからの手でつけようとしている。

「お優しいことですね……私は靴の中の小石を愛することなぞできませんが」

「靴の中の小石か、言い得て妙だな。小石には小石なりの役割がある……遅かれ早かれ訪れる結末は変わらぬ。それはフォーサイスも、ブルーデンスもだ」

返された言葉に、ティルディアはただほんの一瞬寒々しい一瞥《いちべつ》をリユーノに送ったが、それも瞬く間に機械仕掛けのような笑みの奥に消える。

「……そろそろ参りましょう、あの子の脆弱《ぜいじゃく》な心に現実をわからせなければなりません」

身を翻《ひるがえ》すティルディア……そんな彼女に満足げな笑みを浮かべると、リユーノは漆黒の杖《つえ》を支えに椅子から立ち上がった。

5

救護室に向かい側廊を進む中、ひとしきり謝り尽くしてしまったらしいブルーデンスは今、素直にフォーサイスに身を任せている。

広間を出たところで出くわした給仕係からもらった清潔なナプキンで傷口を縛り、簡単に血止めをした腕が痛々しかった。ナプキンを縛る紐《ひも》はブルーデンスの髪を美しく結い上げていたそれで、清水のような長い銀髪がフォーサイスの胸元を伝って彼女のむき出しの肩に流れ落ちている。ショールは結局ゴーシャにやったまま、眼下には真珠のような光沢のある項《うなじ》が無防備に晒《さら》されていた。

このような状況でなければ……そして、何のわだかまりもない間柄であれば、きっとそれらはすべて抗《あらが》い難い誘惑となったのだろうが、今のフォーサイスにとってはまるで当てはまらなかった。

胸中に渦巻くのは激しい苛立《いらだ》ちだけ……何もかもが自分の思惑を大きく飛び越えていく。自分がもう少し周囲に注意を払っていれば防げたものだということが、何よりも腹立たしい。

今は危うい休戦状態だが、いずれは完全に敵となる相手……それでも、傷つけるつもりはなかった。

お世辞にも、清潔とも切れ味がよいともいえない飾り爪は、ゴーシャの気に入りの装身具。斯様《かよう》な舞踏会では必ず身につけていた。

実戦において、何よりも怖いのは刺創《しそう》ではなく、そこから破傷風《はしょうふう》を起こすこと。毒素がまわれば最悪、命にもかかわるのだ。

救護室の前に到着し、フォーサイスは足を止める。

「……開けましょうか」

フォーサイスの首にまわしていた腕を解き、ブルーデンスは扉に向けて伸ばそうとしたが……

「必要ない、痛めた腕を不用意に動かすな」

彼女の腕が扉に届く前に、フォーサイスが蹴破《けやぶ》る勢いで扉を開いた。

「うっそぉおおぉぉーーーっ、何事ぉっ？」

開け放たれた扉向こう、腰かけていた椅子をひっくり返す勢いで立ち上がり、変に甲高い叫び声とともに目を剥《む》いていたのは、何とも形容し難い人物だった。天を突くように立てられた髪は虹と同じ七色の濃淡を描き、見開かれた目も唇に塗られた口紅も薄紫で、アイリス人どころか到底自然界にはあり得ない色の取り合わせである。身にまとった波打つレースを繋ぎ合わせたような奇想天外な長衣も、同じように鮮やかな七つの原色が見る者の目を刺す。

宮廷医の執務室としての側面が色濃い宮廷救護室は、緊急時の治療行為以外に使われることがないために、執務机が一つ、寝台三台という城下の診療所とその規模にさした差異はない。室内の装飾も華美という言葉とはまったく無縁の白一色……あまりにも不釣り合いではないだろうか。

「急患だ、ヒダルゴ」

「……っ……てめぇ、フォーサイスっ、このクソガキ！　フザけんじゃねぇっ！」

ズカズカと部屋の中に入り込み、何事もなかったかのように言い放ったフォーサイスの一言。それに対してまるで道化師のような極彩色の人物は、この世のものとは思えない悪鬼の形相を浮かべ、野太い咆哮《ほうこう》を上げた。

「ヒラルダと呼べ！　今度、俺をヒダルゴなんて名で呼びやがったらぶっ殺すぞっ！」

狩りをする猛禽類《もうきんるい》のような無駄のない身のこなしで二人に向き直ると、まるでその動きに連動したように、蹴破《けやぶ》られたはずの扉が派手な音を立てて閉まる……そのどすの利いた口調は、到底友好的とはいえなかった。

「己のことを俺というような奴を、女の名で呼ぶ趣味はない」

「……っ、……アンタ、一体なんなのよーーー！　アタシに喧嘩売りにきたってワケっ？」

「だから急患だといっているだろう、何度も言わせるな」

自分の言葉遣いにハタと気付いたらしく、声色を高く、口調を百八十度変えてきた自称ヒラルダに、フォーサイスはさらに冷たく言い放った。

「……あらっ、ヤダ！　女連れっ？　うっそぉーーーーーん！」

そこに至って、フォーサイスの腕の中で固まっているブルーデンスの存在に、ヒラルダはようやく気付いたようだ。

「あーーーっ、噂の婚約者ちゃん？　アタシほどじゃないけど、結構イケてるじゃなぁーーい！」

そう叫んだ途端、面白い玩具を見つけた、とばかりに、ヒラルダはにっこり微笑んだ。けばけばしい色彩を気にしなければ大層な美貌の持ち主……その身長は長身のフォーサイスをさらに超えている。

宮廷救護室の主《あるじ》である彼は、漆国《しっこく》アイリス唯一の一級魔術師にして宮廷医ヒダルゴ・ブロウル……正真正銘、男である。その肩書にしては随分年若いように見えるが、魔術師は総じて長命で、彼に至っては姿留めの魔法をかけているために、実年齢はフォーサイスどころか彼の父よりも上だという噂だ。着任しておよそ四十年、最初の二十年程度は身なりも普通の魔術師のローブで至極真面目に勤めていたらしい。

しかし、リカルドの代になってからというもの、寛大な国王につけ込んで本性を現したか、はたまた凄惨《せいさん》な戦争が原因で頭のネジが何本か緩んだのか……口調はこの通りで、女性的だった風貌にしっかりと化粧をし、まるで道化師のような極彩色のひだをふんだんにあしらった長衣を身にまとうようになった。もちろん古参の重臣達はそんな破天荒な彼の解任を求めたのだが、どういうわけだか末の王子サザールのお気に入りであるヒラルダ……強力なうしろ盾《だて》のお陰で今日も宮殿に居座っている。

女嫌いのフォーサイスにとって、女以上に厄介な相手だった。

「さっさと治療を始めろ！　傷口から異物を除去しないと、毒素がまわるっ……」

「相変わらず小煩《うるさ》い男ねぇっ、わかってるわよ。お嬢ちゃん、そっちの寝台に座らせてあげて……襲わないのよ」

最初の騒動で倒れた椅子を寝台の前に運び、どっかりと腰を下ろしたヒラルダは、嬉々として手招きする。

いちいち一言多い、と眉間に皺《しわ》を寄せながらも、フォーサイスはとくに言い返さずに指示に従った。

「ありがとうございます」

彼の苛立《いらだ》ちがつぶさに伝わってきたブルーデンスは、同情も込めてそう謝意を告げる。

「……どれどれ、……あらっ……」

最初のどん底だった機嫌から一変、至極楽しそうに目の前のブルーデンスの腕を取ったヒラルダだったが、患部を診る前の段階でその手が止まる。

そのまま訝《いぶか》るような表情で彼女の顔を覗き込み、一瞬黙り込んだ。

ブルーデンスの身体に緊張が走る……騎士団時代、とある事情でこの魔術師の下に足繁《あししげ》く通っていた時期があったのだ。

「ちょっと、フォーサイスっ……このお嬢ちゃん、ブルースちゃんにそっくりねぇ！」

ヒラルダは遠慮なくその事実を口にし、ブルーデンスはただただ硬直する。

「……お前、今さら何言ってる。ブルーデンスはあいつの義妹だ」

うしろを振り仰いで言った一言に、彼は嘆息《たんそく》とともに告げる。

「妹って言っても義理でしょ、びっくりするくらいそっくりじゃなーい！　ブルースちゃんの妹だからブルーデンスちゃんって、何のヒネリもないわね……しっかし、アンタがフカッシャー家とねぇ」

最後の一言とともに意味ありげな視線を送られたらしく、フォーサイスは不快そうに顔を歪めた。

「ま、いいわ……消毒、アンタやんなさいよ」

「……なぜだ？」

続けられた言葉に、フォーサイスは眉を跳ね上げる。

「だって、婚約者でしょ？　他人にいじくりまわされるのってイヤじゃない？」

いじくりまわす、という単語に、ブルーデンスの背筋を悪寒が駆け上がる。

「……何だ、そのいかがわしい言い方は」

「いいからアンタやんなさい、腐るほど実戦してんだから切り傷の治療なんて慣れてるでしょ。この子、ヴィノーラだからアタシの力は何の役にも立たないのよ」

ただ、続けられた言葉には、フォーサイスだけでなくブルーデンスも驚愕《きょうがく》した。

ヴィノーラ、それは魔法が効かない特異体質の人間を指す言葉。

そんなことはないのだ。

自分は、ヴィノーラではない。

ただ、ヴィノーラではないが……ビガンナーではある。

ビガンナーは長い間一つの魔法を継続使用することによって全般的に魔法が利き難くなる、一種の魔法中毒のようなものだ。

物心ついた頃より、ブルーデンスはこの国で生き難い銀の髪と瞳の色を魔法で黒に変えていた。あまりに長い間だったために、解いた後に再び同じ魔法をかけることは叶わないだろう、とブルーデンスに魔法をかけた魔術師が言っていたことを思い出す。

ヴィノーラか、ビガンナーか……一級魔術師であるヒラルダが、それを見間違うようなことが起こり得るのだろうか？

その飄々《ひょうひょう》とした様子からは、何をもって虚言したのかまるでわからなかった。

この魔術師は自分の何に気付いたのか？

そして、味方となり得るのだろうか……

「……わかった」

こちらも何を思ったかわからないが、フォーサイスは難しい表情を崩さぬままにヒラルダと立ち位置を交換する。

「水と脱脂綿と包帯、短剣に消毒液……他、何かいる？」

ヒラルダが指折り口にすると、二人の間にテーブルとともに水の入った桶《おけ》や諸々の道具が現れる。

治療としてブルーデンスの身体に干渉できなくても、その準備に魔法を使うのは何の問題もないのだ。

「……いや、必要ない」

フォーサイスは頭を振り、消毒液で己の手を消毒してからブルーデンスの腕をとった……血止めのナプキンを結ぶ紐《ひも》を解くと、現れた傷跡はどれも深く抉《えぐ》られている。

「染みるが少し我慢しろ」

「……はい」

まっすぐに自分を見据えて言うフォーサイスに、ブルーデンスは小さく頷《うなず》いた。

水を張った桶《おけ》の中に彼女の腕をゆっくりと浸け、痛みを堪《こら》えるようにこもった力が抜けるまで待った後、極力痛みを与えないように注意して創《きず》を開き、目で確認できるだけの異物……ゴーシャの飾り爪が折れ込んだ破片や、砂埃などを取り除いていく。

「……っ……」

傷口を開かれる痛みは相当だろうに、ブルーデンスは小さく息を呑む程度で必死にそれに堪《た》えていた。か弱い女の身でありながら、その我慢強さは称賛に値する。

「痛そうねぇ」

「……黙ってろ」

仮にも医者でありながら治療を放棄した上、空気の読めない発言をしてくるヒラルダに、フォーサイスは不快そうに吐き捨てた。

指先から異物の感触がある程度消えると、血で赤く染まった水桶《おけ》から腕を取り出す……洗われた腕は、三筋の刺創《しそう》とともにそれまで隠れていた別の傷跡を浮かび上がらせていた。

刺傷とは逆の角度でわずかに腫れ上がったみみず腫《ば》れの跡……それは今回の傷よりも前のものではあったが、それでもつけられたのはごく最近であることが知れる。傷の深さに比べて随分と出血が多く、その血も鮮血にしては少し色が暗いように思われたのは、すでに内出血を起こしていたからだったのだ。

要は、パンパンに水が入った風船に針を刺したようなもの。もともとあった傷に、ゴーシャはとどめの一撃を刺してしまったのだ。

どうやってついた傷なのか、いつつけられたのか……フォーサイスにわからないはずはない。ブルーデンスは微かに額《ひたい》に汗を滲《にじ》ませ、潤んだ双眸《そうぼう》は小刻みに揺れている。

そして、再び腕に込められた力は、きっと痛みを堪《こら》えるためだけのものではないはずだ。

ゴーシャのせいで露呈してしまった鞭《むち》跡……振るったのはリユーノだろうか、ティルディアだろうか。

そこまでして、一体何を得たいのか？　誰を守りたいのか？

相変わらず、彼女の瞳は自分を捉えない。

「……気持ちはわかるけどね、フォーサイス。マヌケ面さらして、見惚れてる場合じゃないわよ。

まだ傷口から異物が取り切れてないでしょ」

ヒラルダの呆れたような声に、フォーサイスは我に返る……ブルーデンスの瞳の奥にあるうしろめたさの理由を探り出そうと、少し見つめ過ぎていた。

この魔術師の言動は逐一癇《かん》に障るが、今このときばかりは正論だ。陰謀を紐《ひも》解いている場合ではない。

頭を切り替え、フォーサイスは短剣を手に取った。

「……火、いるでしょ？」

「ああ、頼む」

問いかけに、フォーサイスは短剣の刃をヒラルダに向ける。薄紫色の双眸《そうぼう》が注がれると、ボッという小さな音ともに現れた青白い焔《ほのお》が刃全体を包んでいった。

「熱いだろうが、我慢しろ」

そうして炎で清められた短剣を、フォーサイスはブルーデンスの腕の創《きず》にあてがう。患部を開く熱に、ブルーデンスの顔に緊張が走った……掌《てのひら》に、冷たい汗が噴き出る。

「……ちょっと、そそるわね」

微かに笑気を含んだ声に顔を上げると、ヒラルダの薄紫の双眸《そうぼう》とかち合う。それは母と同じ薄氷を思わせる寒色なのに、何ともいえない熱を帯びていて、ブルーデンスを落ち着かない気持ちにさせた。

「黙れと言っただろう、……手元が狂う」

「ハイハイ、執刀医のお邪魔はしないわよ」

怒気《どき》を含んだフォーサイスの言葉に、ヒラルダはそう言って口を噤《つぐ》む。

それでも絡みつくような視線だけは残され、ブルーデンスの意識は痛みよりもその視線のせいで散漫になった。

＊　＊　＊

「……すべて取り除けたとは思うが」

「ええ、大丈夫そうね」

短剣を置いて言ったフォーサイスに、ヒラルダは首肯する。

「脱脂綿は当てないで、かさぶたになっちゃうから。そっちの包帯を使って」

「……これは？」

示されたのはゴムのような伸縮性のある素材で、どういう仕組みになっているのか患部に当てるらしい面はしっとりと潤いを保っている。

「創傷《そうしょう》用の被覆《ひふく》材。脱脂綿や普通の包帯よりも跡も残りにくいし、治りも早いのよ……ブルーデンスちゃんみたいな人や、魔法が使えない場合にって思って作ってみたの」

そのけばけばしい外見と突飛な言動に見誤りがちだが、宮廷医の肩書は伊達《だて》ではない。

「……縫合《ほうごう》しないのか？」

「そんなことしたら、跡が残るでしょ！　女の子の柔肌に傷なんて残しちゃダメ、そのうち軍部にも支給されるモノだから信用しなさいよ」

続けられた言葉を信用したフォーサイスの手により、ブルーデンスの腕にその包帯が巻かれる。焼けつくようだった腕の痛みが、ひんやりとした感触にわずかだが和らいだように感じられた。

「……ありがとうございます、お手間を取らせました」

包帯の巻かれた腕を胸に抱き込みながら、ブルーデンスはフォーサイスに謝意を告げる。

「ブルーデンスちゃんってば、控え目なイイ子ちゃんねー……それに引き換え、騎士のクセに婚約者を守れないっていうのは、いかがなもんかしら？」

「それは申し訳なかったと思っている、……すべて私の責任だ」

棘《とげ》のある言葉にフォーサイスの表情は険しくなるが、それでも当然の非難の言葉にかろうじて返した。

「あれは事故ですっ……それに、悪いのは私です」

ブルーデンスは慌てて頭を振る。自分とゴーシャに背を向けていたフォーサイスに、何ら落ち度はなかった。ゴーシャの神経を逆撫《さかな》でしたのも、自分の不用意な行動なのだろうし。

「いいえ、悪いのはフォーサイスよ。どうせくだらない過去に囚われてたんでしょ……現実を見ることができない者は、誰も守ることなんてできないわ」

しかし、笑みを消したヒラルダは、さらに鋭く切り込んだ。柔らかな笑みが取り払われると、鋭利に整った容貌が浮き彫りになる……道化師のような明るい色彩と相反するその冷たさに刹那《せつな》、呼吸を忘れる。

「アンタはまだまだ未熟ね、フォーサイス。いつまでも同じところで足踏みしてると……何もかも失うわよ」

フォーサイスは、投げかけられた含みのある言葉に瞠目《どうもく》する。

……一体、何を知っている？

6

突如その態度を変えた極彩色の魔術師……氷のように鋭利な視線は、蔑《さげす》むというよりも、むしろ警告を発するような危うくも不可解なものだった。

これが本来の姿なのだろうか。

そうだとしたら、随分と危険だ。

今までも到底好意的とはいえなかった相手だったが、今目の前にいるのは完全なる敵……そう直感が告げ、フォーサイスは無意識に眉間に力を込める。

「……なんちゃってねーーーーーっ！」

……が、張り詰めた空気は突如、それを作った本人によって完膚《かんぷ》なきまで破壊される。

「キャハハハハハッ……なーんて顔してんのよ、お二人さん！」

凍てつくような無表情から一変、冠鳩《かんむりばと》のとさかのような虹色の髪を揺らしながら、ヒラルダはこめかみに突き刺さるような甲高い笑い声を上げた。

突然の緊張の弛緩《しかん》についていけず、フォーサイスもブルーデンスも絶句したまま何の反応もできない。

「あーオカシぃ、柄にもなくマジメな顔しちゃったから、笑いがとまらなくなっちゃったわー……どしたの、フォーサイス？　マジでビビっちゃったぁ？」

目を見開いてしばし固まっていたフォーサイスの顔を覗き込むように、ヒラルダはニヤニヤという擬音が聞こえそうな顔を近づけてきた。

「……お前っ、一体何がしたいんだ！」

我に返ったフォーサイスは眼前の苛立《いらだ》ちのもとから瞬時に距離をとると、人でも射殺せそうな視線を送る。

「何がしたいのって、アンタをおちょくりたいのに決まってるじゃなーい！　アンタみたいな朴念《ぼくねん》仁《じん》坊やを女ネタでからかえる日が来るなんて、一級のアタシでも予想つかなかったんだから」

「どうしても、息の根を止められたいようだなっ……」

珍しく憤《いきどお》りを露《あら》わにしたフォーサイスの強く握り込まれた右手には、その激しい怒りからか存在しないはずの剣が見えたような気がした。

「あのっ、……広間に戻った方がよいのではないでしょうか」

一触即発の状況をどうにかしようと、ブルーデンスは腰かけていた寝台から立ち上がり、怒りに打ち震える彼の肩に左手で縋《すが》って問いかけた。

「ちょっと、ダメよ！　今日はもう屋敷に帰って安静にしてなさい。これだけの怪我なんだから、破傷風《はしょうふう》にならなくても熱出るわよ」

すると、激昂《げきこう》するフォーサイスを挑発するように人の悪い笑みを浮かべていたヒラルダが、大きく頭を振る。

「でしたら、やはり陛下に直接暇乞《いとまご》いを……」

「必要ない、逆に気を遣われる。明日、私が直接出向いて謝意を告げる」

ブルーデンスの存在をようやく思い出したらしいフォーサイスも、彼女の言葉を否定する。

自分のせいで傷を負ったブルーデンスを放置してこの軽薄な宮廷医の挑発に乗ってしまっていたことに、フォーサイスは自己嫌悪した……何をやっているのだろうか、今宵の自分は。

「そーゆーこと！　ブルーデンスちゃんが気にすることなんて何もないのよっ、全部この男が悪いんだから！」

そして、事実ではあるのだが、ヒラルダの口を通して語られるとどうにも苛立《いらだ》って仕方がない。

「これが替えの包帯ね。一応一週間分くらい出しておくけど、熱が下がったら一度いらっしゃい。真珠みたいに綺麗な腕に、醜《みにく》い傷跡が残ったら大変！」

ブルーデンスに向き直り、その手に包帯の束を手渡しながら続けられた言葉に、フォーサイスの心はさらに沈む。彼女との婚約は一時的なもの、この関係に未来はない……その腕に刻まれた悪意に、自分は最後まで責任を取ることができない。

婚約が破綻すれば、ブルーデンスはフカッシャー家のうしろ盾《だて》を失うだろう。異国の地で、一人放り出された傷物の娘……いくら美しかろうと、まともな貴族が相手にするはずがない。よくて愛人、悪くて慰《なぐさ》み者だ。

自分の不注意が、この娘の未来を歪めた。

自分が取り戻したいのはブルースただ一人、そのための手段は厭《いと》わない。

その思いは今も揺るがない。


ただ、そのために義妹を犠牲にした自分に、彼は以前と同じように傍らで笑ってくれるだろうか？


「……あと、これはちょっとしたおまじないよ」

その横顔にだぶる義兄の面影に想いを馳《は》せていたフォーサイスの眼前で、極彩色の魔術師は見上げるブルーデンスに向けてその身を屈める。

チュッと小気味いい音を立て、薄紫の唇が触れたのは彼女の額《ひたい》の辺り……

「貴様っ……一体、何をやっている！」

あまりにも大胆過ぎる行動に硬直するばかりのブルーデンスを、フォーサイスは咄嗟《とっさ》にその腕を引いてヒラルダから引き離す。それをまじないと呼ぶには、あまりにも悪ふざけが過ぎている。

「……っ……」

庇《かば》うように胸に抱き止めた身体が、痛みを堪《こら》えるように固くなり、小さく息を呑んだ。

「あーらら、ダメじゃない。右腕引っ張っちゃ」

何やってんのよ、アンタ……そうため息混じりに言ったすべての元凶の言葉に、ようやく自分のしでかした失態に気付く。

「……大丈夫っ、です……」

頭を振るブルーデンスの目尻には、うっすらと涙が浮かんでいた……本当に何をやっているのだろうか、自分は。

「嘘おっしゃい！　立ってるのだって辛いでしょ、出血もかなりだったのよ」

確かに掴《つか》んだその手はひどく冷たく、それは長く水に浸かっていたせいだけではないだろう。それなのに、その身体はしっとりと汗ばんでいた。

「熱、出始めてるんじゃないの……どうする？　しばらく休んでく？　なんだったら、アンタだけ先帰る？　動けるくらい回復したら、アタシが送ってってあげるわよ」

「……いらん！」

さきほどからの度の過ぎた馴れ馴れしい態度……自分に対する嫌がらせが目的なのか、それとも本気でブルーデンスに興味を覚えているのか。

冗談か本気かわからない笑顔とともに、彼女を寄越《よこ》せといわんばかりに両手を広げて見せるヒラルダ。フォーサイスは彼を睨《にら》みつけ、その軽薄そうな視線から守るつもりで腕の中で徐々に力を失っていく身体を抱き上げる。

「……申し訳、ありません」

謝罪とともに、素直に身体を預けてくるブルーデンス……もはや、抗《あらが》う余裕もないのか。

「フォーサイス……これ以上その子にひどいことしたら、許さないわよ」

出て行こうとした背にかけられた言葉には、何の熱も籠《こも》っていなかった。振り仰ぐと、厳しい双《そう》眸《ぼう》が自身を睨《ね》めつけている。

「……お前、本当に何なんだ」

「今のところはブルーデンスちゃんの主治医ってところかしら……早く行きなさい、グズグズしてたら、うるさい子達が来るわよ」

真意を測ろうと瞳に力を込めても、薄紫の双眸《そうぼう》ははぐらかすように瞬くだけだ。

確実に何かを知っているだろうヒラルダを詰問《きつもん》したいのはやまやまだが、その言葉通り、いつまでもここに居残っていれば、ファティマやチェイス、悪くすればゴーシャとユージィンまでやって来ることだろう。そうなれば、ただでさえ弱っているブルーデンスに、さらなる負担を強《し》いることになる。

フォーサイスは目の前の疑惑に背を向け、扉から出ていった。

「……フォーサイス！」

扉を出たところで、常の慎ましさをかなぐり捨てて走り寄る母の姿があった。

「母上……お一人ですか？」

他に誰の姿も見えないことに少なからずホッとしながらも、フォーサイスはエルロージュにそう確認した。

「ええ、チェイス様とファティマはゴーシャ達を馬車まで送っていったわ……こちらには来させないように言っておきました」

さすがの配慮は、とてもありがたかった。

「大丈夫なの、ブルーデンスは？」

「治療は施《ほどこ》したのですが、かなりの出血だったので熱が出始めているようです。このまま屋敷に戻ります」

随分と大人しい、そう思っていた腕の中の彼女は意識を手放していたのだ。かなりの出血だった上、麻酔も魔法もない手荒な治療に堪《た》え切ったのだから当然だろう。

化粧で隠された素顔はきっと蒼褪《あおざ》めているだろうが、今は何も窺《うかが》い知れない。

この薄皮一枚で、ずっと恐怖や不安を押し隠して生きてきたのだろうか。

こんな、何の頼りにもならない不確かなもので……一体、何が守れるというのか。

誰かに助けを求めようとせず、一人救いを乞《こ》う言葉を呑み込んで耐えているその姿が、何とも歯がゆかった。

「わかりました、リユーノ公も後から来られるでしょうから、そう伝えておくわ。急いで帰りなさい。私とファティマのことは、気にしなくて大丈夫よ」

「……頼みます」

気遣うような視線に頷《うなず》くと、今度こそフォーサイスは歩き出す。

ここ最近、向けられるのは非難めいた顔ばかりだったのに……そう心の隅で思いもしたが、なぜと問うことはしなかった。

7

夜半を過ぎてからと思われていた主《あるじ》の帰還は、随分と早かった。

「お帰りなさいませ……、……ブルーデンス様っ？」

何事かと訝《いぶか》りはしたものの、予定通り出迎えようとした執事スディンの声が裏返る。

その声につられてデリスが下げていた顔を上げると、その胸にブルーデンスを抱きかかえたフォーサイスが、足早に屋敷玄関へ入ってくるところだった……主の腕の中で意識を失っているらしい彼女の右腕には、少し変わった包帯のような布が巻かれている。

「説明は後だっ、水と氷の用意を！」

髪の毛一筋の乱れも許さないというような毅然《きぜん》とした常の主の姿はそこにはなく、使用人に命じる声にも余裕がない。

二階のブルーデンスの部屋に向かう彼の後を、デリスは慌てて追いかけた。

＊　＊　＊

ブルーデンスの意識は、依然として戻らない。

デリスは、ブルーデンスの額《ひたい》に浮かぶ玉のような汗を拭いてやり、熱を吸ってすっかり温くなった手巾《しゅきん》を、氷水に浸けたものと交換する。

当主に寝台まで運んでもらった後、常なら手伝わない衣装の着替えをしていて驚いた。ドレスの下、そうとわからぬように幾重にも身体に晒《さら》しを巻きつけていた……そうでもしなければ、一ヶ月前に持参したドレスも着られないほどに痩せ細っていたのだ。オルガイム人は体質的に食物を少量しか必要とせず、それほど量を食べないのだと告げられていたが、この身体を見ればその説明も怪しい……過度の心労で食事が喉《のど》を通らないことを隠すための、方便だったのではないかと思われる。

丁寧に塗り込められた真珠粉も落とさせてもらったが、目の下に浮かび上がる濃いクマ、青白い頬は熱のせいで赤みを帯びた薄い紫に染まっている。上掛けの上に出された両の手は、苦痛に耐えるように強く握り込まれ、なお白く変色して、一層の悲壮感《ひそうかん》を与えていた。

身も心も、疲れていらっしゃるのだ……デリスはその痛々しい姿に表情を曇らせる。

いっそ窒息死《ちっそくし》を望んでいるのではと疑うばかりの衣裳、心のうちを覆《おお》い隠そうとするような分厚い化粧も、ブルーデンスにとっては戦装束《いくさしょうぞく》と同じ。慣れぬ異国の地の、この屋敷の中での生活は、平穏とはほど遠い代物《しろもの》だった。

エルロージュやファティマ、そして自分達使用人がその優しい心根に気付くのに、さしたる時間はかからなかった。皆、心の底からブルーデンスが心地よく過ごせるよう努めてきた。

それでも、足りないのだ。

未来の夫であり、絶対的な庇護者《ひごしゃ》であるべきフォーサイスの徹底した冷たい態度、投げつけられる仇《かたき》でも見るかのような氷点下の視線……その前には、自分達の精一杯の配慮も霞《かす》んでしまう。

主《あるじ》が過去に受けた心の傷の深さ、それを理解しているつもりだった。仕方がないのだと、本当に辛いのはフォーサイス自身なのだと。

けれど、ただ一人謂《いわ》れなき扱いに耐えるブルーデンスの姿を垣間見る度に、分をわきまえない想いが込み上げる。

ブルーデンス自身には何の落ち度もない。それどころか素晴らしい貴婦人である。

初めて拝顔した朝、非礼を詫びた自分に差し出された手は……一週間前、婚礼の衣装を作るために採寸した身体は、こんな枯れ木のようではなかった。滑らかな顎《あご》の輪郭はここまで鋭くはなかった。今にも止まりそうなほどの駆け足で呼吸を刻む胸元は、深く抉《えぐ》られたような喉《のど》元は……自分達に向ける穏やかな笑顔の下、ずっと隠していた苦痛を浮き彫りにする。

当主が物心つかぬ頃より仕えている自分、恐れ多いとは思いながらも我が子に対するような親愛の情を抱いている。それは、今この瞬間にも変わりはない。

自分達使用人に対しても厳しくも正当で、まるで砂漠を旅して行き合った泉のような優しさを持っている彼が、将来の妻にと自身で認めたはずのブルーデンスに、なぜこのような無体な仕打ちをするのか……

そう思うだけでも、主《あるじ》に対して甚《はなは》だ不敬であることを、デリスは承知している。

なれど、此度《こたび》のことは紛れもなくフォーサイスの失態だ。

その腕に刻まれた傷跡は、ブルーデンスを生涯苦しめるやも知れない……きっと彼女は、それでも当主を責めることはしないだろう。

清廉潔白《せいれんけっぱく》なその心に、なぜに我が主は気付かないのか。そして、報《むく》いようとしないのか。


「……入って大丈夫か？」

言い知れない口惜しさを覚えているところに、扉をノックする音と当主の声が耳に届く。

「……どうぞ、お入り下さい」

さすがに動揺しているのだろう控え目な言葉に、デリスは内心の憤《いきどお》りを抑えてそう声をかける。

「様子は？」

「……芳《かんば》しくは、ございません。熱が下がりません」

「そうか……あの出血ではな」

頷《うなず》きながら寝台の傍らまで一切の音を立てずに歩み寄ってきたフォーサイスは、まだその礼装を解いてはいなかった。一歩外に出ればそんなことなどおくびにも出さないが、普段はその堅苦しさを嫌って屋敷に戻れば投げ捨てるように脱いでしまうというのに。

ずっと、扉の外で待っていらっしゃったのだろうか？

デリスがわずかに脇に身体をずらすと、寝台に横たわるブルーデンスの姿がフォーサイスの目に晒《さら》される。その姿を確認すると、フォーサイスは一瞬、驚いたようにその目を見開いた。

「……ここまで細かっただろうか」

「お痩せになったのですよ、お可哀そうに」

「……オルガイム人だから、ただ食が細いのかと思っていた」

「喉《のど》を通らなかったのでしょう、無理もありません」

「……骨と皮だけだな」

「オートマターに骨や皮はございませんが？」

チクチクと小さな針を突き刺すような返答に、フォーサイスはブルーデンスに落としていた視線をゆっくりとデリスに移す。

「無礼を承知で進言させて頂いてもよろしいでしょうか？」

デリスは注意深く主の顔を観察しながら、口を開いた。

「大体想像はつくが……何だ」

自分に向き直るフォーサイス、一使用人に過ぎない自分の意見に耳を傾けようとするその姿勢は至極真摯《しんし》だ。

「……トゥリース伯爵家ご令嬢ゴーシャ様を、切り捨てて下さいませ」

ただ、続けられた言葉は予想外だったようで、フォーサイスは完全に瞠目《どうもく》した。

「如何様《いかよう》な罰もお受けします。こちらを辞することになっても悔いはございません……ただ、あの方に二度とダグリード家の敷居を跨《また》がせぬという確約を、頂きとうございます」

「今宵のことで責められるかと思ったが……」

「言葉など必要ございません。そのお顔を見ればわかります……そうなれば、残された問題はゴーシャ様お一人です」

当主は悔いている。ブルーデンスを守れなかったことを……そして、今までの態度がいかに残酷であったかも自覚したようだ。

「明日、王宮に行った足でトゥリース家に向かう。もう二度と、あの女をブルーデンスには近づけさせん」

「この屋敷に」ではなく、「ブルーデンスに」と口にしたことで、デリスはようやくその顔に微笑みを浮かべた。

ブルーデンスに向ける主《あるじ》の双眸《そうぼう》には深い後悔が刻まれているが、それは愛や情とは似て非なるものだった。それでも、今までに比べれば随分な進歩……堅く閉ざされていたフォーサイスの心の目は、ようやく開き始めている。

フォーサイスは、決して嘘を吐かない。

過去との決別を口にした主に、デリスは長年喉《のど》の奥に刺さっていた鋭い棘《とげ》が抜け落ちたように安堵した。

＊　＊　＊

デリスはダグリード家では古参の侍女、フォーサイスにとっては母の次に信頼する女性だ。

普段穏やかな彼女の怒りは、冬の嵐のように厳しい。そして、正当でもある。

到底褒められたものではないこれまでの自分と、この度の失態は、金剛石のように硬い自制心を持ったデリスをもってしても、主従の一線を飛び越えさせるのに十分だったのだろう。その射るような視線を受けなくても、自分の愚かさはわかっている。

寝台に沈むブルーデンスは、自分に心臓を抉《えぐ》り取られるぐらいの衝撃を与えた。

さきほどまでこの腕に抱いていた彼女と、真実同じ人間だろうか？

若芽のようなひだの多いドレスからごく薄い夜着に着替えさせられた身体は、長く病床にある者のように痩せ細っていた。オルガイム人の身体は、その筋肉は、空を飛ぶためにとても軽い……だが、眼下の身体はそれを差し引いても異常だ。

身体の輪郭がよく出たドレスだと思っていた。腰もひどく引き絞っている……よく窒息《ちっそく》しないものだと思っていた。窒息《ちっそく》するわけがない、自分の礼装に劣らぬくらい窮屈だろう衣装が大きく見えるほどに、中の身体には肉というものが存在しなかった。

そして、分厚い化粧の下に隠れていた疲弊《ひへい》し切った顔には、痛ましさを覚える前に大きな驚愕《きょうがく》を受けた。ひとときとして忘れられるはずのない彼に、瓜二つの顔……その身体は確かに女性の輪郭を持っていたのに、無意識に探してしまった裂傷《れつしょう》。熱を吸う手巾《しゅきん》からわずかに覗く右こめかみに、それは当然存在しなかった。

なぜか感じた小さな安堵……それでも、激しい動揺を植えつけられたのは間違いなく、まざまざと見せつけられた、己が所業の悪辣《あくらつ》さ。

「……ここまで細かっただろうか」

「お痩せになったのですよ、お可哀そうに」

「……オルガイム人だから、ただ食が細いのかと思っていた」

「喉《のど》を通らなかったのでしょう、無理もありません」

「……骨と皮だけだな」

「オートマターに骨や皮はございませんが？」

場違いな動揺を隠すために独り言のように呟《つぶや》けば、そのすべてに対して至極律義に「お前のせいだ」といわんばかりの言葉が返る。

「無礼を承知で進言させて頂いてもよろしいでしょうか？」

怒りをまとったフォーサイスの様子は、しばしば氷点下と形容されるが、今、自分を睨《ね》めつけているデリスはさしずめ絶対零度。

「大体想像はつくが……何だ」

今だけは聞き流すべきではない……もとより自業自得であることは痛いほどにわかっている。その非難を避けるつもりはない。

「……トゥリース伯爵家ご令嬢ゴーシャ様を、切り捨てて下さいませ」

しかし、続けられた言葉は自分の予想を遥かに超えていた。

母と同じ年の頃の生来穏やかな気性であるはずの侍女が、ここまで分を弁《わきま》えない言葉を口にしたことに驚きを隠し切れない。

「如何様《いかよう》な罰もお受けます。こちらを辞することになっても悔いはございません……ただ、あの方に二度とダグリード家の敷居を跨《また》がせぬという確約を、頂きとうございます」

「今宵のことで責められるかと思ったが……」

「言葉など必要ございません。そのお顔を見ればわかります……そうなれば、残された問題はゴーシャ様お一人です」

今生の仇《かたき》と刺し違えるかのような鬼気迫る様相のデリス、それには同等の覚悟をもって応えるしかあるまい。

不運が重なったとはいえ、致命傷を与えたのはゴーシャに他ならない。これからも、あの女はブルーデンスにとって害にしかなり得ないだろう。

己の所業で流された血に恐怖を浮かべたゴーシャ、その目に映る痛みしか理解できない矮小《わいしょう》な人間……そんな輩に長年何の対策もしなかった己の未熟さ加減が、今回のことで痛いほど理解できた。

幼きがゆえの苦痛、救えなかった少女への罪悪感から肥大化していたに過ぎない過去の幻影に、今こそ引導を渡さなければならない。

「明日、王宮に行った足でトゥリース家に向かう。もう二度と、あの女をブルーデンスには近づけさせん」

慎重に言葉を選び、告げた言葉に、デリスはようやく微笑みを浮かべた。

ただ、そうしたからといって、己を害した張本人にさえ心砕く彼女……自分の行動を償《つぐな》いだと受け取ってくれるだろうか？

目下で静かに苦悶の表情を刻むブルーデンスは、ただひたすらにフォーサイスの心を責め苛《さいな》んだ。

＊　＊　＊

リユーノとティルディアが救護室に現れた頃には、すでにフォーサイスとブルーデンスの姿はなかった。

救護室には一足違いで合流したファティマとチェイス、状況を説明するために残っていたエルロージュ……そして、この部屋の主であるヒラルダがいる。

「随分ゆっくりいらっしゃったのねぇ、お二人とも」

相手が誰であれ、飄々《ひょうひょう》としたヒラルダの態度は変わらないようだ。

「お久しぶりね……ヒラルダ」

似て非なる薄紫の双眸《そうぼう》が向き合う。双方ともに、同じ名工の手による精巧な人形のようだった。

「ごめんなさい、リユーノ公、ティルディア。ブルーデンスは出血から熱が出始めたようで、フォーサイスに一足先に連れて帰らせてしまったのよ」

ティルディアとヒラルダの間に流れる一種独特な空気に気付かず、エルロージュがそう口を開いた。

「せっかく久しぶりに逢えたのに……」

「いいのよ、フォーサイス様がついていらっしゃるなら、それ以上安心なことはないもの。ヒラルダの治療も、信頼しているわ」

「信頼してもらったのに、ごめんなさいねぇ。治療したのは、フォーサイスよ」

ティルディアの言葉に、ヒラルダがにっこり笑って頭を振る。

「だって、あの子はヴィノーラだもの。私の力は役に立たないじゃない」

「な、に……？」

さらに続いた言葉には、リユーノまでもわずかに瞳を見開いた。

「……そう、何から何までフォーサイス様にはご迷惑をおかけして」

その軽薄そうな笑みを注意深く見つめながら、ティルディアはそこから話を逸《そ》らそうとするように口を開くが……

「気にしなくていいんじゃない？　フォーサイスの責任なんだから」

「違いますっ、悪いのは私ですわ！　お兄様に落ち度はありませんっ……」

「いいえ、ファティマ姫は無関係です。オレが言い出したこと、すべての責任はオレにあります！」

返したヒラルダの言葉に、ファティマとチェイスが相次いで抗議の声を上げる。

「アンタ達が悪くないとは、一言も言ってないわよ……ただね、アンタ達の失態は、フォーサイスの失態に繋がるの。ブルーデンスちゃんの絶対的な庇護者《ひごしゃ》はあいつなんだから」

そちらに向き直ったヒラルダは、わずかに険しい表情で二人にそう告げた。

「何も、品行方正だけが取り柄っていう、面白くもなんともないお子ちゃまになれって言ってるんじゃないのよ。やるなら徹底的に、そして、バレないようにが悪ふざけの鉄則よ……それができなくて、その上に大事な人間に迷惑かけるようならやめときなさい。向いてないのよ」

「……ヒラルダ、そういう忠告の仕方はどうかと思うのだけれど」

さらに続けられた正しい悪戯《いたずら》論について、エルロージュは黙っていられずにそう口を挟む。

「そうかしら？　大事なことよ」

「もういい、何もかも終わったこと……今宵は失礼する。行くぞ、ティルディア」

だらだらと脱線する話に、リユーノは不快そうにそう言い、杖《つえ》を鳴らして身を翻《ひるがえ》す。

「あっ……待って下さい！」

その背に向け、ファティマが慌てて声をかける。

「どうかなさったの、ファティマ姫？」

夫に代わって振り返ったティルディアは、ヒラルダに向けるのとは打って変わった優しげな面持ちで問いかけた。

「……ブルーデンス義姉様のこと、本当に申し訳ありませんでした」

「終わったことよ、貴女達も悪気があってしたことではないでしょう？　あの子を気遣ってくれていることはわかっているわ」

「ありがとうございます、もう二度とこんなことは致しません」

「オレもです、申し訳ありませんでした」

ファティマとチェイスは、心底申し訳なさそうに頭を垂れた。

「これからもあの子のこと、よろしくお願いね」

頷《うなず》くティルディアの微笑みは、その造形も相まってブルーデンスによく似ている。そんな横顔を、ヒラルダはどこか冷めた表情で見つめていた。

「はい、それはもちろんっ……後一つだけ、お訊きしてもよろしいでしょうか」

「何かしら？」


「ブルース様は今、どちらにいらっしゃるのですか？」

紡《つむ》がれた名に、ティルディアの微笑みを刻んでいた双眸《そうぼう》がスッと細められる。

「それ、アタシも興味あるわね」

なかなかいいこと聞くじゃない……そう言いながら、ヒラルダはニヤリ、という形容詞の似合う笑みを口角に刻んだ。

「教えて下さい、……兄はずっとブルース様を気にかけているのです」

ファティマはただ、チェイスの言葉により見えて来た、悪循環を繰り返しているような兄と義姉の関係を動かしたかった。

「ねぇ、ティルディア……どうなの。アタシ達には言えないような事情があって？」

「何が言いたいのかしら？」

最初に問いかけたのはファティマだったが、ティルディアは薄紫の双眸《そうぼう》を見返している。

「ファティマちゃんと一緒よ、あの朴念仁《ぼくねんじん》のここ最近の注意力散漫の原因なんだから」

「あれは今、アイリスにおらん」

彼女が口を開く前に、答えたのはリユーノだった。そうは言いながらも、振り返ってもいない。

「ブルース副隊長っ、いえ……元副隊長はどこにっ？」

チェイスもやや興奮したように重ねる。

「……オルガイムに、行っているわ」

何とも言えない泡立った空気の中、そう答えたのはティルディアだった……

第四章　極彩色の魔術師

1

翌日、再び礼装に身を包んだフォーサイスは、足早に宮廷内を歩いていた。

その表情は、行き合った者達が進んで道を譲り、距離をとってしまったほどに険しい。

昨夜の騒動の謝意を告げに登城したものの、国王の執務室での簡易的な謁見《えっけん》は、お互いに暇ではない身の上のため、そう時間をかけずに終了している。初めからリカルドに彼を咎《とが》めるつもりは毛頭なく、ブルーデンスの容態を聞かれ、見舞いの言葉を告げられただけで処罰を受けることはなかった。

それなのに、ひどく不快そうな様子のフォーサイス……その理由は、もちろん堅苦しい礼装に再び袖《そで》を通さなければならなかったというような単純なものではない。

今朝、屋敷を出る直前までは、国王に謁見《えっけん》した後、すぐに過去の因縁に決着をつけるべくトゥリース邸へ向かうつもりだった。

しかし、彼が今向かっている場所は、今や天敵といっても過言ではない彼《か》の極彩色の魔術師が居室……件《くだん》の宮廷救護室である。

今回は両腕が自由だったので扉を蹴《け》破《やぶ》ることはしなかったが、ノックする手に力が入るのはどうしようもなかった。

「……ハイハーイ、フォーサイスでしょ？　どぉーぞ、入ってぇ」

すべて承知だというような笑気を含んだ声に招き入れられ、彼の機嫌はさらに悪化する。

「やぁだー、ナニ怖い顔してんのよぉ！」

執務机で鏡に向かっていたヒラルダは、振り返って見た自身を睨《にら》みつけるフォーサイスに、人の悪い笑みを送った。

「……お前、何のつもりだ」

「お化粧よ？　何か問題でも？」

ヒラルダは下瞼《したまぶた》の目頭から眦《まなじり》にかけ、三日月を描くように光沢のある緑色の粉を刷毛《はけ》で塗り込めている。その合間に、さも当然だというように返す。

まるで王冠を被っているかのような逆立つ虹色の髪、切れ長の双眸《そうぼう》に口角の上がった唇は薄紫……奇抜な色彩を置いた顔は、男でありながら何ともいえない色香を漂わせており、対峙《たいじ》した相手に危惧《きぐ》の念を抱かせるような危うい美しさがあった。

「そんなくだらんことを訊いてるんじゃない……これは、お前の仕業か」

その手にはめていた皮手袋を外し、その下に巻いていた包帯を解くと、右掌《みぎてのひら》をヒラルダの目の前に晒《さら》して見せる。まるで焼け石でも強く握ってしまったような火傷跡、表皮がベロリとめくれ、赤い肉が生々しく露出していた。

「眠り姫に触れることが許されるのは、王子様だけだもの」

傷口を見つめながら、ヒラルダはさして驚いた様子も見せずに言う。

屋敷を出る前、眠り続けるブルーデンスの下を訪れたフォーサイスは、何の悪意もなく体温を確認するつもりで彼女の額《ひたい》に右手をかけた……直後、現れた業火に掌《てのひら》が焼かれていたのだ。ただ、火傷を負ったのは我が身だけで、ブルーデンスは何事もなかったようにその後も眠り続けていた。

その出来事で思い出されたのは、昨夜救護室を出る前に目の前の宮廷医が彼女に施《ほどこ》した、性質《たち》の悪い「まじない」。

「どういうつもりだ、ブルーデンスはヴィノーラではなかったのか。彼女が目覚めないのもお前の仕業か」

掴《つか》みどころがなく気紛れで、会えば必ずからかってくる厄介な相手だったが、決して悪人ではないというのがヒラルダに対するフォーサイスの認識だ。医師としての腕も確かで、不承不承《ふしょうぶしょう》ながらも、その点だけは信頼していた。

しかしながら、今やその気持ちは自分の中で大きく揺らいでいる。

「ええ、そうよ。あの子はヴィノーラじゃない」

咎《とが》める強い口調の問いかけに、ヒラルダはあっさりと頷《うなず》いた。

刷毛《はけ》をコトリと机の上に置き、椅子から立ち上がったヒラルダは、フォーサイスに身体ごと向き直る……ヒラヒラした薄いレースを幾重にも巻きつけたような長衣は宙に浮かびそうな印象を与えるが、今受けるのは相反した重圧感。見下ろされることなど滅多にないフォーサイスは、頭半個分高い位置から向けられる視線に威圧感を感じ、わずかに眉根に力を込める。

「ブルーデンスちゃんが抱えてる事情は、とっても深刻なのよ……あの子は、ビガンナーよ」

そして、続けて投げ返された答えに瞠目《どうもく》する。

魔術師でなくとも、ビガンナーが何なのかは自分にもわかる。

ヒラルダのような魔術師達は、魔力の源となる魔導石を生まれながらに持っており、その左手の中に埋め込んでいる。埋め込み方も外科手術といった直接的なものではなく、先達の魔術師の魔法で組織同化させるのだ。そんな魔法を行使する魔術師の対極に位置するのがヴィノーラで、彼らが魔法を使うことができないのはもとより、第三者がかけようとしてもそれを無効化してしまう体質の人種だ。エリアスルートに両者のような先天的に差異のある人間が生まれる原因は、いまだはっきりとは解明されていなかった。

また、それとは別に、後天的に魔法が効き辛くなった人間もいる。それがビガンナーなのである。目の悪い人が眼鏡を使い続けていると視力が低下するのと同じで、魔法も同じように個体差があり、ずっと使い続けていればその効用も当初に比べれば弱まってくるのだ。度の強い眼鏡にかけ替えていく感覚で、もっと強力な魔法を……と、重ねていった結果、どんなに強い魔法でも効果がなくなってしまうのである。

それは貴族達に多い症例であり、気の遠くなるほど昔から変わらず見目麗しかった貴婦人が、ぱったりと舞踏会に顔を出さなくなった、という話はよく耳にする。そういうときは、いくら大金を積んでも効く姿留めの魔法がなくなり、本来の年輪が刻まれた顔を晒《さら》したくないのだろう、と皆の嘲笑《ちょうしょう》の的にされ、社交界にそんな噂が途絶えることはなかった。そのような理由から、ビガンナーは暗に贅沢病とも呼ばれており、そのことを公にしている者はほとんどいなかった。

ブルーデンスがビガンナーだというヒラルダの言葉を信用する、確固たる証拠はない。

ただ、彼女がヴィノーラであるとヒラルダが口にしたとき、ブルーデンスは明らかに動揺していた。現在進行形で偽っているのではないかと、いまだどこかで疑っていたその姿が本当の彼女であったという事実に、フォーサイスの心はひどく乱される。

荒唐無稽《こうとうむけい》な事実を導き出そうとする己の思考に、慌てて待ったをかけた。

そんなはずはないっ……、彼女のこめかみに件《くだん》の裂傷《れっしょう》はなかった！

瞬時に憶測を打ち消すことができたことに、心底安堵する……けれど、一度芽生えた疑念は容易《ようい》には消えてくれない。いまだ胸の中で燻《くすぶ》り続けている。

「フォーサイス……その手はアタシからの警告。ブルーデンスちゃんが受けた痛みは、そんなもんじゃないわ。今は何も考えさせないで、しばらく眠らせといてあげなさい。元気になったら自分で起きてくるから。あの子は相当弱ってる、アンタのせいよ」

ヒラルダの恫喝《どうかつ》めいた口調に、フォーサイスはようやく我に返った。

この極彩色の魔術師の前で気を散らすのは、文字通り命取りだ。

特別名家の生まれではなかったが、先代の宮廷魔術師の下で魔導を修め、その跡を引き継いだヒラルダ。その実力は他の魔術師の追随を許さぬものだった。治癒医療の才に秀でたものがあり、今は宮廷魔術師を辞し、前の戦乱で命を落とした前任者に代わって宮廷医の任に就いている。以降、極彩色を身にまとうようになったが、その腕は変わらず……国家そのものをうしろ盾《だて》に持ち、アイリスでは国王に次ぐ実力者だ。最高位の一級の魔術師でもある宮廷医という地位は、ダグリードやフカッシャーの両家よりも上になる。

絶大なる権力を持ちながらも、当の本人はそんなことにはまったく無頓着《むとんちゃく》で、不思議と私利私欲のためにそれを行使したことはない。よからぬことを考えて取り入ろうとする者も、ことごとく退けていた。

自分の知っているヒラルダは、何にも執着しない。必要以上に、誰かに干渉することもなかった。

「彼女は私の婚約者だ。お前に一体、何の関係がある？」

なぜそれが、ブルーデンスに対してだけは違うのか……ヒラルダの目に浮かぶものは、その言葉の端々に込められたものは、明らかなる執着心だ。

「その婚約者を守れなかった男が、随分な口を叩くじゃない。アタシがあの子にどう関係して、何を知っているか、今のアンタに教えるつもりはないわ。お姫様に触れることができるようになってからいらっしゃい、似非《えせ》王子」

辛辣《しんらつ》な言葉とともに頭を振ると、ヒラルダは至極唐突に、まるで滑《すべ》るように二人の距離を詰めてくる。フォーサイスは反射的に後ずさったのだが……

「……っ、何のつもりだ！」

対処が遅れた右の手首を掴《つか》まれ、フォーサイスは鋭く叫ぶ。さきほど受けた動揺に気をとられていたことと、ヒラルダにまったく殺意が感じられなかったことに油断していた。とはいえ、武官ではない相手にこうも易々《やすやす》と利き手を取られてしまったのは、あまりにも不覚だった。

「馬鹿ね、アンタなんて取って食いやしないわよ。一応治療しておこうと思って……目が覚めたら、きっと自分を責めちゃうあの子のためにね」

面白くなさそうに言ったヒラルダに、フォーサイスはその拘束を振り払う。さしたる力も入っていなかったそれは、簡単に外れた。

「いらん世話だ、気付かせなければいいだけのことだろう。これが彼女を傷つけた咎《とが》だというのなら、治療こそ無意味だ」

これ以上、いいように振りまわされるのはご免だ。

「何が目的かは知らんが、お前が彼女に危害を加えないことだけはわかった。今はそれだけでいい」

わずかに見開かれた薄紫色の双眸《そうぼう》を挑むように見返し、フォーサイスはそう続けてもとのように手袋をはめ直す。

「……あっそ、アンタがいいなら別にいいけどね……フォーサイス」

「まだ何かあるのか……」

そのまま部屋を出て行こうとして呼び止められ、彼は仕方なさそうに振り返った。

「簡単に償《つぐな》えると思わないでちょうだい。ブルーデンスちゃんは、アンタには過ぎた子よ……これから先もこんなことが続くようなら、あの子はアタシがもらうわ」

「……ふざけるなっ……！」

あまりにも大胆過ぎる発言に、フォーサイスはそう吐き捨てて扉を出る。もう一秒たりともその場にいたくなかった。


「うぁっ、……きゃぁ！」


しかし、扉のすぐ前の廊下を急いだ様子で駆けてきていた侍女に、出会い頭にぶつかってしまう。

「すまない」

尻餅をついた彼女の腕をとって立ち上がらせながら、フォーサイスは謝意を告げた。

「怪我は？」

「……いえっ、大丈夫です！　私の前方不注意でした、お気になさらず！」

ぶつかった相手がフォーサイスだったためか、その三つ編みの侍女は至極慌てた様子でブンブンと頭を振る。

まだあどけなさの残る少女の顔立ちに、フォーサイスはなぜか既視感を覚えた……ごく最近、どこかでこの顔を見たような気がする。

「あのっ……まだ、何か？」

女嫌いで有名な雷龍《らいりゅう》隊隊長から受ける訝《いぶか》るような視線にいた堪《たま》れなくなったのか、彼女はやや上《うわ》擦《ず》った声で尋ねてきた。

「……いや、本当に申し訳なかった」

結局答えは出なかったが、深く追及するほどのこともないだろうと思い直す。再度謝罪を口にして、そのまま踵《きびす》を返す。

彼が廊下の角を曲がるまでは固唾《かたず》を呑んで見守っていた侍女だったが、その背が完全に見えなくなると、ホッとしたように長い息を吐く……そして、当初の目的である救護室に、扉を叩くこともなく入っていった。

「……あらっ、……ちょっとアナタ、また抜け出してきたんですか？」

再び机で鏡に向かっていたヒラルダは、現れた侍女の姿にわずかに瞠目《どうもく》する。

「聞いて聞いてっ、ヒラルダ！　さっき扉の前でフォーサイスに会ったんだけど、僕だってわからなかったみたい！」

「あの朴念仁《ぼくねんじん》にわかるワケないでしょ……サザール殿下」

さきほどの挙動不審な動作とは一転……頬を紅潮させて嬉しそうに報告してくる侍女にしか見えないその人物に、ヒラルダはため息とともにそう呼びかけた。

＊　＊　＊

フォーサイスがトゥリース邸に足を踏み入れるのは、実に三年ぶりのことだった。

優秀な騎士であったメイス・トゥリース伯爵は長年の功績が認められ、現在、王城ディオランサの近衛師団で師団長を務めている。そんな彼の屋敷が王都の片隅のような王城から幾分遠い場所にあるのは、メイスの妻エリーシャの持病に関係している。木々が少なく熱帯で湿度も高い王都中心部では暮らせなかった。そこで喘息持ちのゴーシャの母のため、緑が多く幾分涼やかなこの地に移築されたのだ。

三年前は重い肺炎にかかったというゴーシャの見舞いのために訪れた。それは彼女の仮病だったのだが……いっそ本当に不治の病にでもなって死んでくれれば、と苦々しく思ったことを昨日のことのように思い出す。ダグリード邸と同じく花と緑に溢れた麗しい萌黄色《もえぎいろ》の屋敷は、フォーサイスにとって陰鬱な記憶しか呼び覚まさない、まさしく魔物の住処《すみか》であった。

「ご無沙汰しております、叔父上」

「よく来てくれた、フォーサイス！」

玄関で出迎えてくれたこの屋敷の主メイス・トゥリース伯爵は、その身をかき抱くようにしてフォーサイスの突然の訪問を歓迎してくれた。常ならば、誰よりも先にゴーシャが現れるところだが、さすがに昨日の今日では、まだ満足に歩くこともできないのだろう。

息子のいないメイスは、兄の忘れ形見である彼を実の息子同然に愛し、騎士団入団に必要な武芸実技、宮廷作法のすべてを授けてくれた。面差しも似通っていることから、二人が並んでいればまるで親子のようだといわれており、フォーサイスにとっては父も同然、もっとも尊敬する人物だ……

残念ながら、娘の教育は不得手だったようだが。

「昨夜の宮殿での舞踏会、叔父上と叔母上はいらっしゃらなかったようですが……」

そのまま自身の肩を抱いて屋敷内に入っていこうとする叔父に、そう話を切り出した。

「そうなのだ、エリーシャが喘息の発作を起こしてな。陛下の招待を断るわけにもいかず、ゴーシャのみ参加することになったのだ……どうも夜会となると妻の精神が昂《たか》ぶると見えて、よく発作が出る。まだ伏《ふ》せってはおるが、山は越えている」

やや疲労の色が窺《うかが》えるメイスの言葉に、フォーサイスは眉を顰《ひそ》める。

「いつも持たれていた薬はどうしたのですか？」

「飲み忘れたらしい……今回もだ。気をつけよと言っておいたのに、仕方のない奴だ」

嘆息《たんそく》の後に続けられた言葉に、フォーサイスの中で疑惑はしっかりとその形を現していた。

「……昨夜の騒動は、お聞き及びでしょうか？」

「おお、不埒《ふらち》な者がいたらしく、可哀想にゴーシャはダンスの最中に転倒させられてしまったらしいな……どうした、フォーサイス？」

何とも複雑な笑みを浮かべた甥《おい》に、メイスはその肩にまわした腕を解いて正面に向き直ると、不思議そうにそう呼びかける。

「……謝罪をしなければなりません。その不埒《ふらち》者は私の妹のファティマと部下のチェイス・カイルシードなのです」

「何……どういうことだ？」

フォーサイスの腹の中に長年ためておいた重い物を吐き出すような告白に、叔父の顔色が変わった。

「ファティマは、義姉で私の婚約者であるブルーデンスを守ろうとしたつもりだったとは言っていますが、度が過ぎた悪ふざけでした……無論、二人には罰を与えます。そして、それを止められなかった私も、いかなる罰も受けましょう」

「婚約者を守る？　ゴーシャを転倒させることがかっ？」

「彼女が私を慕ってくれていることはご存知でしょうが……それが、いささか常軌を逸《いっ》していることはご存じないでしょう。私もできることなら、叔父上には知らせずにいたかったが」

そうも言っていられなくなりました……そう口にしたフォーサイスは、まっすぐにメイスを見る。三年間、実の親子のように生活をともにしてきた。この目が嘘を吐いていないことを、叔父だけにはわかって欲しかった。

しかし、それはゴーシャの実父でもあるメイスには易々《やすやす》とは信じ難いものであった。

「転倒した後、まだ続きがあるのです。ブルーデンスは倒れたゴーシャを気遣って手を差し伸べました。ただ、ゴーシャはそれを逆恨みして振り払い、その手にはめた指甲套《しこうとう》が彼女の腕の肉を抉《えぐ》ってしまった」

「ま、さか……あの娘がっ！」

「もちろん不幸な事故ですが、事実です。確認が欲しいのでしたら、リカルド様にお聞き下さい。

証人は陛下です。ブルーデンスも事故だということは承知している、ゴーシャを恨むことはないでしょう……ただ、彼女は負った傷が深く昏倒《こんとう》してまだ目を覚ましません」

フォーサイスの目に、婚約者を守れなかった深い悔恨《かいこん》の念が浮かぶ。

「……仮に、もしそれが真実としてっ、……お前はゴーシャにどうしろとっ……」

父としての情と板挟みになりながらも、聡明なメイスはそうフォーサイスに尋ねる。

「もう二度と、ダグリードの屋敷に……ブルーデンスの前に現れないようにしてもらいたいのです。舞踏会の前、私の不在時にも一度屋敷に現れ、ゴーシャは彼女のオルガイム人特有の容姿を死神と罵倒した」

今考えれば、至極理不尽な話である。フォーサイスは、当時その話を聞いていた自分の心が随分と麻痺していたことに改めて気付かされた。

「……ゴーシャを、アブルサム館に送って頂きたい」

再燃した怒りに後押しされるように、フォーサイスはようやくその一言を舌に乗せた。

2

漆国《しっこく》アイリスの夏季は一年のうち三分の一を埋め尽くすほどに長く、四季を通して気温湿度ともに他国よりも高い。

内陸部にありながらも大きな湖に面したこの屋敷は、夏でも湿気が少ない方だった。

夜半を過ぎればうだるような日中の暑さもなりを潜《ひそ》め、薄い夜着の上から幾分涼やかな風が剥《む》き出しの肌を撫ぜる。天上に浮かぶ月は下弦で、どこまでも冷たく地上を照らしていた。

今、自分が身を寄せている邸宅は緑溢れ、ガラス張りの立派な温室がある。背が高く、葉の多い亜熱帯植物に囲まれたその場所は、幼子が身を隠すには格好の場所……日没後は、ほとんどの植物が眠りにつく。その中で唯一、月光を養分に咲き乱れているシェブローの純白の花弁には、微かな物音にも崩れ落ちてしまうのではないかと思えるほどに神秘的な美しさがあった。

その開花を妨げぬように、ひっそりと息を吐く。

朝早くから夜遅くまで、休む間もなく働き通しだった身体は疲れ切っている。

けれど、このまま眠ってしまう気にはなれなかった。

母に連れられてやってきたトゥリース邸での生活は、ひどく辛い。シェブランカが身のまわりの世話をしている令嬢ゴーシャは、なぜか自分を嫌っていて、陰湿な嫌がらせをしてくる。両親であるトゥリース伯爵夫妻に隠れて抓《つね》ったり、ぶたれたりするのは日常茶飯事だった。

今日の仕打ちはとくにひどかった。

気分が悪いと言って部屋で休んでいたゴーシャに、自分は夕食を運んだ。寝台の上に上半身を起こした彼女は、膝《ひざ》に置こうとした夕食のトレーを、わざと取り落とさせたのだ……シェブランカに向かって食器が崩れるように。この屋敷の料理長自慢のラザニアを、派手に全身に被ってしまった。

飛び散ったベシャメルソースは、まるで溶けた溶岩のようで、服の上からも焼けつくように熱かった。幸い軽度の火傷で済んだのだが、皮膚は少し赤くなり、肌着に当たる部分が今もヒリヒリする。

本当に辛かったのは、火傷の痛みではなかった。ゴーシャはシェブランカを悪し様に罵《ののし》った上に、土下座を強要してきたのだ。グチャグチャにラザニアが散乱した床にこすりつけるように下げさせられた頭は、容赦なく踏みつけられた……部屋の中にいた他の侍女達はみな、自分にまで怒りの矛先が向くことを恐れ、ゴーシャの所業を見て見ぬふりをしていた。いつものことだ。

ここは地獄だ。逃げ出したいと、何度思ったことだろう。

実際、来たばかりの頃は、耐え切れずに屋敷を抜け出したこともあった。生家に逃げ戻って泣きついた母は、その腕で我が身を抱くどころか、脆弱《ぜいじゃく》さを叱責《しっせき》し、シェブランカに鞭《むち》を振るった。

母のいる家も、ここと何ら変わらない地獄だった。

今も自身を見下ろし、冴《さ》え冴《ざ》えとその存在を暴く鋭利な月の輝きは、母に似ている。どんなに頑張っても認めてくれない母は、いつもガラス玉のような何の感情も窺《うかが》い知れない視線しか向けてくれない。

温かさと無縁な硬質の光は、寄る辺《べ》のないこの身に安らぎなど与えてはくれなかった……日中、ずっと堪《こら》えていた涙が瞳を満たす。


「……誰？」

自分がこぼしたものでない深い呼気の音が耳を突き、何かを考える前に唇から落ちていた疑問詞。

視界を塞《ふさ》ぐ赤い葉をつけたメラレウカの裏を怖々覗くと、自身よりも頭二つ分ほど背の高い少年が自分を振り返った。

「……お前、確か新しくゴーシャつきになった侍女の……」

一瞬今は帯びていない腰の剣に手をかける素振りを見せながら言ったその少年に、自分は面識があった。

「シェブランカと申します、フォーサイス様……このようなはしたない格好で失礼致しました！」

現在、主の客人という位置づけの彼に、慌てて身分を明かして膝《ひざ》を突く。

この屋敷の当主メイス・トゥリース伯爵の甥《おい》にあたる彼は、メイスに師事し、騎士団入団に必要な武芸実技、宮廷作法を学ぶためにここで暮らしているらしい。この家の令嬢ゴーシャはフォーサイスを強く慕っているようで、連日のように彼を呼びつけては一緒に過ごしていた……そのことをフォーサイスが負担に思っているのは、傍目にも明らかだったのだが。

「こんな時間に何をしている？」

「申し訳ありませんっ……、すぐ戻ります！」

当然の疑問を口にしただろう彼に、シェブランカは慌てて謝罪し、その身を翻《ひるがえ》す。

このことが主《あるじ》の耳に入り、そこから母の耳に入っては大事である。以前、ゴーシャの執拗《しつよう》な嫌がらせに堪《た》え切れず生家に逃げ帰ったときに受けた折檻《せっかん》を思い出し、身体が小刻みに震え出す。

自分にとってもっとも恐ろしいのは、わがままの過ぎる伯爵令嬢でも雇い主であるメイスでもなく……母の逆鱗《げきりん》に触れることなのだ。

「待て、咎《とが》めているわけではない」

「……申し訳ありません、……あの……何か？」

腕を掴《つか》まれて逃げられなくなったシェブランカが、再度謝罪を口にしながらフォーサイスを見上げると、咄嗟《とっさ》の行動だったらしくやや瞠目《どうもく》した彼の瞳とかち合う。

自分が目にするときはいつもゴーシャが一緒だったため、不機嫌を身にまとっている彼……そんな刺々《とげとげ》しい雰囲気のとれた今のフォーサイスからは、やはり疲れている印象は否めないものの、それでもその年頃本来の少年らしい拙《つたな》さを感じた。

「……何があった？　また何かされたのか、ゴーシャに？」

そして、吐き出された言葉に含まれる自分への気遣いに、驚いて目を瞬いてしまう。

しまった、と思ったときには、堪《こら》えていた涙は頬を伝っており、慌てて掴《つか》まれていない方の手でそれを拭《ぬぐ》った。

「……何も、ございません。ゴーシャ様にはとてもよくして頂いておりますわ」

明らかな嘘ではあったが、実際、この涙は彼女のためだけに流したものではない。

「今宵の月を見ていたら、母が恋しくなってしまって……八歳にもなって、お恥ずかしい話ですが」

母のことを思っていたのは真実だ。ただ、今はもう生家に帰りたいという気持ちはなかった。何度帰っても、何を訴えても、その腕に受け入れられることはないのだから……こんな月の出た夜に、ひっそりとその姿を重ねて見つめているだけ……そんな距離感で十分だった。

静かに地上を照らす月と同じで、結局手に入らないものなのだから。

「……どちらでもいい、ただ我慢をするな」

「……フォー、サイス様……？」

一体、言葉を紡《つむ》いでいる自分は、どんな表情を浮かべていたのだろうか……すべてを言い終えた頃には、この身は彼の腕の中にあった。

「泣けるうちに泣いておけ。泣けなくなったとき、それを後悔する」

ぶっきらぼうな言葉とぎこちない抱擁に含まれた幼いながらの優しさに、シェブランカは呼吸を忘れる。

会ったばかりの、主従に近い間柄のこの自分に……どうして？

開いた口は無様に嗚咽《おえつ》を漏らし、そのまま思考は滝のように溢れ出した涙に掠《すく》われてしまう。


「……大変、失礼な振舞いを致しました」

瞬時、散り散りになった意識をなんとか拾い集め、シェブランカはフォーサイスから距離をとる。自分のあまりの振舞いに、その場に土下座に近い体勢で首《こうべ》を垂れた。

「少しはすっきりしたか？」

そんな自分にかけられた言葉は、渇いた口調なのにやはり甘く優しくて……取り戻した平常心が、視界とともにまた揺らぎそうになる。

「……、……はい」

「ならいい。……俺は、大体この時間はここにいる」

続けられた言葉に、再び目を見開いてしまった。

正面から見つめる漆黒の双眸《そうぼう》を見返し、その意味をようやく汲《く》み取る。彼は己が身の上に、疲れと果てしない諦《あきら》めを感じている……含まれる意味合いは違うが、同じ相手に虐《しいた》げられ、それを防ぐことのできない立場は自分とひどく似通っていた。癒しを、そして、一時の逃げ場を求めているのは、自分を気遣ってくれているフォーサイス自身のはず。

「いや、取り消す。子供は早く寝ろ」

しかし、何かに思い当たったように、ハッとした表情を浮かべた彼は、早口で前言撤回する。きっと、自分達使用人の起床時間のことを思い出したのだろう。

「ありがとうございます、フォーサイス様……本当に」

その思慮深い優しさに、シェブランカは至極久しぶりに心からの笑みを浮かべる。

そして、返された微笑みに、胸の中に温かい灯火《ともしび》がついたように感じられた。

実母にも与えられなかった優しさを、同じ痛みを感じているだろう彼にも返したいと、シェブランカは切《せつ》に願った……

そんな心の邂逅《かいこう》を果たした彼らの上空を、一匹の蝶が弧を描くように飛んでいた。

七色に発光する鱗粉《りんぷん》を振り撒《ま》く二対の翅《はね》の中央には薄紫の人間の瞳のような文様があり、その周囲を光沢のある深い緑が縁取っている……まるで意志を持っているかのようなそれは一瞬、月光も霞《かす》むほどの強い光を独自に放ち、忽然《こつぜん》とその場から消え去ってしまった。

刹那《せつな》の光に気付いたのか、二人の幼子が宙を仰いだときには、その世界の崩壊を告げる白み始めた空だけが残っていた。

＊　＊　＊

深夜……小さな卓上ランプに照らされた室内で、彼《か》の極彩色の魔術師は深く椅子に腰を下ろし、固く目を閉じていた。

わずかに上向いたその顔の前で、陽炎《かげろう》が立つように揺らぐ……まるで鋭利な刃物で空気が切り取られたような、真っ黒な穴の中から一匹の発光する蝶が姿を現す。

完全に意識を遮断しているヒラルダの閉ざされた両の目の前で、現れた蝶はその翅《はね》を大きく広げた。途端、円卓の上に置かれたランプの小さな灯りが、一瞬炎柱のように細長く伸び上がったかと思うと、ほぼ同時に周囲は闇に閉ざされる。

灯りが消えるほんの一瞬前に蝶は消え去り、翅《はね》の模様とまったく同じ色彩の目が開いた。

「まったく……厄介だわね、アタシの恋敵は」

漆黒の闇の中、覚醒《かくせい》したヒラルダはどこか笑気を含んだ口調で呟《つぶや》く。

「……さすがにティルディアも、こんな巡り合わせになるとは思っていなかったでしょうに」

再度吐息のように吐き出すと、クツクツと喉《のど》の奥に引っかかったような笑い声を上げるが、深淵《しんえん》の闇の中でその表情はまったく掴《つか》めなかった……

＊　＊　＊

深い意識の水面下から、己の意志に反した強い力で突如、ブルーデンスは現実という水面《みなも》へと引きずり上げられた。見開いた目に映ったのは、窓から差し込むささやかな月光に浮かび上がる見慣れた自身の部屋……しっとりと闇に落ちた今時分は、深夜のようだった。寝台に横になっている理由が、すぐには思い出せない。

ただ、はっきりと覚えているのは、夢の中で洪水のように溢れ出した幼い頃の思い出……なぜか、その中で自分は粘着質に絡みつく第三者の視線を感じていた。

「……何、で……？」

無意識の癖で手をやった右のこめかみに、いつもの感触がなかった。つるりと滑《すべ》る指先……刻まれた裂傷《れっしょう》は、一体どこに？

バネ仕掛けの人形のように上半身を起こしたブルーデンスは、闇の中で己の手を見つめ、再び瞠《どう》目《もく》する。指先にこびりついた虹色に発光する粉……それは、まるで蝶の鱗粉《りんぷん》のようだった。

舞踏会で傷を負った自分はフォーサイスに救護室に運ばれ、治療を受けた……帰り際に、宮廷医であるヒラルダに「まじない」と称して額《ひたい》の辺りに接吻を受けたところまで思い出したが、その後の記憶が完全に途絶えている。

全身が小刻みに震え出す……ビガンナーである自分、あらゆる魔法が効きづらいこの身体に、易々《やすやす》とそれを施《ほどこ》した極彩色の魔術師の意図がわからない。

まだ騎士だった頃、兄を診てもらえまいかとヒラルダのもとに足繁《あししげ》く通っていた時期があった。断られながらも何度か通ううちに、己の正体に気付いているのではないかと思われる言動が見られるようになり、危機感を覚えて訪れなくなっていたのだ。

当時ヒラルダは身分を偽る自分を糾弾《きゅうだん》することも、誰かにその疑いを話すこともなかったため、それが自分の思い過ごしだったと思い込むようになっていたのだが……


『またね、ブルースちゃん』


ヒラルダはブルーデンスに口づけるその瞬間、彼女にしか聞こえない声でそう呼びかけてきたのだ。その言葉がまさしく「呪《まじな》い」となり、自分の意識を奪ったのだとしたら……激しい恐怖が我が身を襲う。

過去、現在、未来……そのすべてを、極彩色の魔術師に掴《つか》まれている。そんな危惧《きぐ》が、ブルーデンスの身体をどうしようもなく震えさせた。

3

二日ぶりに意識を取り戻したブルーデンスに、彼女つきの侍女デリスは常以上に張り切っていた。かなり衰弱しているように見えたブルーデンスだったが、仮死にほど近い状態で深く眠っていたために、オルガイム人特有の高い治癒力が発揮されたらしい。それなりに食欲が戻り、目覚めて二日過ぎた頃には骨張っていた輪郭もやや柔らかくなっていた……もちろん、宮廷医にかけられた魔法の付加効果もあるだろう。

ブルーデンスが利き手を負傷していることもあって、今まで手出しできなかった身のまわりの世話を一手に引き受けたデリスは、過保護なほどにブルーデンスの世話を焼いた。恐縮しながらも感謝するブルーデンスだったのだが、その表情は翳《かげ》りがちだった。

「傷が痛むのですか？」

絶対安静を言い渡された寝台の上で、上半身を起こした彼女の銀髪を梳《す》いてやりながら、デリスはそのわけを問う。

ヒラルダの思惑、暴かれた過去……ブルーデンスには、どう対策をとればいいか、皆目《かいもく》見当がつかなかったのだ。掴《つか》みどころのない宮廷医が自身の味方か否か、まだ判断する術はない。

そして……

「当主様は、……まだお戻りにならないのですか？」

己が意識を取り戻してから、もう一週間が経つ。

フォーサイスはブルーデンスが昏倒《こんとう》したその翌朝に屋敷を出たきり、一度も戻ってきていなかった。長年騎士団員を務めてきたブルーデンスは、今の時期に外地任務などの屋敷を長く空けるような職務がそう多くないことを知っている。

実際、ダグリード家の者達が口を噤《つぐ》み、はっきりと彼の行方を教えてくれなかった。ただ、自分のことを慮《おもんぱか》ってのことなのはわかるため、ブルーデンスも無理に聞き出せなかった。

今までならそう気に留めなかったかも知れないが、今回は妙な胸騒ぎを感じていた。

何より、眠っている間も今も、自分は化粧をしていない。

目覚めた朝、その吉報を受けたファティマがすぐに見舞いに現れ、自分の顔を見るや否や「ブルース様」と口走ったことからも、その事実を認識した。

ブルースという人間を長く演じてきた時間が、ブルーデンスを知識だけの存在にし、その人格はどこを探しても存在しない。

厳しく躾《しつけ》られていた所作は、ブルースのときにも時折顔を覗かせており、いくら気を遣っても、皆に、ブルースに似ているといわれる。しかしそれも、少し考えれば仕方がないことだった。今まではフォーサイスがろくに自分の顔を見ていなかったため、破綻しなかったに過ぎない。

そんな彼も、きっとこの顔を見てしまった……胸がしめつけられる思いだった。

こめかみの傷はヒラルダの魔法で隠されているため、ブルーデンスがブルースであるということまではまだ知られていないだろう。

それでも、危ういながらも保たれていた二人の間の均衡が崩れてしまったことには相違ない。

当初はその冷たい視線に傷つきながらも、わずかながら安堵を覚えていた。

フカッシャー家の送り込んだ間諜《かんちょう》……自分がそう疑われるのは、当然なのだ。

自分が傷を負ったことで、それを防げなかったという自責の念をフォーサイスが感じる必要はない。

ただ、それを感じてしまうのが彼という人間であることも、痛いほどにわかっている。

後悔、同情……自分を憐《あわ》れむような感情を、フォーサイスには持って欲しくなかった。まったく別人のような顔で現れたのは正体を偽るためではなく、彼に敵だと認識してもらうためだ。

ブルースの義妹ブルーデンスではなく、フカッシャー家の間諜《かんちょう》ブルーデンスとして。

フォーサイスは一度信頼した人間を、決して裏切ることはない。危機が迫れば、その命を賭《と》して守ろうとする……自分が守りたかった彼は、そういう人間だった。

薄汚れた陰謀の渦中から、どんなことをしても彼を遠ざけたかったのはそれが理由だった。

「陛下から、サザール殿下のための会を乱した処罰を受けているのでしょうか」

意識を失う直前の会話で、翌日に登城して謝意を告げるといっていたのをおぼろげに覚えていたブルーデンスは問うた。

「アイリスの、……国王陛下に限ってそんなことはありませんわ。フォーサイス様がお忙しい方だということは、もうブルーデンス様もご承知でしょう？」

どうにも歯切れの悪いデリスに、ブルーデンスは思案する……どうすれば、本当のことを引き出せるのか。

「戻られないのは……私に、逢いたくないからなのですね」

間を開けて、吐き出した言葉に痛みを乗せる。

「何を仰《おつしや》っているんですか、ブルーデンス様！　そんなことあるはずがありませんわっ！」

「隠さなくても、もうわかっています……私の存在は、あの方の負担にしかならない」

櫛《くし》を置いて自分の正面にまわり、手をとって訴えてくるデリスの痛ましげな表情に罪悪感を覚えながらも、ブルーデンスは頭を振る。言葉に嘘はない、ただいつも呑み込んでいただけだ。

「ブルーデンス様っ……」

「私が原因で、心を痛める姿は見たくないのです」

それも事実……それでも、何の罪もない相手を傷つけるとわかっていながら言葉を続けるのは、ブルーデンスにとっても苦痛だった。無意識に、デリスの手を強く握りしめてしまう。

「ブルーデンス様には何の落ち度もありません！　フォーサイス様は貴女のためにトゥリース邸へっ……」

「……トゥリース邸、……ゴーシャ様のもとに行かれたのですか？」

デリスから引き出した言葉に、ブルーデンスは瞠目《どうもく》する。

トゥリース邸は、フォーサイスが少年期を過ごした陰惨《いんさん》な場所……尊敬するメイス伯爵を傷つけたくないばかりに、ゴーシャの横暴にずっと耐えてきた彼が、みずから叔父のもとにその足を運ぶことはほとんどなかった。今回も、自分のせいで向かったのだろう。

彼の心の傷に、鋭い爪を立ててしまった。それは、薄れかけている自分の腕に刻まれた舞踏会のときの傷とは比べようもない。

「この度のことは、フォーサイス様にとっても必要なこと……ブルーデンス様のお陰で、変わられようとしているのです」

しばし自失してしまったブルーデンスに、デリスは続ける。

「……なぜ？」

「今回のことで、すべてを告発する決意をしたのですよ。フォーサイス様は敬愛する伯爵様を傷つけまいと、今までゴーシャ様の理不尽な振る舞いにもずっと耐えていらっしゃいました……そのようなことは間違っているのです。伯爵様は聡明で素晴らしい方、きっとフォーサイス様のお気持ちを理解して下さるはずですわ」

ブルーデンスは自分の手を握り続けるデリスの顔を見上げた。その表情に嘘は見当たらない。いっそ晴れ晴れとした自分に対する感謝の念が浮かんでいる。

だからといって、ブルーデンスの胸が晴れるわけではない。

過去との決別を思い立ったことは、確かに素晴らしいことだと思う。フォーサイスも生半可《なまはんか》な決意で対峙《たいじ》するわけではないだろうが、これだけの長い年月、両親を欺《あざむ》き続けてきたゴーシャは一筋縄でいく相手ではない。

「……何も、なければよいのですが」

「信じてあげて下さい、フォーサイス様を」

思わず口を突いて出た弱音に、デリスはまるで母親のような顔をして言った。

「……はい」

わずかに微笑み返したブルーデンスだったが、やはり喉《のど》の奥のつかえは、そう簡単に消えはしなかった……過去との対峙《たいじ》は、一週間を越えるほどに難航しているのだから。

＊　＊　＊

午後になれば、日課のようにファティマがブルーデンスの部屋を見舞う。

初日はスコーンやマフィンといった焼き菓子を持参していたが、ほぼ回復した後でも相変わらず食の細い彼女に合わせて、今では庭を彩る花々に宗旨変更していた。

「随分、顔色がよくなりましたわ……お義姉様」

当初は随分しおれていたファティマも、逆に気を遣うといったブルーデンスの言葉とその回復ぶりに、ようやく安堵して以前通り接していた。以前のように身体をしめつけることのない室内着に近いドレスに着替えていた彼女は、いつまでも横になっていてはさすがに床擦《とこず》れがする、とファティマに贈られた花をみずから花瓶に活けていた。

「デリスのお陰です。オルガイムの血が流れる私には、少し過保護過ぎる気もしますけど」

薄化粧を施《ほどこ》しただけの顔にはようやく慣れてきたものの、ファティマはやはりドキリとしてしまう。素顔のブルーデンスは、ブルースに本当にそっくりだった。

どうして、この顔を隠していたのだろう？　きちんと化粧を施《ほどこ》していた顔も十分に美しかったが、目の前の彼女の比ではない。

微笑みを浮かべ、話をしているときはそうは思わないのだが、以前の彼女はその完璧な身のこなしも相まって、精密無比《せいみつむひ》でまるで隙《すき》がなく……確かに、兄が以前口にしたようにオートマターのようだった。

どうしても印象がきつくなりがちな銀色の瞳は、入念に入れた同色の縁取りのお陰でさらに鋭いものになっていたし、濃い赤だった口紅も、生来の薄紅色の方が遥かに柔らかく優しげである。

それに、これだけブルースに似ていれば、女嫌いなフォーサイスとて、あそこまで邪険にはできなかったはず。

「隠すなんてもったいなかったですわね……真珠粉なんて、必要ないくらい綺麗な肌ですのに」

「日に当たっても焼けないので、子供の頃は気味悪がられていたのですよ」

自分が腰かけている長椅子の隣に、相変わらずの流れるような所作で腰を下ろしながら、長く送られる視線に表情が少し暗くなっていた。

なぜか、肌や容姿を話題にされることを彼女は好まないようだ。

これだけ美しいのに……ファティマは不思議でならない。

「……誰かに似ているといわれるのは、まるで自分がないようで嫌なのです」

そして、まるで自身の考えを読み取ったように続けられた言葉には、口を噤《つぐ》んでしまった。

義兄に似て美しいのだから、それを誇れ……よくよく考えてみれば、そんな言葉、失礼以外の何ものでもない。ファティマとフォーサイスはまったく似ていない兄妹だったために比べられることなぞ一度もなかったが、たとえば兄によく似て聡明だと言われても、そんな評価は少しも嬉しくない。

「ごめんなさい」

「いいえ、褒められているのに嫌だなんて、わがままなことを言っているのは私の方ですから」

謝罪したファティマに、ブルーデンスは頭を振って優しく微笑む。

「そういえば、そろそろ一度宮廷に行かないといけないのですが……宮廷医のヒラルダ様に、一度経過報告に来るように言われていて。包帯も特殊なものらしくて、頂いたものがもうなくなるのです」

そして、話を逸《そ》らしたかったのだろうが、ブルーデンスは自分の右腕を示してそう言った。

「お兄様が戻ったら、ご一緒すると言っておりましたわ。一人で行かせるのは心配だと」

絶対に一人では行かせないようにと言いつけられた、とファティマはデリスに聞いている。

あの晩、ファティマがチェイスと駆けつけたときには、すでにフォーサイスはブルーデンスを連れて帰っていたため、三人の間にどんなやり取りがあったのかはわからない。

けれど、ヒラルダは注意しなければならない人物であるという認識が、ファティマの中に芽生えてきていた。

ブルーデンスの後見人で養父母であるリユーノとティルディアに対する意味ありげな言葉、フォーサイスに対するあからさまな侮蔑。

何よりも、ブルーデンスへの得体の知れない感情……あれは、執着心ではなかっただろうか。

「そうですか……なら、仕方がないですね」

少し表情の硬くなったファティマの顔をしばらく注視していたブルーデンスだったが、そう首肯した。

その軽薄そうな見た目と行動に、初めて会ったときからお世辞にも好感が持てる人物ではなかった。愛する兄と義姉にとってどうにも障害になりそうなヒラルダを、フォーサイスの目の届かぬところでブルーデンスに会わせるなんてもってのほかだ。

兄が不在の今、彼女を守るのは自分なのだ。もう二度と失態は犯せない……ファティマは改めて決意を胸に刻んだ。

4

決して平坦とはいえない道をひた走る馬車の中、フォーサイスは向かいに座ったゴーシャの鬼のような視線を受けながらも、その表情を崩すことはなかった。

漆国《しっこく》アイリスの国境にほど近いリドルと呼ばれる村を今、二人は目指している。

遥か昔、この国に冥界神の寵姫と称された公女がいた。

今ではその名も忘れ去られたアブルサム子爵家の令嬢は、女神と見紛うごとく麗しく、十七で裕福な侯爵家に嫁ぎ、三十六になる頃には実に十一人の夫を亡くしていた。

夫のうち五人は婚礼の儀からひと月以内に病死、四人は年を越せずに事故死、残り二人は三年以内に精神を病んで自殺……十九年の間、あまりにも立て続けに起こり過ぎた彼らの死に、すべての財産を引き継いだ公女へ嫌疑がかけられたのは当然である。

しかし、すべてにおいて彼女は潔白だった。十一人全員の死が偶然という可能性の方が稀有《けう》に思われたのだが、どんなに調べても潔白であるという証拠しか見つけられなかった。

無罪であるとわかっても、公女が畏怖《いふ》の対象となったことは言うまでもない。あまりの美しさに冥界の神に魅入られ、彼女と契りを交わした者はその嫉妬により、冥界に堕とされる……そんな噂が立つようになった。

公女自身もみずからを恐れるようになり、私財を投じて尼僧院を建て、みずからにまとわりつく死の香を封印するようにその中に逃げ込んだ。厳しい戒律の中に身を置き、十一人の亡夫の死を悼《いた》みながら孤独のうちにその一生を終えたのだ。

その尼僧院は現在、公女の生家の名を取り、アブルサム館と呼ばれている。

公女の死後ほどなくして、アブルサム家は没落。辺境の小さな村リドルに残されたその館は、現在では敬虔《けいけん》なレイチャード教徒の修道女の手に渡り、名家の子女に礼儀作法を身につけさせる教育施設となっていた。ただ、それは表向きの肩書であり、内実は手のつけられないほど気性の激しい貴族令嬢達の強制的な更生施設なのだ。

そこを巣立った令嬢達は、総じて悪魔払いを受けたように従順になっていると評判である。その館の主《あるじ》である修道女に認められなければ、生涯館《やかた》から出ることは叶わず、厳しい戒律に耐えられずに逃げ出してもすぐに連れ戻される。完璧な淑女となって生家に戻ってくる娘達はほんの一握りで、館に送られた時点でその存在を見限られたと捉える者がほとんどだった。

トゥリース家は厳格な家政長、侍女長、そして家庭教師達などの人材に恵まれ、屋敷に仕える使用人達に要求する素養も他に類を見ない厳しいものであったため、行儀作法見習いを目的に雇用を希望する者も多かった。トゥリース伯爵家の使用人であったという経歴は、のちのち王宮勤めを希望する者にとっては必須条件であるとまで言われている。

そんな屋敷で育ったにもかかわらず、したたかにその本性を隠し遂《おお》せてきたゴーシャ……その更生を望むなら、もはやアブルサム館以外の道は存在しない。

それが、真っ当な騎士道精神を最大限に発揮したフォーサイスが下した結論だった。積年の恨みを差し引いても、かなりの譲歩をしたつもりだが、それも尊敬する叔父を慮《おもんぱか》ったがゆえ。ゴーシャの更生なぞ望んだことは一度もなかったが、勘当よりもわずかに望みを残したアブルサム館送りを提示したのだ。

舞踏会で受けた足の傷のせいで熱があるのだと、フォーサイスとの対面を頑《かたく》なに拒み、籠城するかのように自室に閉じ籠《こも》っていたゴーシャを引きずり出すことに二日を費やした。ようやく最後通牒《つうちょう》を突きつけた三日前の阿鼻叫喚《あびきょうかん》の地獄絵図は、今でも鮮明に浮かぶ。

父に縋《すが》り、病床の母に懇願し……自分が何をした、すべて事実無根だ、そんなものはあの死神女の被害妄想だ、と泣いて訴えたゴーシャ。

しかし、その涙が偽りであることを彼女つきの侍女が告白するまで、さしたる時間は必要なかった。ゴーシャの無体に長年黙して耐えてきた使用人達は皆、この機会を待っていたかのようだった。

何人もの侍女が屋敷の厳しさのためではなく、その陰湿な苛《いじ》めに堪《た》えかねて屋敷を去っていったということ……それを自身の保身のため、見て見ぬふりをする他なかった自分達を一様に恥じていたのだ。

さらに伯爵夫人であるエリーシャつきの侍女の証言は、ゴーシャの嘘と偽りに塗《まみ》れた仮面を木っ端微塵に粉砕した。

先日の舞踏会の日に、エリーシャの持病である喘息の薬を隠すように指示したのは、娘の彼女だったのである。身体の弱い母親が外出前には必ず、発作を抑える薬を服用することを知っていたゴーシャは、その薬を隠し、薬を服用できない不安から意図的に発作を起こさせていたというのだ。

そして、それは此度《こたび》が初めてではないと……断罪は覚悟の上、そう告発した夫人つきの侍女は、胸のつかえがとれた安堵の表情を浮かべていた。

実の母親に対するあまりの所業に、父メイスも被害者であるエリーシャも、わずかに残っていたフォーサイスの言葉に対する疑念を手放した。

二人の打ちひしがれようは、見るに忍びなかった。心痛から再び発作を起こしたエリーシャにつき添うメイスの背は、訪れたときと比べようもないほどに小さくなっていた。

事態の終結は呆気ないほど早かった。もっと早くに自分が行動を起こしていれば、ここまで夫妻を哀しませることはなかったのだろう……ゴーシャも、ここまで傍若無人《ぼうじゃくぶじん》な魔物のような女になり下がることはなかったのかも知れない。

何よりも、月下で泣いていたシェブランカを救え、その幻影にいまだ悩まされることもなかった。自身の決断力のなさ、甘さがどうにも悔やまれる……自身の心を歪ませたのは、何もゴーシャばかりではないということに、フォーサイスはようやく気付いた。

涙ながらに謝意を告げるメイスと病床のエリーシャに、自分はただ頭を振ることしかできなかった。

それでもことの顛末《てんまつ》を見届けるため、フォーサイスは今現在、メイスに代わってアブルサム館までゴーシャを送り届ける任に就いていたのだ。

辺境の村リドルまで、王都からは馬車を休まず走らせて三日かかる。三日目の今日、この山を越えればもう村が見えるだろう。田舎の山道は整備されておらず、馬車の揺れも小さくはないが、それでもようやくという気持ちがフォーサイスの心を幾分軽くさせていた。

最初の一日はそれこそ泣いて縋《すが》りついて、形振《なりふ》り構わず許しを請《こ》うていたゴーシャ。二日目はそれが罵詈雑言《ばりぞうごん》に変わり、今は自身に鋭い視線を向けながら、甲に血管が浮き出るほど強く両の手を握りしめて座っている。常の煌《きら》びやかなドレスとは一変した質素な装いは、まさに化けの皮が剥《は》がれた状態に他ならず、白日の下に明らかになった悪鬼の本性を取り繕《つくろ》う様子はまったく見られない。怒りで赤黒く変色した双眸《そうぼう》には、どこか歪んだフォーサイスの姿が映り込んでいた……それは、彼女の中で自分に対する執着が形を変えた証拠のように思われる。

常に有無を言わせずフォーサイスを屈伏させてきたゴーシャだったが、彼の前では終始関心を得ようと笑顔でいたのだ。

フォーサイスにしてみれば、今の怒りの視線の方が、一週間前まで向けられていた寒気がするような色を孕《はら》んだ笑顔より何倍もましだった。


「ひっ……！」


そんな寒々とした車内に、外から御者の恐怖に駆られた叫び声が飛び込んでくる。

そして、疾走する馬車は大きな揺れとともに急停車していた。

「何事だっ……」

激しい揺れに体勢を崩し、自分に向かって倒れ込みそうになったゴーシャの身体を咄嗟《とっさ》に支えながら、フォーサイスは窓の外に目をやる。

「お逃げ下さい！　フォーサイス様、ゴーシャ様っ……がぁっ！」

上擦《うわず》った御者の声が、途中から悲鳴に変わる。


山賊かっ……？

鈍器で殴られるような音ともに、馬車の御者台から御者の転がり落ちる音、馬達の危機を訴える嘶《いなな》きが続き、フォーサイスは表情を変えた。

「……間に合った」

支える身体は小刻みに震え始め、フォーサイスの胸に落とされた首の下から、何とも禍々《まがまが》しい笑気を含んだ声がそう呟《つぶや》く。

「ゴーシャ……？」

豹変《ひょうへん》した彼女の表情に、フォーサイスの頭の中に鳴り響き始めた警鐘が徐々にその音を増していく。

カツン、と硬い音を立てて、握りしめられていたゴーシャの手の中から何かが滑《すべ》り落ちた。首を巡らし、フォーサイスがその視界に捉えたものは、鈍く赤い点滅を繰り返す瑠璃色の輝石《きせき》……卵のような形のそれは、片側が平らに削られている。

そんな特性を持つ輝石《きせき》を、自分は一つしか知らない。

魔導石メトリア……双子の魔導石には縁が生まれ、片方を持つ者に危険が迫れば赤く点滅してそれをもう一方を持つ者に知らせる。

「やあ、フォーサイス隊長。ご機嫌いかがかな？」

次いで開け放たれた馬車の扉の外、抜き身の血塗られた剣を手に立っていたのは、自身もよく知る人物だった。

5

まだ朝もやの残る早朝、自室のバルコニーに出ていたブルーデンスは、暗い表情でため息を吐いた。

毎日の習慣となっている、兄つきの侍女であり義姉と慕うアウラからのストレイスに関する病状の報告。この前に起こした発作の影響か、彼は目に見えて弱っているようだ。

ダグリード邸で問題を起こさず六ヶ月を過ごし、婚礼の儀を挙げた暁《あかつき》に与えられる奇跡の新薬……ストレイスの身体はそれまで持つだろうか？

まだ一ヶ月余りしか経っていないにもかかわらず、失態に次ぐ失態を重ねて素顔まで見られた今、自分の正体が露見していないことは奇跡にも等しいことだった。

強い責任感から負い目を感じるようになったらしいフォーサイスさえ、真実を知れば決して許しはすまい。

何よりもそんな事態を招いた自分自身が一番許せない……それはフォーサイスに対する最大の裏切り行為であり、兄の命にも直結することだから。

バルコニーの手摺《す》りを握る両手に、自然と力がこもる。

微かに耳に届く厩舎《きゅうしゃ》からの嘶《いなな》きもどこか物悲しげで、より一層の悲壮感《ひそうかん》が辺りに満ちる。

瞳を閉じて、じっとそれに耳を傾けていたブルーデンスではあったが……

「……、……ハリュート？」

その嘶《いなな》きが、至極聞き慣れたものであったことに気付いた。

フォーサイスの愛馬ハリュート、彼はどこへ行くにもその背に乗っていたはずだ。

今回に限って、なぜハリュートを置いて行ったのだろう？

そう疑問に思ったと同時に、ブルーデンスは手摺《す》りを乗り越えていた。


もっとも連れ出される頻度の高いハリュートは、厩舎《きゅうしゃ》の入口に一番近い馬房《ばぼう》に繋がれていた。

艶《つや》やかな漆黒の馬体は、落ち着かなさげに狭い馬房《ばぼう》の中で足踏みを繰り返している。

「……わかるか、ハリュート」

正面に立ったブルーデンスは、過去に立ち戻った口調で呼びかけ、柵の中にその手を伸ばす。理知的な漆黒の双眸《そうぼう》が彼女を捉えると、差し伸べられた手に大人しくその鼻を寄せる……この賢い動物の前には、色素の違いや下手な偽装なぞ無意味なのだ。

主によく似て誇り高いこの馬は、簡単に人に懐くことはない。ただ、フォーサイスが信頼を置いていたブルースにだけは違っていた。

見事な毛並みに触れようと不用意に手を伸ばし、蹴り殺されそうになった経験のあるチェイスは、その背に乗ることとさえ許された自分に顎《あご》が外れるのではないかと思うほど大口を開けて驚いていたものだ。

滑らかなその懐かしい感触に、さきほどまで波立っていた心も徐々に穏やかになっていく。

「隊長は、どうしてお前を置いて行ったんだ？」

しかし、そう疑問をぶつけると、ハリュートはその意を理解したように再び落ち着きをなくし始めた。

もしや、フォーサイスの身に何かあったのだろうか？

聡明な馬は、強い信頼関係を結んだ主の危機を察知すると聞く。

鼻息も荒く、足踏みを再開したハリュートのただならぬ様子に、ブルーデンスの心にも疑念が渦巻き始める。

「……っ、……これは？」

フォーサイスの姿を探すように大きく首を巡らしたそのたてがみから、キラキラと輝く粉が舞った。

薄暗い厩舎《きゅうしゃ》の中に不釣り合いな虹色の光彩に、ブルーデンスはその場に崩れ落ちそうになるほどの衝撃を受ける。

「……な、んで……あの人が？」

目覚めたとき、己の指先に残された極彩色の残滓《ざんし》……激しい危機感が胸を突き上げる。

あの魔術師が、彼とハリュートを引き離したのだろうか？

そうだとしたら、一体何のために？

よそよそしい屋敷の人間達、いつまで経っても戻ってこないフォーサイス、何よりもそこここに残されたヒラルダの痕跡《こんせき》……自分の預かり知らないところで、何か大変な思惑が動いている気がした。

「……落ち着いて……ハリュート。お前の主《あるじ》は何があっても私が守るから」

不安げに嘶《いなな》く彼の愛馬を落ち着かせるようにそう口にして自分に向かせると、その頭を両腕で抱え込む。

泣いて怯《おび》えている暇はなくなった……その目的が自分で、こんな工作を仕掛けてくるというのなら、対峙《たいじ》して戦うまでだ。

＊　＊　＊

「失礼致します、……ブルーデンス様？」

ノックに返らない返事を不審に思いながら、さらに一声かけてブルーデンスの部屋の扉を開けたデリスは、常ならその視界のどこかに入るはずの彼女の不在に眉根を寄せる。

首を巡らせて、バルコニーに向かう窓がわずかに開いていることに気付いた。ひどく嫌な予感がする。

慌ててバルコニーに出るが、そこにもブルーデンスの姿はなかった。
最悪の想像を必死に打ち消しながら、ゆっくりと手摺《す》りの下を覗き込む。
変わり果てた彼女の姿が、そこに……

……

……

なかった。

わずかな安堵に胸を撫でおろしながらも、相変わらず姿の見えない不安は消えない。
部屋の中に戻ると、さきほどは目に入らなかった寝台の脇机の上に、小さな紙の切れ端を見つけた。

『デリスへ
すぐに戻ります、心配しないで下さい。
ブルーデンス』

淀みのない綺麗な文字で、たったそれだけのことが書き留められている。

「……心配をっ、……しないはずがないでしょう！」

ダグリード家への勤続三十四年、冷静沈着な古参の侍女デリスは、屋敷全体に響き渡るような怒声を発していた。

＊　＊　＊

漆国《しっこく》アイリスの王城ディオランサには、数多《あまた》の貴族の大邸宅と同様に、表からの出入口とは別に使用人用の裏通路が存在している。それらは、宮廷、宮殿内の膨大な量の家事を担当する裏方の領域が、地階、または半地階にあるため、使用人用裏階段とともに目立たない城壁裏に設けられていた。

常駐の近衛師団員達ほどではないにせよ、舞踏会警備を任されたこともあるブルーデンスには、ある程度外部から城内への侵入経路の知識があったのだ。

空からの侵入には寛容な城壁の中に音もなく侵入したブルーデンスは、表階段と違って実用性だけを重視した粗末な螺旋《らせん》階段を慎重に進んでいく。

まさか、この制服に再び袖《そで》を通す日が来るとは思ってもみなかった。

誰かに見つかってしまったときに時間を稼ぐため、その身にまとったのは騎士団員時代の制服。髪は以前と同様に三つ編みに結い、目元まで深く被った覆面布の下に隠す……雷龍《らいりゅう》隊所属であることが一目でわかる漆黒の制服に身を包むと、ここ最近のドレスのときの自分とは気分がまったく違っていた。慣れ親しんだ格好は、二割増しに身が引きしまるようだった。

時折往来する使用人達から身を隠しながら、細心の注意を払って進むと、ほどなくして宮廷内の廊下へ通じる扉の前に到達する。扉の裏に誰かいないか、耳をそばだててしばし沈黙を聞き、もういいだろうと判断して扉に手を伸ばしたが……

「……っ、……！」

取っ手に手をかける前に開いた扉と、その向こうに立っていた人物に、ブルーデンスは叫び声を上げそうになる。

自分は、ちゃんと気配を読んでいた……扉の先からは物音ひとつしなかったはずだ。

「……っと、ごめんなさい……？」

やや茶色味の強い双眸《そうぼう》を見開き、同じように驚いた表情を浮かべた三つ編みの侍女は、咄嗟《とっさ》に謝罪を口にしながらも、何かおかしい、とその小首を傾げた。

まずいっ……！

「……むぐぅっ……！」

ブルーデンスはその腕を掴《つか》んで中に引っ張り込み、扉を閉めると、身体をうしろから羽交い絞めにして、まだあどけない少女の口を手で塞《ふさ》ぐ。

今、この顔を見られるわけにはいかない。

「危害を加えるつもりはありません……ただ、少しの間、静かにしていてもらえますか」

腕の中で身じろぐ彼女にそう言いながら、ブルーデンスはこの予想外の事態をどう片付けるべきか物凄い勢いで考え始める。

当て身をしてこの場に残していくのは簡単だが、そんなことをすれば彼女が息を吹き返した後に大問題に発展してしまう。

口止めするにしても、自分の事情を説明するわけにもいかないので説得のしようがない。

即座に息の根を止め、いくつか心当たりのある隠し部屋に死体を隠すのが一番確実な手段なのだろうが、ブルーデンスには目的のためにそこまでの覚悟はない。

こうなってしまえば、雷龍隊《らいりゅう》の制服を着てきたことが悔やまれる……要らぬ誤解まで招きそうだ。

「……むぁーーーーっ！」

頭の中で堂々巡りを繰り返していたブルーデンスの腕の中で、何かに気付いたように侍女が驚いたような声を上げた。

思わず視線を送ると、必死の上目遣いを送る少女の双眸《そうぼう》とバッチリかみ合ってしまった。

しまった、見られた……そう絶望的な思いに駆られる前で、なぜか少女はにっこりと微笑む。

「……ぷはぁっ……、貴女、ブルーデンスだ！」

動揺に緩んだ手から顎《あご》を振《よ》って口もとの自由を取り戻した彼女は、拘束されたまま至極嬉しそうに言った。

「一週間ぶりですね、腕の傷は大丈夫でしたか？　……まあ、これだけの立ちまわりができるんだから、随分よくなっているんでしょうけど」

言葉を続ける少女に、ブルーデンスは自分の正体を知られた驚きと、皆無といってもいいその警戒心に、何の返事も返せない。

「……あっ、ごめんなさい。こんな格好じゃわからなかったですよね。

僕、サザールです。先日の舞踏会ではどうも」

「……えっ……！」

しかし、さらに続けられた言葉に、彼女は完全に硬直してしまう。

「本当に、奇遇ですね。びっくりしちゃいましたよ……そんな格好で、こんなところで、一体何をしているんですか？」

それはこちらの台詞《せりふ》だ……ブルーデンスが間髪容《い》れずにそう聞き返したのは言うまでもなかった。

6

白髪を墨に浸したような灰に近い黒髪をうしろで一つに束《たば》ねた男は、相手に何とも言えない嫌悪感を抱かせる笑みを浮かべていた。

その背後には、十数人からの明らかに性質《たち》の悪そうな輩が、同じく抜き身の剣を手に自分の様子を窺《うかが》っている。

今現在、自分が置かれているあまりにも馬鹿馬鹿しい現状に、フォーサイスは一つ嘆息《たんそく》した。

「命乞いするなら、聞いてやるが？」

「それはこちらの台詞《せりふ》だ、山賊の真似事とは恐れ入った。ユージィン……一部隊の長を任されたお前が、無防備な御者を襲って殺したとなれば、極刑は免《まぬが》れんな」

嘲《あざけ》るような口調に、フォーサイスは顔色を変えずに返す。

ユージィン・リファイス……角狼《かくろう》隊の隊長職を、舌先三寸で得たという噂のこの軟弱男がゴーシャと結託し、雷龍《らいりゅう》隊にもたらした災厄は計り知れない。それでも、ここまで愚かしい行為に走るとは思いもしなかった。

支えたままだったゴーシャの身体を奥に押しやり、腰に帯びた剣に手をかけて身体ごと向き直る。すると馬車の中から降りてこいというかのように、彼は馬車のステップにかけていた足を降ろして数歩うしろに下がる。

「ユージィンっ、早く片付けて！　……そのムカつく顔を、ズタズタに切り刻んでちょうだいっ……！」

「かしこまりました、姫君」

フォーサイスがその誘いを受けて外に出ると、二目と見られない醜悪《しゅうあく》な顔で憎悪に塗《まみ》れた言葉を吐くゴーシャ……恭《うやうや》しく首肯するユージィンに、ムカムカしたものが込み上げる。

フォーサイスには到底理解できないし、したくもない二人の歪んだ関係。

それはまるで、女王にかしずく下僕のようだった。いつ頃から、何を介して知り合ったのか、いつの間にか二人は親しくなっていたらしい。ゴーシャはいつも、フォーサイスの所在を正確に把握して押しかけてきていた……その情報を流していたのは、騎士団全体の受け持つ任務と所在を知り得ている彼だったのか。明らかな機密情報漏洩《ろうえい》で軍罰に処される行為だが、リユーノというしろ盾《だて》を持つ彼は狡猾《こうかつ》に立ちまわり、なかなかその尻尾を掴《つか》ませない。

以前、王都フィオリアの外れの森に出没していた大規模な盗賊一味の討伐《とうばつ》任務中、いきなり現れたゴーシャのせいで、仕掛けた罠に気付かれ、捕縛《ほばく》できたはずの首領を取り逃がしたことがあった。ひと月後にようやく捕えることはできたが、その間に三件の被害を出し、五人の罪なき命が失われた。

騎士団本部での報告の席で、自身を棚上げして一度目の失態を揶揄《やゆ》してきたユージィンを殴り飛ばしたブルースに、自分を始めとしたその冷静沈着さを知っている者達はひどく驚かされた……上官に手を上げたことで懲罰房に入れられることになり、一夜明けて戻ってきた彼は、角狼《かくろう》隊にいた頃から気に食わなくて一度殴ってみたかったのだ、と清々しい笑顔で言ってのけた。

しかしながら、その場にともにいて、自身よりも余程気色ばんでいたライサチェックとチェイスの二人を庇《かば》っての行為だということはすぐに知れた。それまで隊員達は、突然フォーサイスが引き抜いてきた元角狼《かくろう》隊の副隊長ブルースに少なくない反感を持っていた。しかしその一件を境にして隊員達の中の彼の評価は見直され、仲間として受け入れられるようになったのだ。

諸々の最悪な印象は変わることはないが、その一点だけは、ユージィンに感謝していると言っても過言ではないのだが……

「長旅でお疲れのようだな」

一瞬、よぎった回想に気を削《そ》がれていたフォーサイスだったが、ユージィンの言葉で意識を目の前の彼に戻す。

ふとした瞬間に思い出す副官のことは、もう末期だと自覚している……けれど、ここ数日は姿かたちこそまったく同じだが、まるで違う別の面影に自分の意識は侵食されつつある。

取り戻したい、救いたい、側にいて欲しい、そう願うのはただ一人のはずだったのに……未熟な自分に、二人の人間を救う力があるのだろうか？

「だが、残念ながら手加減はできない、姫がその首を望んでいるからな……殺《や》れっ！」

狡猾《こうかつ》そうに笑ったユージィンは、背後の男達にそう命令を飛ばす。

ユージィンの号令とともに、一斉に襲いかかってくる男達。闇と木々に溶け込む迷彩色の衣装と、粗野ではあるが実戦的なその身のこなしは、この辺りを根城にしている山賊だろうか……素早く抜いた大剣で応戦しながら、フォーサイスは至極冷静に彼らを分析していた。

ゴーシャが魔導石メトリアを使って連絡を取ったとしたら、早くて三日前の早朝だろう。追いかける時間を考えれば、王都で傭兵《ようへい》を雇うには時間がなさ過ぎる。ならば、現地調達しようと考えたに違いない……辺境の村だが、アブルサム館があることによって、少なくない貴族がこの山を通過する。遠く離れた王都にまで噂はまわってきていないが、山賊が住み着いていても不思議はない。

きっと提示した金額にかかわらず、狙うのは雷龍《らいりゅう》隊の隊長フォーサイス・ダグリードだ、と告げた時点で男達はこの依頼を受けただろう。盗賊同士の結束は固い……数々の盗賊討伐《とうばつ》をしてきた自分は、彼らから強い恨みを買っている。

そこまで読んでいるとしたら、さすがはあのリユーノに気に入られ、角狼隊《かくろう》の隊長職を射止めただけはある。軟弱ではあっても、悪魔的な頭脳を持つ男なのだ。

ただ、それで易々《やすやす》と負けるほどフォーサイスも軟《やわ》ではなかった。筋肉隆々《りゅうりゅう》とした男達の大振りの剣を軽くかわしながら、フォーサイスは伸びた腕、軸足を斬りつけてその自由を奪っていく。右掌《みぎてのひら》の火傷に留意して、無闇やたらに相手の剣を受けることはしなかった。

そうしているうちに半刻もすれば、フォーサイスとユージィン以外にその場に立っている山賊はただ一人となっていた。

「ユージィン！　何とかしなさいっ、このっ……役立たず！」

当初の優位から一変、明らかな形勢逆転に、馬車の窓から顔を覗かせたゴーシャは金切り声で彼をなじる。屈辱的な言葉をぶつけられたユージィンも、やや余裕をなくして青白い表情を歪めていた。

「あんたの姫さんは随分と口が悪ぃんだな、旦那……だが、安心しな。この俺が残ってるんだ」

雇い主の窮地にもかかわらず、ゴーシャの言葉に笑い声を上げた男は、そうユージィンに投げかけてフォーサイスに対峙《たいじ》する。

フォーサイスよりもやや背の低いその山賊は、今まで相手にしてきた男達が小物に見えてしまうほどに、逞《たくま》しい身体つきをしていた。袖《そで》のない上着から覗く腕は岩のように硬く盛り上がり、無数の斬り傷をまとっている。

どうやら、この男がこの山の賊達の首領のようだ。

「誤解してもらっちゃ困るぜ、隊長さんよ。この傷は、他の奴らにつけられたもんじゃねぇ。みんな、てめぇでつけたもんだ……こいつを使いこなすためにな！」

フォーサイスの視線にそう答えるように言った男は、背負っていた得物を両手で抜き放つ。武器を目にした瞬間、フォーサイスの目がわずかに見開かれる。

「……曲剣、しかも双手の使い手か」

左右対称、両手に握られたもの……それは、半円を描くように大きく湾曲した両刃の剣だった。

湾曲した両刃はその切れ味に優れ、横薙《な》ぎにされれば盾さえも役に立たない。ただ、その特殊な形状から完全に使いこなせる者は少なく、実際に使う者に会ったのは、フォーサイスもこの男で二人目だった。

「俺はゴーデクス……あんた、ガレイアスって男を知ってるだろ」

ガレイアス……フォーサイスの頭の中で、とある男の姿が像を結ぶ。

「知ってるよな。あんたの汚ねぇ罠にはまって牢獄にぶち込まれて……奴はっ、兄貴は処刑されたんだ！」

激しい憎悪の咆哮《ほうこう》が、向かい合うフォーサイスにぶつかった。

ゴーシャとユージィンの妨害で一度取り逃がした盗賊の首領こそ、ゴーデクスの兄だったのだ。

投獄されたガレイアスの余罪は両手では足らず、その手にかけた人間は優に百人を超えていた……当然、極刑を求刑され、処刑には自分も立ち会った。それはガレイアス一人に限ったことではない。悪趣味だ、咎人《とがびと》の処刑など見て何が楽しいのだといつも問われたが、罪人とはいえ自身が捕縛《ほばく》したことによってその命を絶たれるのだから、最期まで見届けることは当然の責務、自分にとってのけじめだった。

あのギラギラと煮えたぎるような憎悪の視線は、今でも即座に思い起こせる……なるほど、確かに目の前の男ゴーデクスにはその面影があった。何とも皮肉な巡り合わせである。

「お前の兄は、己の欲望のためだけに老若男女関係なく多くの罪なき者を惨殺《ざんさつ》した。当然の報いだ」

ただ、いくら遺族である男に憎悪の目を向けられようと、自分がしたことの正当性がフォーサイスの中で揺らぐことはない。これからの戦いに影響するはずもなかった。

ガレイアスの曲剣は片手剣だったが、それでも卓越したものだった。双手剣を使いこなす目の前のゴーデクスは、さらに手強い相手に違いない。

「うるせぇっ！　兄貴の仇《かたき》だっ……！」

自分の正体を明かしても動揺を見せないフォーサイスに激昂《げきこう》したように、ゴーデクスは岩のような両腕を振り上げて突進してくる……彼は、紙一重で両の攻撃を避けた。

「……っ、……」

そのつもりだったが、切っ先はわずかにフォーサイスの腕を引っかけていた。生身までは到達していないものの、切り裂かれた雷龍隊《らいりゅう》の紋章でもある雷の刺繍に眉を顰《ひそ》める。普通の剣ではあり得ない軌道を描く曲剣、距離を読み間違えたようだ。

「どうだっ、てめぇなんぞゴーデクス様にかかりゃあっ……！」

「キャンキャンとよく吠えるな。袖《そで》を裂いた程度で満足するとは、随分とお粗末な奴だ」

表情をわずかに崩したことに対して喜色満面《きしょくまんめん》に言葉を投げつけてくる男に、フォーサイスは嘲笑《ちょうしょう》をその口もとに刻んだ……当然、怒気《どき》を誘うために。

「てめぇっ……！」

呆気なく逆上して放たれた二手を、今度こそ正確に避けた彼は、目の前の伸び切った腕に剣を振り下ろす。


「ぐぅっ……！」

「……くっ、……」


苦痛の声を漏らしたのは同時だった。フォーサイスが振るった剣は、目標通りゴーデクスが手首にはめた金属の腕環に接触していたのだが、負傷した手では自身にも小さくはない衝撃があり、それを受け止め切れなかったのだ。

甲高い音とともにその手のうちから弾かれた大剣は、クルクルと円を描いて飛ばされていった。

だが、ゴーデクスはその好機をどうすることもできなかった。

「腕ぇっ、俺の腕がぁあぁーーー！」

彼の手首は見る見るうちに赤黒く変色していく。それは明らかに骨まで至る怪我だ……自慢の曲剣を取り落としたゴーデクスは、地べたに倒れ込んでのた打ちまわる。

フォーサイスはしばらく自身の右手に走った激痛に耐えていたが、やや緩慢な動作で足元に投げ出された曲剣を取り上げた。

「……っ、しばらく大人しくしてろ」

「ぎゃあぁぁーーーっ！」

地を這《は》うような唸《うな》り声を上げている男を蹴り上げて上向かせ、フォーサイスは投げ出された両の腕の上から曲剣を手枷《てかせ》のように重ねて踏みつける。地中深く刃はめり込み、接触した腕輪は再び甲高い音を立て、男の腕を完全に拘束した。

「……次はお前だ、ユージィン」

フォーサイスはそう言うと、ただ自分達のやり取りを見ていただけの彼を見やる。

「それはどうだろうな、フォーサイス……怪我をしているんだろう？」

胸の悪くなるような狡猾《こうかつ》な笑みを返したユージィン。その手には、いつの間にか己の大剣が握られていた。ゴーデクスを拘束している間に奪われたようだ。

「……だったらどうした、お前の相手なぞ片手で十分だ」

フォーサイスは、主《あるじ》の手を離れたもう一方の曲剣を左手で掴《つか》んだ。

「そんな扱い辛い剣で何ができる、利き手でもない腕でっ……！」

ユージィンは嘲笑《ちょうしょう》を深め、フォーサイスの大剣で斬りかかってくる。

「そうだな、……だから手加減は期待するなよ！」

未熟なその攻撃を、フォーサイスは難なく受け止めた。利き手という言葉は、自分にとってはもう一方よりも優れているという程度の差異だ。利き手でなければ、剣を扱えないわけでもなかった。

弱冠二十三歳で雷龍《らいりゅう》隊隊長を拝命した自分。その手段は真実剣の腕のみ、目の前の男のように舌先で得た物ではないのだ。

たとえ利き腕をもがれても、使える手や足が残っていれば勝負を投げるな……それは、亡き父が自分に残してくれた言葉。

大剣だけでなく、武器も一通り使ってきた。その自分が、ユージィン・リファイスという悪知恵だけが取り柄の男に負けるはずがない。

「馬鹿なっ……！」

呆気なく剣を弾かれたユージィンは、激しい驚愕《きょうがく》から色を失う。

こんなはずでは、……こんなはずではなかった。

「ユージィン、お前に隊長を名乗る資格はない！」

フォーサイスはユージィンの空を掴《つか》む腕に向け、曲剣を横に薙《な》ぎ払う。

「あぁああぁぁーーーーっ！」

その腕から噴き出す血は、漆黒の礼装に降り注ぐ……金糸の雷は敗者の赤に染まった。

「もう二度と剣は握れまい。覚悟しておけ、王都に戻れば軍法会議だ」

その失脚を機に、リユーノの陰謀も白日の下に晒《さら》す……そこまで考えたフォーサイスの脳裏に、再びとある面影が過《よ》ぎる。

ブルーデンスはフカッシャー家の間諜《かんちょう》。すべての真実が明らかになれば、彼女も断罪せざるを得ないだろう。

「……っ、ぅおおぉおおぉぉぉ――――――！」

わずかな逡巡《しゅんじゅん》に囚われた背後から、耳をつんざくような禍々《まがまが》しい咆哮《ほうこう》が上がる。

弾かれたように振り仰ぐと、その先にはまるで幽鬼のようにゆらりと立ち上がったゴーデクスの姿……血塗られたその両手首から先は空間が抜け落ちたように消失しており、おびただしい血が溢れ出していた。

「……呪《のろ》って、やるっ……呪《のろ》ってやるぞフォーサイス・ダグリードっ！」

先のない手首で自身を指し示しながら、血を吐くような忌まわしい言葉を男は吐き捨てる。憎悪に燃えて赤く濁《にご》ったその双眸《そうぼう》は、その首を刎《は》ねられる直前の兄のそれに酷似《こくじ》していた。

「待っていろっ……その首、必ず俺が貰い受ける！」

一瞬呑まれそうになり、立ちすくんだフォーサイスに向けて死の宣告を吐き出すと、ゴーデクスは薄暗い木々の奥へ走り去っていった。

「……なっ、……？」

追いかけることもできずに木々の影に消えた背を見つめていたフォーサイスの傍らで、次いで正体不明の発光が起こる。

「ユージィンっ……！」

我に返ってそちらを見返すと、光の消滅とともに忽然《こつぜん》と姿が消えていた。

「スザーラかっ……！」

別名、飛翔石と呼ばれる転送機能を持つ魔導石スザーラ……どうやらユージィンはそれを隠し持っていたらしい。

「くそっ……！」

後一歩というところまで追いつめていながら、みすみす二人を逃してしまったことにフォーサイスは毒づく。

この手の負傷も、肝心なところで気を散らしたのも、すべて自分の失態……あまりの自身の愚かしさに腸《はらわた》が煮えくり返る。

それでも気を取り直して自身の大剣を拾い上げ、馬車まで戻っていった。

馬車の中には、蒼褪《あおざ》めたゴーシャが一人残っていた。観念したのではなく、目の前で繰り広げられた血塗られた惨劇に腰を抜かしてしまったらしい。

フォーサイスはそんな彼女の爪先の床に、大剣を突き立てる。

「ひぃっ……！」

「目を背けるな、よく見ろ！　これはお前が流させた血だっ、……お前のせいで六人の人間が死んだ。ガレイアスの殺した五人とユージィンが殺した御者、すべて何の罪もない人間だ！　……お前は生涯、その罪をアブルサムで悔いるがいい」

それだけ言って剣を引き抜き、元のように柄《さや》に収めると、フォーサイスは馬車の扉を固く閉じた。辺りを見まわせば、置いていかれたゴーデクスの手下が、フォーサイスから受けた手傷で逃れられず、怯《おび》えの表情を刻んでこちらの動向を窺《うかが》っている。さきほどの、まさに鬼神のような立ちまわりに抵抗する気は失せているようだ。

「後でリデルの国境警備隊を寄越《よこ》す……投降すれば、命まではとらない」

逃れようとすれば……そう含みを持たせて睨《にら》みつけると、皆次々に首肯した。首領のゴーデクスを欠けば、もはやただの烏合《うごう》の衆なのだ。

御者の遺体を一頭の馬車馬の背に滑《すべ》り落ちないようにしっかり縛りつけ、フォーサイスは御者台に座り、馬達に鞭《むち》を振るった……目的地アブルサム館まで、まだまだ油断できない。

＊　＊　＊

「……リユーノ様っ！　お願いです、開けて下さいっ……お助け下さい！」

実に平和なその日の昼下がり、フカッシャー家の玄関先で、ユージィンは激しく扉を叩いていた……その腕は、まだ血に塗《まみ》れたままだった。

ほどなくして開かれた扉の向こう、出迎えたのは使用人ではなく公爵夫人ティルディアである。

「リユーノは今、地階に。一体、何があったのですか……ひどい怪我だこと」

「奥方様っ、フォーサイスです！　奴にやられましたっ……！」

人形のような無表情で、その目に映ったままの事実と疑問を口にする彼女に、ユージィンは何とか関心を買うべく言葉を紡《つむ》ぐ。

「……フォーサイス様もお怪我を？」

「はいっ、利き手を傷つけました！」

ただの偶然まで己の手柄のように……彼は必死だったのだ。

「わかりました、とにかく処置を致しましょう……お入りなさい」

「ありがとうございますっ！」

首肯したティルディアにようやく安堵の表情を浮かべたユージィンは、屋敷の中にその足を踏み入れた……

7

いかに風変わりな風貌と衣装に身を包み、周囲を攪乱《かくらん》させるような言動をしていても、その実、国家から与えられた宮廷医の職務はきちんとこなすのがヒラルダという人間である。さらに表立って知られてはいないものの、主《おも》だった国々の情勢を把握し、その上層部との独自の繋がりまで持っているのは、かつて地上最強と謳われた魔術師としての人脈ゆえであった。

今このときも宮廷救護室で机に向かい、十数年来のつき合いのある魔法王国ガルシュの宰相ユーシス・バン・エセルヴァートに向け、彼《か》の新薬についての意見書をしたためていた。羽根筆は紙の上を澱《よど》みなく走り、ヒラルダの深い知識を刻んでいく。

「失礼しまぁす」

その集中力を途切れさせたのは、扉を叩く元気な音と変声期前の少年の声だった。

「あら、珍しいこと。殿下が前置きを下さるなんて……」

よく見知っているその闖入者《ちんにゅうしゃ》には訴えても無駄だと承知しているのか、羽根筆を置いたヒラルダは特段不機嫌な様子も見せずにその首を扉へと巡らす。

ただ、開かれた扉の外から入ってきた段違いの二つの顔には、思わず薄紫の双眸《そうぼう》を丸くした。

「……ちょっと、なんて組み合わせなのよっ……」

やや上擦《うわず》った声を上げると、二人の珍客のうしろで、扉は大きな音を立てて施錠される。さしもの最強魔術師も、この取り合わせは予想の範疇《はんちゅう》を超えていたようだ。

「ヒラルダにだけは言われたくないなぁ、僕」

雷龍《らいりゅう》隊隊員の制服に身を包んだ一方の人物は、背後をチラリと窺《うかが》った後、目深に被った覆面布を取り払い、見事な銀の髪と双眸《そうぼう》を晒《さら》す。何とも複雑そうな表情を浮かべるその隣で楽しそうに微笑んで口を開いたのは、えんじ色の腰位置の高いワンピースの上からフリルの可愛らしいエプロンをかけ、さらにその揃いとなっているカチューシャを頭にはめた三つ編みの侍女……に見える、この国の末の王子サザールだ。ちょこんとした鼻の頭のそばかすまで可愛らしい、どこからどう見ても健康的な少女の姿では、そうだと名乗られても到底信じられない。

「使用人用裏通路から宮廷内に侵入しようとしていた曲者《くせもの》……と、本来なら近衛師団員に引き渡すべきなんだけど、そうすれば僕の方が大目玉食らっちゃうんで。それにヒラルダを訪ねてきたって言うから、こうして案内してきたんだ。その方が間違いないしね」

てへ、という効果音が聞こえてきそうな笑顔で言ってのけた彼は、誰がどう見ても一番の曲者《くせもの》である。

「……了解、大体の事情は」

ヒラルダは珍しく、人間臭いため息を吐いて首肯した。

三人の王子のうち、もっとも父王であるリカルドの性格と気質を受け継いでいたのは、このサザール……それは、良い面も悪い面も含んでだった。王位継承に掠《かす》りもしない彼は、そのお陰で兄王子達に比べて幾分緩い警備の目をかい潜り、窮屈な宮殿を抜け出して城下町に降りることを最大の楽しみにしている。何とも無欲で気楽な性格の持ち主である。

そのための変装が一様に女装になってしまうのは、その年頃の少年にしては可憐過ぎる容姿を活かそうと考えたためか、お気に入りの宮廷医の影響なのか……それは、本人にしかわからない。

「じゃあ、殿下は目的の場所へ……彼女を無事にここまで連れてきてくれたことに免じて、今回は見逃しましょう」

城を抜け出すことを肯定するような物言いとともにヒラルダは椅子から立ち上がると、目の前にやって来た自身の主の息子の額《ひたい》に、いつかのようにチュッと音を立てて接吻する。サザールは一瞬呆気にとられたように立ちすくむが、次いで頬を本当の少女のように桜色に染める。

「あのさ、子供扱いしないでくれる？　……出てって欲しいんだね、僕に」

しかしながら、次に口にした言葉は子供じみた不平だった。

「子供とか大人とか関係なく、この世の中には無闇やたらに首突っ込んじゃいけないことがあるんです。たとえそれが、殿下でも」

「……わかった、貴方には嫌われたくないしね」

大げさに肩をすくめてため息を吐くと、その忠告のような言葉にサザールは頷《うなず》いた。ヒラルダは常と変わりない笑顔と声音ではあったが、それでもその言葉の重さは彼にもしっかりと伝わったようだ。

「じゃあ、ブルーデンス。貴女もいろいろ大変そうですけど、頑張って……僕、こう見えて人を見る目はあるつもりですから。あと、この件はお互いに他言無用で、貴女も怒られちゃうくらいじゃ済まないでしょ？」

そして、黙って二人のやり取りを見つめていた彼女を振り仰ぎ、まるで本物の侍女のようにスカートの裾《すそ》を摘んで可愛らしく一礼する。

「感謝致します、殿下」

ブルーデンスもそれに倣《なら》い、心臓の上に右手を押し当てる騎士の礼をとる……ここで出会った二人は、ただの侍女と騎士なのだ。

それを見たサザールはにっこりと微笑み、もとのように扉を開けて出ていった。彼が出ていくと、扉は再びカチリと音を立て、みずからを封印する。

「……そんなところに突っ立ってないで、お座んなさい」

少々気疲れしたように宙を仰いだ後、再び椅子に腰かけたヒラルダは、目の前を指し示す。すると、何もなかったその場所に、上等な肘掛椅子《ひじかけいす》が現れる。

「殿下をお止めしなくて、本当によかったのですか？　供をつけずに城下に降りるのは、あまりにも危険です」

「大丈夫、あの子は国王に似て頭のいい子よ。気配の消し方、周囲への溶け込み方も大人顔負けに熟知してる……秘密の守り方もね。大体、あの格好を見て漆国《しっこく》アイリスの王子殿下だってわかるはずないでしょ、心底侍女になり切ってるんだから……それに、監視ならちゃんとつけてるわ」

ヒラルダがポンッと軽く手を叩いて開くと、その両手の間には一匹の蝶が現れていた……彼《か》の人の双眸《そうぼう》にそっくりな文様を翅《はね》に刻んだそれは、小さな空間の中でしばらくの間、極彩色に輝く鱗粉《りんぷん》を振り撒《ま》きながら羽ばたいていたが、ほどなくして蝋燭《ろうそく》の灯が消えるようにフッとその姿を消した。

瞬時、ブルーデンスの表情が変わる。

「……随分と血気盛んね。似合わないわよ、ブルースちゃん」

腰に帯びてきた剣に手をかけた彼女に、ヒラルダはのらりくらりとした微笑みを浮かべ、件《くだん》の名で呼びかける。

「隊長に何をした、返答いかんではっ……」

「命に係わるようなことは何もしてないわ。からかったらなかなか楽しい朴念仁《ぼくねんじん》だけどね、敵対するのはつまらないもの……貴女にそんな風に嫌われたくないし」

即座抜き放たれた剣を鼻先に突きつけられながらも、その笑顔は揺るがない。

「そんな顔しないの、美人が台無しよ……ちょっと手に火傷したくらいで、死ぬワケじゃないんだから」

「……火傷っ？」

さらに続けられた言葉に、ブルーデンスは眉を顰《ひそ》める。

「……え？　そのことじゃなくて？　じゃあ、本当に何しに来たの？」

厳しい表情の中、訝《いぶか》るような表情に、ヒラルダは小首を傾げる。

「……だから、ハリュートに乗れなかったのか」

馬体にまとわりついていた極彩色の痕跡《こんせき》は、フォーサイスの手から付着したものだったのだろう……どういう理由からか、きっとヒラルダが仕《つか》わした蝶によっての手傷……火傷を負った彼には、その鱗粉《りんぷん》が残されていたのだ。自分の額《ひたい》に残されていたそれも、まるで呪《のろ》いのように顔を洗ってもなかなか落ちなかった。

そこまで考え、ブルーデンスはハッとする。

呪《まじな》い……舞踏会の夜に別れる前、そう口にしていたヒラルダ。

自分はただの媒介で、それを向ける者が他にいたのだとしたら……

「あのね、自分のせいじゃないかって考えてるんだろうけど、それは違うわよ。私がかけたのは、本当にただのおまじない。呪《のろ》いとかそんな物騒なもんじゃないわ」

「信用できない……まじないで火傷を負うなど、聞いたことがない」

自責の念を感じ始めているのを察知したらしいヒラルダの言葉に、ブルーデンスはそれでも頭を振る。目の前の魔術師が、フォーサイスを傷つけたことには変わりないのだから。

「……あぁー、もうっ！　らしくない嫉妬なんてするもんじゃないわね」

目の前の剣は相変わらず好戦的で、ヒラルダは甚《はなは》だ面白くなさそうに吐き出した。

「……嫉妬？」

「ええ、アタシはブルースちゃんも、ブルーデンスちゃんの貴女もどっちも好きだから……あの朴《ぼく》念仁《ねんじん》にただくれてやるには、あんまりにももったいなさ過ぎるじゃない。ちょっと意地悪したかっただけよ」

胡散臭い視線を送る彼女に、ヒラルダはサラリと結構な爆弾発言を落とす。

「……ふざけるなっ、馬に乗れないほどの火傷が、ちょっとしたことで済まされて堪《たま》るか！」

ただ、その告白が真実ブルーデンスの心を震わせることはあり得ない。自分のせいでフォーサイスが傷ついた、その事実だけでブルーデンスを激昂《げきこう》させるに十分足るものだった。

「本当に強力な恋敵だわねぇ、朴念仁《ぼくねんじん》のクセに……わかったわ。ブルースちゃんの気の済むようにしなさい、今すぐ私を殺してもいい。そうする資格も貴女にはあるんだし」

はい、と両手を広げて薄紫の双眸《そうぼう》を閉ざし、目の前の剣が振り下ろされるのを待つヒラルダ……

そんな反応をされるのは予想外で、ブルーデンスはまったくの無防備に見える相手に戸惑う。

「……貴方は、一体私に何をさせたい？　隊長に怪我をさせたり、勝手に記憶を覗いたり……」

「そうね、今のブルースちゃんに言ってもわからないわね。こっちにも蜘蛛《くも》の巣みたいな七面倒臭い事情があってね、気安く喋れないんだけど……ただ、貴女には幸せになってもらいたいだけなのよ」

目の前から剣を引かれた気配にゆっくりと瞳を開いたヒラルダは、その双眸《そうぼう》と同じ色の口もとに何ともいえないいびつな微笑みを刻む。

何を考えているかわからないのは同じだが、いつもの軽薄なそれとは異なる感情を乗せた表情に、ブルーデンスはなぜかさきほどまで胸のうちに渦巻いていた怒りの感情を持続できなかった。誰かを恨むことが苦手な自分に自己嫌悪を覚える……一体、何のために危険を冒してまでここにやって来たのか。

「フォーサイスはちゃんと帰ってくるわ、あいつの命運は簡単に立ち消えたりするほど軟《やわ》にできてない。信じて待っててやんなさい」

見方を変えたせいか、その言葉も視線に含まれる感情も……ひどく優しく感じるのは自分の思い込みだろうか？

「……貴方は、私にとって敵ですか？　それとも……」

彼の言うとおり手前の肘掛《ひじかけ》椅子に腰を落とすと、自然と問いかける口調もブルーデンスに戻っていた。

「今は貴女の主治医よ。できるだけのことはしてあげるわ。でも、この先はどうなるかはアタシにもわからない。アタシがブルーデンスちゃんを好きだと思っていても、どうしようもないことがあるのよ。蜘蛛《くも》の巣もね、綺麗な螺旋《らせん》を描いてたらいいんだけど……途中で切れてしまったらもうお仕舞い。どこに繋がってて、何が絡まっているのか……」

ヒラルダの言葉はひどく抽象的で、その意味は捉えがたいものだったが、それでも今、自分に対して害意を持ってはいないことは確かなようだ。

「……その先は、父と母に繋がっているのでしょうか？」

そして、何とはなしに呟《つぶや》いた独り言のような疑問。

「それ以上は訊かないことよ」

返された言葉にわずかに含まれる厳しい響きに気付く……ヒラルダと両親の間には、何かしらの因縁があるのだ。

「私がブルースから、ブルーデンスと名乗るようになった理由は、ご存じですか？」

「それは、貴女の頭の中を覗かなくてもわかったわよ。あの朴念仁《ぼくねんじん》と、……お兄様に関係することでしょ？」

騎士団に入り、角狼《かくろう》隊に所属していた時代、ストレイスは今ほどひどい状態ではなく、外出を控えて安静にさえしていれば、そこまで生活に支障をきたすものではなかった。それが急速に悪化し始めたのは、彼女が雷龍《らいりゅう》隊に入隊し、副隊長を任されるようになってからのことだ。今夜が山だといわれるような重篤《じゅうとく》な発作を起こすようになり、目に見えてその身体は痩せ細っていった。

だからこそ、ブルースは出自を知られる危険を冒してまでヒラルダのもとへ通い、兄を診てもらえないかと依頼していたのだ。

「あのときも言ったけど、アタシは騎士団時代のストレイスを知っているのよ。あの子はただの虚弱体質、命に係わるような病状ではないわ……ティルディアとリユーノが一服盛ってるとかなら話は別だけど」

「いくらなんでも、そこまでの真似はっ……」

「アタシだって、そう願いたいわよ。でも、やりかねないでしょ、おたくのお父様は。それに、ストレイスの発作がリユーノの仕業なら、彼を屋敷から遠ざけたらいいだけのことで、その方が簡単じゃない……って、そんな泣きそうな顔しないでちょうだい、こっちだって罪悪感ぐらい持ち合わせてんのよ」

自分の言葉に深く傷ついたような面持ちをしたブルーデンスに、ヒラルダは眉間に微小の皺《しわ》を刻む。

そうやって庇《かば》う両親に、自分が一体どれだけひどい仕打ちをされているか……この目の前に座る娘には、本当に自覚があるのだろうか？

「しようのない子ね……わかったわ、あの子を診てあげる」

「えっ……？」

ため息混じりに言った言葉に、ブルーデンスは瞠目《どうもく》した。

8

「……本当に、兄を診て頂けるのですか？」

騎士団時代、あれだけ頼んでも首を縦に振らなかったヒラルダの突然の心変わりに、ブルーデンスは再確認するように尋ねる。

「ええ、あの朴念仁《ぼくねんじん》にちょっかい出して、ブルースちゃんを怒らせちゃったお詫びにね」

貴女には嫌われたくないのよ、とヒラルダは嘆息《たんそく》した。

「それは、一体いつ頃に？」

兄の身体はもう限界に達している、一刻の猶予《ゆうよ》も許されないのだ……ブルーデンスの心は急《せ》いていた。

「貴女が望むなら、今すぐにでも」

「これからフカッシャー邸に行くのですか？」

驚いて尋ねたブルーデンスに、ヒラルダは微笑んで頭を振る。

「アタシくらいになるとね、わざわざ出向かなくても診察できるのよ。そんなに時間もかからないわ、……でもね」

一旦言葉を切り、笑みを消した薄紫の双眸《そうぼう》が、ブルーデンスの顔をじっと見つめる。

「その間、アタシの身体に絶対に触れないで欲しいの。目の前で何が起こってもよ？　できる？」

そして、続けられた言葉には何の冗談も含まれていなかった。

「はい、約束します」

もちろん、ブルーデンスは頷《うなず》く。兄のためなら、何だって耐えられる。

「了解、じゃあ診てあげる。……あと、どんな結果になってもちゃんと受け止めるのよ」

その真摯《しんし》な瞳は、本当にすべてをつまびらかにするつもりなのだ……さきほどのやり取りもあってか、ブルーデンスの脳裏に両親の姿が浮かぶ。いかに病身とはいえストレイスはフカッシャー家の長子、その命を縮めるような真似はしないはず……そうだと信じたい。

祈るような気持ちでブルーデンスが見つめる中、深く椅子に座り直したヒラルダは、組んだ足の上で両手を握り込んで、宙を仰ぐように顔を傾け、薄紫の双眸《そうぼう》を閉ざす。

「……っ、……！」

ブルーデンスは大きく息を呑む。

彼女の目の前で、ヒラルダの閉ざされた双眸《そうぼう》が、その下瞼《したまぶた》に塗られた光沢のある緑の縁取りが……

薄皮一枚となって、ベロリと剥《は》がれた。

剥《は》がれたかに、見えたのだ。

閉ざされたままになった瞳の上で、ハタハタと音もなく羽ばたいているのは、件《くだん》の極彩色の鱗粉《りんぷん》をまとった蝶……次いで唐突に現れた空間の裂け目のような暗い穴に、まるで飲み込まれるようにその姿を消した。

＊＊＊

隊長、副隊長揃って不在の今、留守を任されたのはチェイス……曲者《くせもの》揃いの雷龍《らいりゅう》隊は厳しい実力主義で成り立っており、強者こそ正義が常識の世界。彼はまだ年こそ若いが、二人に次ぐ剣の腕を持っている。

今日、雷龍《らいりゅう》隊はオレが引っ張っていくんだ！

そんな風に張り切っていたチェイスだったのだが……

「……何で、誰もいないんだ」

しっかり訓練をすっぽかされて一人、雷龍《らいりゅう》隊兵舎裏の訓練場に佇《たたず》んでいた。

せっかく鬼隊長とそれに次ぐ副隊長がいないのだ。連日厳しい訓練項目を課され、扱《しご》かれていた隊員達がこの機を逃すはずがない。仲間内で実力は認められていても、彼にはフォーサイスやライサチェック、除隊したブルースのような統率力、指導力が決定的に不足していた……人懐っこく素直な若者で、先輩隊員達からは総じて可愛がられていたが、言い換えれば、完全に舐められてもいたのである。

「はぁ、……俺だけでもやるか」

ため息を吐きながらも、腐らずに剣の素振りを始めるチェイスだった。


「チェイス様ーーっ！」

件《くだん》の舞踏会ですっかり耳に馴染んだ声の持ち主が、自分に向かって兵舎の方から駆けてきた。翻《ひるがえ》るスカートをものともせずに走る彼女の剣幕が、ここにやって来た用向きがかなりの緊急事態であることを告げている。

「……、ファティマ姫っ……？」

オレ、また何かやっちまったか？

この前の失態も記憶に新しいチェイスは、上官の妹姫の突然の出現に首をひねる。

「力をお貸しくだ……、えぇっ……？」

そのままの勢いで彼の前までやって来たファティマは、息を整える時間さえ惜しいと息急《せ》きながらもその口を開いたのだが、真正面から見たチェイスの出で立ちにギョッとしたような声を上げる。

「……あぁー、例の件でフォーサイス隊長から科された軍罰の一つです。母上と姉上に卒倒されて、兄上達には小言を言われましたけど、今の季節は結構楽でいいんですよ、涼しいし」

積年の恨みから周りが見えなくなっていた自分は、目の前のファティマまで巻き込んで、尊敬するかつての副隊長ブルースの妹姫ブルーデンスに重傷を負わせてしまった。そんな大失態から、除隊処分さえ覚悟していた自分にフォーサイスが告げた軍罰は、頭を丸めろという驚きの内容。

美しく手入れされた長い髪は、貴族の象徴といっても過言ではない。フカッシャー家の当主だったブルースも両親が切らせてくれないのだ、と腰まで伸ばしたそれを三つ編みにしていたが、この手に取りたくなるくらいに美しかった。フォーサイスも長くはないが見事な漆黒の髪をきっちりと撫でつけており、どんなに激しい立ちまわりをしても、決して乱れない。彼に熱を上げる姫君達からは、それが閨《ねや》の闇の中で乱れる様を見てみたいものだ……といった、何ともはしたない噂話も出るくらいだ。

いかに女嫌いの隊長とてその身体機能は至って正常なのだから、男の衝動に駆られることもあるだろう……と、以前、任務上がりに隊員達で城下の酒場で酌み交わしていたとき、したたか飲み過ぎたらしいライサチェックがざっくばらんに訊いたことがあった。いくら気さくなフォーサイスといえど、その出自はアイリスでも一、二を争う名家ダグリード侯爵家。あまりにも下世話な質問に一瞬にして周囲は凍りついた。

しかし、手強い相手と打ち合った後は、昂《たかぶ》った身体が鎮まらず娼館に赴《おもむ》くこともある、とさして気にした様子もなくフォーサイスが答えたのは、誰にとっても意外だった。まともに返ってくると思っていなかった返答に、ライサチェックは瞬時に酔いが冷めたように絶句していたが、お前が訊いたんだろう、と彼はさらに続けた。

別にそうそう衝動を覚える性質《たち》ではないので、馴染みも作らないし、とくに店も選ばない。お互

いに仕事と割り切っているし、ましてやフォーサイス・ダグリードがこんな場所に来るはずがない
と思い込んでいるから危険もなければ、何の後腐れもないのだ、と……

今夜はえらく饒舌《じょうぜつ》だ、と思ったら、その鋭い目が据《す》わっていることに気付く。それまで静かに杯を重ねていたため誰も気付かなかったが、どうやら鬼隊長殿も珍しく悪酔いしているようだ。内容の衝撃度はさて置き、この人も人間なんだな、と変な感動を覚えた。そこへ彼の忠実な副官ブルースが、「個室とはいえ、場所と自分達の身分をわきまえなさい。酒に飲まれ過ぎです！」と、酔っ払い二人にその威力に定評のある掌打を加減なく見舞い、ようやく事態は収拾されたのだ。

酔いも手伝ったのだろうが、フォーサイスを秒殺でその足元に沈めた彼だけには、決して逆らうまい、という思いが、二人を除いた隊員達の間に生まれたことは言うまでもなかった。

そして、チェイスがブルースに対して尊敬の念を抱くようになったのも、その一件が大きかった。

「……もう、生《は》えないのですかっ？」

思い出の中の衝撃に一瞬気を飛ばしていたチェイスだったが、ファティマのそんな言葉で現実に引き戻されて、噴き出す。

「そんな風にっ、笑うことないじゃありませんの！」

「……っ、……すみません、そんな素朴な心配をして下さった方は初めてだったので。大丈夫です、半年もすればもとの長さになりますよ」

きっと初めて見たのだろう自身の坊主頭を心配してくれる彼女が随分可愛らしくて、こんなときではあったが、温かな感情が生まれてくる。

「毎朝寝ぐせに悩まされていたから、オレはずっとこれでもいいと思ってたんですが、ファティマ姫がお嫌でしたら伸ばします」

そして、正直な心境を彼女に告げた。

「……っ、……貴方、からかってらっしゃるの？」

すると、ファティマの雪のような肌がパッと薔薇《ばら》色に染まる。ダグリード家にちなんで薔薇《ばら》の姫と呼ばれているファティマ。普段の勝気な彼女も十分美しいが、どこか恥じらうような今の姿はチェイスの目にも格別愛らしく映った。

「何のことですか？」

しかしながら、口にした言葉の意味がわからずに尋ね返す。

「……私のために髪を伸ばすなんて、まるで口説かれているように聞こえるじゃありませんの」

「えぇーっ？　誤解ですよっ、下心なんて一切ありません！」

伏《ふ》し目がちに語られた言葉に、チェイスはブンブンと頭を振って否定した。

「そこまではっきり否定するのも、私に対して失礼でしょう！」

けれど、それも怒られてしまう。ご婦人の気持ちは何と難しいのだろう……チェイスは頭を抱えたくなった。

「申し訳ありません……あの、ところで今日はどう言った用向きで？」

わけがわからないなりに謝罪しながらも、彼はすっかり機嫌を損ねた様子のファティマにそう尋ねる。

「あっ、そうでしたわ！　無駄話をしている場合じゃありませんのっ、ブルーデンスお義姉様がいなくなったのです！　すぐに戻られると書き置きがあったのですけれど、たったお一人でどこかに行かれてしまってっ……」

「えっ……！」

思い出して蒼褪《あおざ》めたファティマに、チェイスも瞠目《どうもく》する。

尊敬するかつての副隊長ブルースの妹姫ブルーデンス……彼女には、いずれ改めて謝罪に行くつもりだった。自分は彼女にも、その義兄ブルースにも何一つ恩を返せていない。

「心当たりはっ？」

「もちろん、フカッシャー邸には最初に参りましたわ……でも、戻っていないそうですの。オルガイムから来られたばかりのお義姉様には、そちら以外に行くところはないはずですのにっ……お兄様も今は王都にいませんでしょう？　使用人達も総出で近くを探してはいるのですが、もう、一体どうしたらいいか……！」

「何か、いなくなる前に話はしていませんでしたか？　どんな些細《ささい》なことでもいいので、思い出して下さい」

チェイスの言葉に、ファティマは前日の義姉の様子を思い出そうとする。

見舞いに贈った薔薇《ばら》を花瓶に活けていた彼女。自分の不用意な一言で知るところとなった、義兄ブルースへの劣等感にも似た感情……その後、気にする自分を気遣った彼女によって、その話は逸《そ》らされたのだが。

「……あっ」

「何か思い出したんですかっ？」

小さく声を上げたファティマに、チェイスは身を乗り出すようにして尋ねた。

「宮廷医のヒラルダ様に、腕の傷を診せるよう言われていたと……」

「あの魔術師にっ……？」

「お兄様が、絶対に一人で向かわせるなとおっしゃっていたのです」

言葉を続けながら、ファティマの顔色はどんどん悪くなっていく。

「……一緒に行って下さいますか？」

「当然です、貴女一人を行かせられるはずないですよ！」

なぜか控え目に問うてきた彼女に、チェイスは大きく頷《うなず》いた。

＊　＊　＊

極彩色の蝶がその姿を消してから半刻は経った頃、ヒラルダの微動だにしなかった身体に異変が現れた。

歯を噛みしめているのか、瞼《まぶた》の下と同じ色の唇が歪み、額《ひたい》には大粒の汗が浮かび始める。

「……えっ……？」

それまで言われた通りに静観していたブルーデンスだったが、その次に起こった変化には思わず声を漏らしてしまった。

固く閉ざされた瞼《まぶた》の下から、涙のように血が流れ落ち始めたのだ……その流れは留《とど》まることを知らず、目頭から眦《まなじり》にかかる緑の縁取りを覆《おお》い尽くし、まるで滝のように後から後から溢れ落ちる。

ブルーデンスは思わず椅子から立ち上がってその手を伸ばしたのだが、ヒラルダの身体に触れる一歩前で思い留《とど》まる。


『アタシの身体に絶対に触れないで欲しいの。目の前で何が起こってもよ？　できる？』


その言葉が脳裏に蘇《よみがえ》ったのだ。

今、ヒラルダの身には何が起こっているのだろうか？

固唾《かたず》を呑んで見守るブルーデンスの視線の先で、ヒラルダの流す涙のような血は後から後から流れ続け、頬を伝い落ちては床に血溜まりを作る。

一体今の状況がいつまで続くのか……焦燥感《しょうそうかん》に駆られ始めた頃、ようやく新たな局面が現れた。

甲高い音を立てて何もない宙が突き破られると、現れた蝶がその翅《はね》にまとっていたのは、極彩色の鱗粉《りんぷん》ではなく、燃え上がる焔《ほのお》であった……それでも蝶は躊躇《ちゅうちょ》せずに、血を流し続けるヒラルダの閉ざされた双眸《そうぼう》の上に留まる。

「……くっ、……！」

その瞬間、ヒラルダは苦痛の声を漏らし、膝《ひざ》の上で組んでいた両手で焔《ほのお》に包まれた蝶を双眸《そうぼう》の上に押さえつけた。焔《ほのお》の代わりに手の内側からは白煙が上がり、肉が焦げるような嫌な臭いが鼻を突く。

「……ヒラルダっ……？」

「……まだだっ、触れるな！　捕まるぞっ！」

その肩に手をかけようとしたブルーデンスに、彼の口からは地を這《は》うような制止の声が飛ぶ……

その常ならぬ鋭い声音にビクリと肩を震わせて固まった彼女の前で、荒く肩で息を繰り返したヒラルダは、ゆっくりと両の手を外して顔を上げた。

血に洗い流された凄惨《せいさん》な面差しに、思っていた火傷の跡は見られず、薄紫の双眸《そうぼう》が戻っている。

「ヤダヤダ、美人が台無しっ……ごめんなさいね、驚かせて」

そして、常の口調でおどけたように言うも、その疲労の色は隠しようがなかった。

「ヒラルダ……大丈夫なのですか？」

「……まあ、何とかね。貴女は……大丈夫かしらね？」

頬にこびりついた血糊《ちのり》を拭《ぬぐ》いながら、ヒラルダは逆に問う。

「兄のこと、わかったのですね……」

「ええ、まあ……隠し立てしても仕方ないから、はっきり言うわよ」

前傾姿勢で椅子に座り直した彼の表情は、いま一つすっきりしているとは言い難く……スッ、と周囲の空気が冷え込んでいくような感覚に、ブルーデンスは囚われる。

「諦《あきら》めなさい、ストレイスの命運は尽きてる。残念だけど、あの子はもう助からない」

努めて感情を削《そ》ぎ落としたような言葉は、ブルーデンスの心を……これでもかと切り刻んだ。

9

「……嘘、だ……そんなのっ」

ブルーデンスはそうすれば真実も覆《くつがえ》る、というように頭を振る。まだわずかに血を流すヒラルダの双眸《そうぼう》は、そんな彼女を慰《なぐさ》めるでもなく静かに見つめていた。

「兄は虚弱体質で、死に至るような状態じゃないといったのは貴方じゃないですかっ……！」

「そうね……でも、それもブルースちゃんが雷龍《らいりゅう》隊に入る頃まではだったみたい。私だってすべてを把握できるワケじゃない、こんな急激な変化は読めなかったわ」

非難する響きになってしまった言葉に、頭を振る。

「だったらっ……新薬を、サクリファの薬を使えばっ……！」

「ユーシスの作った奇跡の妙薬ね……でも、あれは効かないのよ。丁度さっき彼に向けて新薬の効用に関する意見書を書いていたんだけれど、サクリファも万能じゃないの。あれにできるのはせいぜい、もともと備わった治癒力を倍増させるくらいのこと。それも多用すれば中毒を起こして、廃人になってしまう。命を生み出す薬なんて、この世界には存在しない……死者が蘇《よみがえ》るなんて、そんな都合のいいことは起こらないのよ」

一縷《いちる》の望みをかけていた言葉も、彼《か》の人は一蹴《いっしゅう》した。

「……嘘、嘘っ……生き返ってるじゃないですか！　前の戦争で一度死んだ私達はっ……」

十八年前に終結を迎えた前の戦争……壊滅状態に陥《おちい》ったエリアスルートが、サクリファの生み出す魔力によって命の息吹を取り戻したのはあまりにも有名な話だ。

「今とでは状況がまったく違うのよ。あのとき、クラウディア皇帝もサクリファもただの媒介を務めただけ……実際に力を振るったのは、冥府の王バリュファスよ。サクリファと魔術師の力だけで、人の生き死にをどうこうできるものではないわ。奇跡は一度きり、それも神の手によって。人間が自分達の命の長さを決めるなんてあってはいけないことなのよ」

そんな馬鹿なっ……だったら、自分は一体何のために？

ブルーデンスが縋《すが》っていた最後の希望も粉々に打ち砕かれる。

「ブルースちゃんが今できることは、ストレイスをあの屋敷から遠ざけることよ」

「……そうすれば、助かるのですかっ……？」

「それは無理よ、何度も言わせないで……あそこにいたら、消えかかった命を利用されるだけ。貴女のためにもストレイスのためにもならないわ」

自分には、本当に何もできないのか……？

その命を守るため、必死に保っていた自分が崩壊していく。

「……お願いだから、泣かないでちょうだい。私の屋敷につれて来ればいいわ、あの子も侍女も。最後まで面倒をみてあげる」

ヒラルダは、静かに涙を落とし始めたブルーデンスに向けて手を上げたが、己の血に塗《まみ》れたそれが目に映ってか、頬へ到達する前に力なく下ろされる。

「考えて、決めなさい……時間はそこまで残されてないんだから」

彼は、自分を甘やかすような言葉は口にしなかった……きっと、それが真実で慰《なぐさ》めは何の解決にもなり得ないから。

「……っ、……ヤダ、うるさいのが来るわよ」

しばらく涙を流す彼女をただ見つめていたヒラルダだったが、何かを察知したように扉の方へ視線をやると、面倒臭そうに舌打ちをした。

「お子ちゃま達がここを嗅ぎつけたようね、今日はこれで帰りなさい……っと、その格好じゃマズいわ、まだフォーサイス達にはバレたくないでしょう……着替えてもらうわね」

さっさと頭を切り替えたようにヒラルダは立ち上がると、その手をブルーデンスの顔の前でひと振りする……すると、漆黒の雷龍《らいりゅう》隊の制服は、フリルの多い淡い紫色のドレスに変わる。変化に驚いて涙も止まったブルーデンスの右の腕を、血糊《ちのり》が消えて何事もなかったような顔をしたヒラルダが今度こそ掴《つか》んだ。

「ブルーデンスお義姉様、ご無事ですかっ……！」

その直後、切羽詰まったような声を上げながら、けたたましい足音とともに扉が開け放たれる。

「……ちょっとアンタ達、一応アタシは医者なのよ」

人聞きの悪い……宮廷救護室の中に飛び込んできたファティマとチェイスを、ヒラルダは軽く睨《ね》めつけながら言った。

「それ以上動くな！」

「まあっ、腕なんて取って、お義姉様に何をなさってるんですのっ！」

「診察に決まってるでしょ。ここは救護室よ、少し静かになさい……うしろの坊やも、剣なんて振りまわしたら承知しないわよ」

どうしたらいいかわからずに固まってしまっているブルーデンスの腕を解放し、気色ばむ二人に釘を刺したヒラルダは、背を向けて執務机の引き出しを開ける。

「もう包帯巻かなくていいわよ。あいつの処置もよかったから、跡は残ってもほとんどわからないでしょ……ブルーデンスちゃん、今度からちゃんと断ってから来なさいよ」

「……これは？」

そう言いながら手渡された紙袋に、ブルーデンスは小首を傾げた。

「火傷の湿潤治療用の被覆《ひふく》材よ。前に来たときに渡そうとしてたんだけど、あいつ意地張っちゃってね……あんな朴念仁《ぼくねんじん》でも、今後使えなくなるとマズいしねぇ」

ブルーデンスはヒラルダの真意がわからず、その双眸《そうぼう》を見つめる。

フォーサイスを傷つけたのは、目の前のこの極彩色の魔術師だ。その理由は嫉妬だといったが、実際のところはわからない。味方なのか、敵なのか……確かな言葉も与えてくれない彼への疑念が渦巻く。

「あんまり可愛い顔で見つめないでちょうだい、我慢が効かなくなるから」

そんなブルーデンスの気持ちを見透かしていて、あえてはぐらかすように軽口をきく。けれども軽薄な笑みに紛れて確かに注がれる慈愛《じあい》に満ちたその薄紫に、懐かしさに似た感情を覚えるのはなぜだろう？

幸せになって欲しいといったヒラルダ。けれどフォーサイスを傷つけたり、兄を救えないとも言ったりする……自分に信じて欲しいのだろうか、それとも、いっそ憎まれたいのか。

「破廉恥《はれんち》ですわっ、お義姉様はフォーサイスお兄様の婚約者ですのよっ！」

悲鳴に近い高音で言ったファティマが、ブルーデンスの肩を掴《つか》んで自分達の方へ引き戻した。

「しっかりして下さい、ブルーデンス様。何もされてませんかっ？」

さらに、彼女をその背に庇《かば》うように立ったチェイスも、剣の柄《つか》にその手をかけながら、油断なくヒラルダを睨《にら》みつけている。

「また、アタシのことを変質者みたいに……失礼な子達ね」

「……あの、本当に大丈夫ですよ？」

ブルーデンスも、遅ればせながらヒラルダを擁護《ようご》する言葉を口にした。

「お義姉様もお義姉様ですっ、不用心にもほどがありますわ！　一人では駄目だと、伝えましたわよねっ？」

「大体、城にはどうやって入ったんですかっ？　ブルーデンス様の登城記録はないといわれて、門番と押し問答してしまいましたよ」

「……申し訳ありません」

話の矛先を自身に向けられ、不法入城を犯しているブルーデンスは口を噤《つぐ》んでしまう。

「ハイ、ハイ、ハイっ！　そういうのは帰ってからにしなさい。ここはアタシの執務室、こっちだって仕事あんよ。坊や、アンタだって訓練抜け出してきてんじゃないの？」

パンパン、と両手を叩いて言ったヒラルダの言葉が、ブルーデンスへの二人の追及を一時停止させた。

「……あっ、そうだった。兵舎、空になってる」

緊急事態に何もかも放り出してきたチェイス。自分以外の隊員も、誰一人出勤してきていなかったことを今さらながら思い出したのだ。一体ブルーデンスとの間にどういうやり取りがあったのか、ヒラルダに問い質《ただ》したいのはやまやまだが、いつまでも持ち場を離れているわけにはいかない。

「とにかく戻りましょう、お義姉様。……皆、本当に心配しているのですよ」

そして、ファティマにその腕を取られ、真摯《しんし》な表情で言われると頷《うなず》かざるを得なかった。急《せ》かされるままに扉から出ていく直前、ブルーデンスはヒラルダを振り仰ぐ。

「……急いで。アタシにはそれしか言ってあげられない」

何を考えているのかわからない顔に一瞬だけ鋭い色を浮かべ、閉ざされる扉の隙《すき》間からそんな声を送り出した。

「……つぅっ、……」

完全に扉が閉じると、ヒラルダはそのまま崩れ落ちるように椅子に座り込み、両手で顔を覆《おお》う……その指の隙間《すき》からは、再び血が滴《したた》り始めた。

「……これで、二人殺したっ……」

自嘲《じちょう》するような声を漏らした後、魔術師はひとしきり肩を揺らす。それは笑っているのか、泣いているのか、苦痛に耐えているのか……それとも、そのすべてか。

「……頼むから……三人目にはなるな、ブルーデンス」

苦痛を帯びた声音に、その手を伝い落ちる血は、まるで涙のように見えた……

＊　＊　＊

フォーサイスが屋敷に戻ってきたのは、実に八日ぶりのことだった。

ユージィン、ゴーデクスを取り逃がした後は何事もなくアブルサム館に到着し、責任者である修道女にゴーシャを託すことができた。不幸にも命を落としてしまった御者の遺体と馬車をトゥリース邸に戻して顛末《てんまつ》を説明し、一応の事態の終結を迎える。いずこかに去った二人のことが気にかかりはするものの、それよりも彼の心を占めていたのは眠り姫ブルーデンス。

さすがにもう目は覚めただろうか、腕の傷はまだ痛むのだろうか……とにかく、自分にできることは真摯《しんし》に謝罪することだけだ、と決意を固めていたのだ。

二人の間には、対話が必要だ。

ブルーデンスがその姿に偽りなく、善良な娘であることはもはや疑いようはない……そんな彼女が、フカッシャー夫妻の薄暗い陰謀に喜んで加担しているとは到底思えなかった。鞭《むち》打ちまで受け、逆らえざる弱みを握られて諾々《だくだく》と従う他なかったのだと、今はそう思う。

ブルースの行方は何一つ掴《つか》めていなかったが、何も語らず一人耐えているブルーデンスを捨て置くことなど、もう不可能だ。己が強《し》いた鬼畜の所業に対する償《つぐな》いだけでなく、ただ彼女を救いたい……自分を突き動かすこの得体の知れない感情の正体は何なのか、今もって謎ではあったのだが。


「……いなくなった？」


だから、家令から受けた報告には、驚きを通り越して背筋が凍りつくような衝撃を受けた。

自分が屋敷を出て次の日に目覚めたというブルーデンス。その後、目を見張るような回復を見せて、皆が安堵した矢先の出来事だったらしい。初対面からのあからさまな態度に加えて此度《こたび》の事件、普通ではあり得ないことが続き、さしもの彼女もこれ以上この屋敷に、自分の婚約者としてい続けることに堪《た》え切れなくなったとしてもおかしくはない。

「フカッシャーの屋敷に戻ったのか？」

「いえ、そちらには戻っていないと……ファティマ様も、皆で方々手を尽くしてお探ししているのですが」

オルガイムから来たばかりのブルーデンスは、フカッシャーとこの屋敷以外に居場所などないはずだ。

傷を負った身体で一体どこに行ったというのか……嫌な予感しかしない。

フォーサイスは脱ぎかけた礼装の上着を再び羽織ると、即座に踵《きびす》を返したのだが……

「……ファティマ……？」

扉を開けた先には、丁度馬車のステップを降りてくる妹の姿があった。

そのうしろに続くのは……

「……、当主様っ……？」

起きて、立っているブルーデンスが、驚いたように自分の姿を認めて言った。

最後の記憶ではやつれ果てていた彼女。今の姿は倒れる以前と変わらない……否、わざと隠されていた面差しは晒されていたのだが。

「……お怪我をっ？」

すべてが突然過ぎて絶句していたフォーサイスに、ブルーデンスの表情が変わる。その視線は、ゴーデクスに曲剣で切り裂かれた上着の袖《そで》に注がれていた。

「……いや、これは……」

伸ばされた指先に、ヒラルダのまじないを思い出して一瞬身を固くしたのだが、その手に触れられても覚悟したような事態は起こらなかった。

眠り姫に触れられるのは王子だけ……そう言った極彩色の魔術師の真意は謎だが、ブルーデンスが目覚めた今は発動しないというような仕掛けがあるのだろうか。

「……無理をなさらないで下さい」

切り裂かれたのは上着だけだと確認したらしく、彼女は安堵したように、それでも辛そうに言ったのだが……

「お義姉様がおっしゃっても、何の説得力もありませんわ」

傍らのファティマは、ひどく不機嫌そうに口を開く。

「駄目だとお伝えしていたのに、宮廷医に会いにいくだなんてっ……！」

「……申し訳ありません」

続けられた非難の言葉に項垂《うなだ》れるブルーデンスは、きっと王城ディオランサから戻って来る途中にも散々に責められていたのだろう。

「一人で城に行ったのかっ？」

そんなことよりも、フォーサイスはその事実に瞠目《どうもく》する。

どうやって城の中に入ったのかはさて置き、ブルーデンスへの執着を隠そうともしないヒラルダ、この二人の間には一体何があるのか……あれだけ自分を責めていた彼が、みずから飛び込んできた彼女を、どうして易々《やすやす》とファティマに引き渡したのか？

「当主様……あの、これを頂いて参りました」

「……何だ？」

差し出された紙袋に、フォーサイスは怪訝《けげん》そうに眉を顰《ひそ》める。

「火傷の湿潤治療用の被覆《ひふく》材だと、ヒラルダが」

再び衝撃を受ける。自分が彼女のために負った傷を知られていることにではなく、ブルーデンスが彼の名を呼び捨てたことに。

「奴は、一体何を知っている？」

謝罪したい、できることなら守りたい……直前まで脳裏を占めていたはずの感情、その何もかもが抜け落ちて、厳しく詰問《きつもん》するような言葉が口を突く。

「……お兄様？　そんなこと、まずは中にっ……」

突然、その身に氷をまとったかのようなフォーサイスの豹変《ひょうへん》ぶりに、ファティマが慌てて口を挟もうとする。

「答えろ、お前の目的も……何が目的でこの屋敷に来た」

ファティマをいなし、彼はさらに続けた。

「……私はっ……」

ブルーデンスの顔に、微かに怯《おび》えの色が浮かぶ……以前のように厚い化粧をしていては、わからなかったもの。ずっと探している副官に酷似《こくじ》した顔が刻んだそれに、心が散り散りに乱される。

「本当は知っているんだろう、ブルースの所在も……」

見開かれた銀色の双眸《そうぼう》、蒼褪《あおざ》め、小刻みに震え始める彼女に、わずかに理性が戻る。

自分は、一体何に苛立《いらだ》っている？

「……ブルース、ブルース……皆、そうなのですね」

ひどく硬い声音が、言葉を吐き出す。

「ブルースは完璧！　雷龍《らいりゅう》隊の副隊長を任され、当主としても申し分ないっ……それに引きかえブルーデンスは！」

「……お義姉様？」

明らかに様子のおかしいブルーデンスに、ファティマは不安げに呼びかける。

しかし、彼女の激白は留まらない。

「何の価値もない、必要ないっ……ずっとそう思っていたのでしょうっ？　貴方も！」

まるで吐血しているようだ……フォーサイスは激昂《げきこう》して言葉を吐き出すブルーデンスに、何も返せなかった。

「私はブルーデンスですっ、ブルースにはなれません！　だからもう、放っておいて下さいっ……」

「ブルーデンスっ……？」

身を翻《ひるがえ》して駆け出そうとしたその腕を、フォーサイスは咄嗟《とっさ》に掴《つか》んだ。

瞬時に、その手がいつかのように業火に包まれた。

「きゃあぁっ、お兄様っ！」

ヒラルダのまじないを知らぬファティマは、突然の発火に悲鳴を上げ、兄の身に縋《すが》る。

「……くっ、……！」

弾かれたように灼熱《しゃくねつ》の焔《ほのお》に阻《はば》まれた手を離すと、ブルーデンスが驚愕《きょうがく》したように自分の焼け爛《ただ》れた手を凝視していた……我が身を焼いた焔《ほのお》が彼女の身には何の害ももたらしていないことを確認し、フォーサイスはわずかながら安堵を覚える。

「ヒラルダ、が……？」

彼の魔術師のまじないは、完全には消え去っていなかったようだ……一体、何をきっかけに発動するのか。

「気に病む必要はない、俺の咎《とが》だ。お前のせいではない」

彼女は何も知らなかったらしい。震える声に頭を振るが、大きく見開いた銀の双眸《そうぼう》からは涙が溢れ出した。

「……お願いですからっ、……私は何も望みません、だから貴方もっ……！」

「お義姉様っ……！」

今度こそ駆けていくブルーデンス……呼びかけたファティマは、それでも兄の身を案じて追ってはいけなかった。フォーサイスは彼女が駆け込んだのが屋敷の中であったために、追うことはしなかった。

否、できなかったのだ。

『私は何も望んでいない。だから、お前も私に何も望むな』

初対面で自分がブルーデンスにかけた言葉……こんなにも胸抉《えぐ》られるものだとは、知らなかった。

＊　＊　＊

そのまま自室に籠もってしまったブルーデンスは、その後、誰の呼びかけにも返事を返さなかった。彼女と義兄ブルースの間に何があったのか、フォーサイスにはわからない。ただ、その口ぶりからは、酷似《こくじ》したその容姿のために長年にわたって比較されてきたのだろうということが知れた……もしかしたら、その素顔を隠していたのも、彼と会ったことがないといったのも、理不尽な比較をされたくなかった気持ちからで、それ以上の理由はなかったのかも知れない。

一人娘だったと聞くブルーデンスの亡き両親は、男児を欲していたのだろうか……あれだけ完璧な淑女はそういないというのに。

フカッシャー家も、意に添わないブルースを簡単に切り捨てた、どうにも二人の両親は我が子への要求が苛烈《かれつ》過ぎるようだ。

そんなことよりも今重要なのは、彼女の心をこの掌《てのひら》で粉々に壊してしまったこと、どうすれば償《つぐな》えるのかということだった。

伝えたかったのは、謝罪の言葉だったはずなのに……口を突いて出たのは恫喝《どうかつ》のような詰問《きつもん》。

フカッシャー家の間諜《かんちょう》であるとか、そんなことは関係なく、言う必要のなかった言葉。

ブルースの所在なら、フカッシャー公爵夫人から訊いたというファティマの口から、翔国オルガイムにいることを知らされていた。ブルーデンスの素性を調べさせるため、オルガイム入りをさせているライサチェックにも、すでに早馬を走らせている。

自分に対して初めて感情を露《あら》わにしたブルーデンス……それが拒絶だったことが、なぜこんなにも苦しいのか。

灼熱《しゃくねつ》の焔《ほのお》にこの手を焼かれたことよりも、銀色の双眸《そうぼう》が落とした涙の方が、どれだけ苦痛だったか。

この胸に渦巻く極彩色の魔術師への怒りは、一体何なのだろう。

——当主としか自分を呼ばない彼女が、当然のようにその名を呼んだことが……まさしく地獄の業火で焼かれるほどに嫌だった——

＊　＊　＊

自分のせいで、二度も傷つけてしまった。

ヒラルダに会いにいったことが、彼のためだったことを知られるわけにもいかず……浅はかな振る舞いで、たくさんの人を動揺させたことを後悔している。

あのまじないが、あんな風に発動するなんて思いも寄らなかった。きっと暴走した自分の心がフォーサイスを退けることを望み、まじないがそれに応えたのだ。

両親から散々に言われてきた言葉……生まれ落ちたそのときから、本当にブルースであればよかったと。ブルーデンスには何の価値もないのだと。

望まれているのは仮初《かりそめ》の自分で、本当の自分は誰も認めてはくれない。

割り切っていたのに、受け入れてきたのに。

なのに、フォーサイスの口からそれが語られることに堪《た》えられなかった……この顔を見ながら、彼が求めているのはブルースただ一人。

貴方が求める完璧な副官ブルースはもうどこにもいない、死んでしまったんだと叫びたかった。

何て醜《みにく》いのだろう、自分は。兄の命が今にも消えそうなこのときに、そんな無意味な嫉妬に駆られるだなんて。

――そんな目で見ないで欲しい、私にブルースを重ねないで……「私」から「俺」に、その口調が変わった貴方が堪《たま》らなく嫌だった――

＊　＊　＊

己の浅はかな行動の報いを受けたフォーサイスの右手は、皮肉にも驚異的な回復を見せている。

その手に巻かれていたのは、この理性を飛ばした元凶とも言える件の被覆《ひふく》材……できることならばあの極彩色の魔術師に頼りたくなどなかったのだが、今はくだらない意地を張っている場合ではなかった。

ブルーデンスが自室に閉じ籠もり、その心を閉ざしてから二日が過ぎている。何が引き金になって発動するか分からないヒラルダの「まじない」を封印するかのように、全ての接触を絶っていた。デリスの入室さえ拒み、彼女が扉の前まで運んだ食事にも、まったく手をつけていなかった。

軽はずみな言葉で動揺を誘い、その意思に反した振る舞いをさせてしまった。何よりも他人の痛みを厭《いと》う彼女……きっとこの手を傷つけたことで、受けた痛みは自分を遥かに凌《しの》ぐだろう。

ブルーデンスがフカッシャー家の間諜《かんちょう》であることは疑いようがない。

けれど、この屋敷に来て傷ついたのは彼女の方だ。自身の冷たい態度を甘んじて受けるその姿は、目的のために耐え忍んでいるというよりも、己を罰しているように見えた。

鋭利な銀の瞳、その奥にあったのは紛れもない罪悪感だった。過去に負った心の傷から無意識に直視を避けてきた自分が、それに気づこうとしなかっただけ。

敵だから、女だから……そんなことにこだわらず、もっと早くに対話を持てばよかった。

それができなかったのは、一重に自分の心の弱さが原因だった。

認めたくはなかったが、自分はブルースを失ったことへの怒りの捌《は》け口を求めていたのだ。それを、都合よく現れた彼女に押しつけた。

矮小《わいしょう》な自分を自覚するしかないその行為は、到底許されるものではなかった。

だからこそ理不尽な今までの己を、彼女に償わなければならない。

その部屋の扉を叩くことは、命を賭《と》した任務に赴くときよりも遥かに勇気を必要とした。

「……ブルーデンス」

呼びかける声が震えないようにするのにさえ、随分と苦心する。

「扉を開けてくれ、……謝りたい」

返事が返らないことに挫けそうな心を叱咤《しった》して、再び言葉を続けた。

「……頼む、ブルーデンス。話がしたい」

強く握り締め過ぎていた右掌《みぎてのひら》の患部から出血したようだが、もはやそんなことを気にする余裕はなかった。今だけは、どうしても引くわけにはいかない……こんな歪んだ関係のまま、彼女を失いたくない。

「……どうぞ」

瞳を閉じ、祈るような思いで返答を待った耳に、小さな承諾の声が届いた。

静かに内側へ開かれた扉、その顔を確認する前に彼女は身を翻《ひるがえ》す。まだ許したわけではない、そう言外に伝えられたようで胃がズンと重くなった。

部屋中央の円卓を挟んだ長椅子に腰を下ろしたブルーデンスは、まだ休んでいたようだ。薄い夜着の上に、ショールを羽織っているだけの姿……こんなときでも立ち居振る舞いが美しいだけに、何ともちぐはぐに見える。

「……手の、火傷は大丈夫なのですか？」

そして、向かいに腰を下ろした自分よりも先にその口火を切った。

「大事ない、被覆《ひふく》材が効いている」

思いのほか冷静なその様子に安堵して、右手を上げれば、巻かれた被覆《ひふく》材に血が滲《にじ》んでいる。さきほど強く握り込んだことを失念していた。

「本当に大したことはない、回復はしている」

「私なぞのために、……無理をしないで下さい」

頭を振り、落とされていた視線が、初めてフォーサイスを捉える。

疲れ切ったような青い顔は、やはり義兄に酷似していた。彼女の姿を視界の隅に捉えるだけで、その名を耳にするだけで浮かんできたブルースの影が、このときばかりは心のどこを探してもいなかった……フォーサイスの心は、目の前の存在一色に染め抜かれている。

『現実を見ることができない者は、誰も守ることなんてできないわ』

不意に思い出されるヒラルダの言葉……反発しか覚えなかったそれが、今になって胸に重くのしかかる。

「申し訳なかった、俺は……」

「謝罪の必要などありません。すべて、私が悪いのですから」

あらかじめ用意していたような駆け足の台詞が、フォーサイスのそれ以上の言葉を封じる。

まっすぐに向けられる銀色の瞳には、フォーサイスに対する懺悔と悔恨《かいこん》がひしめいていた。

彼女は、ずっとそんな目で自分を見ていたのだろうか？

向き合いたいとは思ったが、そんな顔が見たかったわけではない。そんな言葉が欲しかったわけではない。

真に望んでいたのは、我が身が許されることではなく、この手が与えてしまった傷を癒すことだと……どうすればブルーデンスに伝えられるのだろうか？

この手は、彼女に触れることもできない。

「当主様？」

うなだれ、行き場を失った手で顔を覆《おお》えば、気遣う声音が耳朶《じだ》を打つ。

今、一番聞きたくない言葉だった。

目の前のブルーデンスが、ひどく遠くに感じる。次いで思い出される魔術師の幻影に、胸が焼ける。

「……名前で、呼んでくれ」

「えっ……？」

顔を上げ、心を焼く得体の知れない熱から逃れようと吐き出したフォーサイスの言葉に、彼女は困惑の色を浮かべた。わずかに見開かれた鏡のような双眸《そうぼう》に映し出される己の姿は、舞踏会の夜に想像したとおり、無様に歪んでいる。

だからといって、今さら引くわけにはいかなかった。

「俺達は、お互いについて話し合う必要がある。それをしなかったから、ここまでお前を傷つけてしまった」

「いいえ、悪いのは私です。当主様のせいではっ……！」

「その呼び方をやめてくれ、頼むから」

再びブルーデンスが紡《つむ》いだ言葉を遮《さえぎ》る。そんな形式的な呼び名なぞ、彼女の口からは聞きたくない。

「もう二度と傷つけたくはないんだ、ブルーデンス。まじないの意図が分かるまで、身体にも触れない。あくまで自分が悪いと言い張るのなら、それでも構わない。お前がそれを望むのなら謝罪の言葉はもう言わない。その代わり、最初からやり直す機会をくれ」

最後の言葉にブルーデンスは、今までになく驚いた顔をした。その表情が、フォーサイスの申し出が彼女にとってどれだけ予想外なものだったのかを知らせる。二人の歪んだ関係を正すことなど、考えもしていなかったようだ。

「受け入れてくれるなら、……名前を呼んで欲しい」

触れ合うことができない今、承諾を知らせる方法はそれしかないという意図を込めて、言葉を続ける。それが屁理屈で一方的なわがままでしかないことは、自覚済みだ。

「……、……フォーサイス様」

自分にとっては永遠にも感じる時間、そのあとにブルーデンスが口にした我が名はかすかに震えていたが、フォーサイスの胸に渦巻いていた業火を消し去るには十分な威力を持っていた。

＊　＊　＊

極彩色の魔術師が二人にかけた「まじない」……その意図は、彼の正体と同じくいまだ謎に包まれている。深く傷つけられたブルーデンスとフォーサイスの双眸《そうぼう》は、それでもようやく互いの存在を映し始めた。

小田マキ（おだ まき）
香川県在住。2010年にweb小説の存在を知り、自分でも書き始める。うどんで大事なものはダシではなくコシ、ペンネームの由来もうどん料理からと、根っからの讃岐人。
「アイリスの剣」で出版デビューに至る。

イラスト：こっこ
http://kiriya.sakura.ne.jp

アイリスの剣

小田マキ（おだ まき）

2011年 6月30日初版発行

編集－斉藤麻貴・塙綾子
発行者－梶本雄介
発行所－株式会社アルファポリス
〒153-0063東京都目黒区目黒1丁目6-17目黒プレイスタワー4F
TEL 03-6421-7248
URL http://www.alphapolis.co.jp/
発売元－株式会社星雲社
〒112-0012東京都文京区大塚3-21-10
TEL 03-3947-1021
装丁イラスト－こっこ
装丁デザイン－ansyyqdesign
印刷－シナノ書籍印刷株式会社

価格はカバーに表示されてあります。
落丁乱丁の場合はアルファポリスまでご連絡ください。
送料は小社負担でお取り替えします。

ISBN978-4-434-15778-3 C0093